CLAIR DE LUNE

Mélanie LEBAS

CLAIR DE LUNE

Éditions Nouvelles Plumes

Éditions Nouvelles Plumes,
31, rue du Val de Marne, 75013 PARIS
www.nouvellesplumes.com

ISBN : 979-10-245-0313-4

Prologue

14 juin 1940

La lumière rosée du matin se levait sur Paris. Les premiers rayons du soleil répandaient la douceur de l'été qui arrive. Le calme régnait sur la ville, on entendait les oiseaux chanter leurs douces mélodies, heureux de s'échanger le bonjour. Les feuilles des arbres gorgées de lumière, épaisses et bien vertes, ombrageaient les trottoirs déserts.

La sérénité apparente laissa vite place à un martèlement sonore, autoritaire. Des bottes en cuir frappèrent en rythme le pavé irrégulier des rues. L'ensemble des régiments, machine infernale tout de vert et de noir, défila ordonné dans un écho assourdissant. L'armée allemande avait fière allure. Les hommes bien nourris, propres et rasés, envahissaient la Ville lumière en maîtres, sans aucune résistance.

Bientôt, le drapeau rouge marqué de la croix gammée flottait sur le mât de la tour Eiffel, coiffant Paris de sa menace noire à quatre branches. Le soleil sembla s'assombrir en plein jour et revêtir une teinte terne qu'il ne quitterait plus.

Méthodique, la Wehrmacht réquisitionna les ministères déjà désertés, les bâtiments officiels et les hôtels. Elle afficha sa force et son organisation aux habitants impuissants qui observaient à travers leurs fenêtres. L'ennemi avait tout prévu. Le cœur des Parisiens s'emplit de peur, de tristesse et de haine. Les Allemands, qu'ils avaient combattus dans les tranchées vingt-cinq ans plus tôt, revenaient les humilier dans cette ville magnifique, symbole de liberté. Non, Paris ne se laisserait pas faire, ne tomberait pas dans le piège. Cette haine vivace ne tarderait pas à se manifester.

Le jour tomba dans un crépuscule maussade. Partout, sur la place de la Concorde, à Montmartre, sur les Champs-Élysées, le rouge vif du drapeau nazi éclaboussait le paysage. Mais dans cette métamorphose, la ferveur de l'esprit parisien restait intacte. Beaucoup savaient les difficultés à venir ; une ère de souffrance silencieuse, de privations, d'angoisse, et, surtout, le début de la lutte.

Paris, ni endormi ni complètement éveillé, entrait dans la torpeur de l'espoir de jours meilleurs.

PARTIE I

1

4 août 1940

Le silence régnait autour de la table. On n'entendait que le bruit des couverts dans les assiettes et la respiration des trois membres de la famille Hamel. Le père, quinquagénaire sec comme un roseau, profitait de ce repas pour lire le journal. Ses yeux de taupe déchiffraient les nouvelles désastreuses du jour à travers les verres épais de ses lunettes. La Luftwaffe dominait toujours la bataille d'Angleterre et malgré l'humiliation de la défaite française, le maréchal Pétain renforçait la collaboration. Ce lâche réformait le régime, s'attribuait tous les pouvoirs et intensifiait la propagande.

Charles Hamel caressa son crâne lisse comme un œuf. Il retroussa ses lèvres et sa moustache frémit d'amertume. Ancien combattant des tranchées, il gardait les stigmates de la Première Guerre mondiale : il détestait les Allemands. À son grand malheur, il était contraint et forcé de loger des Boches dans son hôtel, *La Halte Arago*, situé boulevard Arago. Charles rêvait de lire ne serait-ce qu'une bonne nouvelle. Si seulement Hitler essuyait un revers, il verrait enfin des limites à son hégémonie. L'hôtelier, le front plissé par la colère, tenta de reprendre contenance et rajusta sa veste de costume.

En face de lui, son épouse, Marie Hamel, ne prêtait aucune attention à son irritation. Elle ne pensait qu'à une seule chose en cet instant : à son fils Étienne, disparu pendant la bataille de France. L'incertitude l'affligeait. Les Hamel ignoraient ce qu'il était advenu de leur garçon. Était-il mort ?

Prisonnier ? Avait-il été évacué en Angleterre ? Si tel était le cas, il aurait donné des nouvelles. Alors, chaque matin, Marie relevait le courrier dans l'espoir de recevoir une lettre de son fils lui indiquant qu'il se portait bien. Elle vérifiait les listes des soldats morts ou prisonniers. Elle espérait qu'il soit prisonnier, il aurait ainsi une chance d'être libéré, suite aux négociations menées entre le maréchal Pétain et Hitler.

Depuis le départ de son fils, Marie n'était plus que l'ombre d'elle-même. Autrefois avenante et joyeuse, elle affichait désormais un regard empreint de tristesse. Belle femme, elle avait toujours paru plus jeune que son âge. Ses cheveux châtains, coiffés avec raffinement, relevaient son visage subtil et ses yeux caramel.

Assise à côté de sa mère se trouvait Juliette. Dans sa bulle, la jeune femme de 22 ans se répétait inlassablement les notes de sa partition de piano, qu'elle interpréterait une heure plus tard, pour sa leçon quotidienne. La musique était pour Juliette comme l'air qu'elle respirait : vitale.

Quand elle avait 5 ans, sa mère l'avait emmenée chez une amie qui possédait un piano. Pour la première fois de sa vie, Juliette avait entendu cet instrument envoûtant. De retour à la maison, elle avait harcelé ses parents avec l'idée fixe d'apprendre à en jouer. Amusés, mais surtout ébahis par la ferveur de leur petite fille, les Hamel l'avaient inscrite à des cours particuliers. Depuis, cette passion ne l'avait jamais quittée.

Musicienne brillante, Juliette avait réussi, à 18 ans, le concours d'entrée au Conservatoire national de musique et d'art dramatique, l'une des six femmes de sa promotion.

Après le début de la guerre, et le départ de son frère dont elle était très proche, la musique était devenue pour Juliette une échappatoire ; l'opportunité de s'éloigner de la tristesse de sa mère et des contrariétés de son père. Pendant ses leçons, elle était happée par les notes somptueuses des morceaux de ses compositeurs favoris tels Mozart, Debussy ou Chopin. Elle faisait corps avec son instrument et cessait de penser, se laissant guider par la sensation au bout de ses doigts et les frissons engendrés par l'enchaînement des accords.

La réalité finissait toutefois par reprendre le dessus sur ces moments privilégiés, mais éphémères. Celle de la guerre, celle de l'absence de son frère, et celle de la présence des Allemands tout autour d'elle, jusque dans l'hôtel où elle vivait et travaillait avec sa famille.

Charles Hamel rompit le silence en reposant son journal, l'air dépité.

— Un officier allemand supplémentaire arrive ce soir.

— Où comptes-tu l'installer, celui-là ? demanda Mme Hamel, droite comme une statue.

— Il reste la chambre du troisième étage, les réparations sont terminées. Mais j'ai dit au colonel Stöffel que nous ne pourrions pas en loger un de plus après cela, on n'a plus de chambre de toute manière, expliqua M. Hamel, la mâchoire contractée.

— Oui, et puis douze officiers allemands à loger et nourrir matin et soir, c'est bien assez.

La voix d'ordinaire si douce et bienveillante de Marie Hamel sonnait sévère quand elle évoquait les Allemands. Ils lui avaient pris son fils et s'il y avait bien une chose que Marie chérissait plus que tout, c'était ses enfants.

— Tu sais ce que m'a dit le colonel, de surcroît ? reprit M. Hamel, d'un ton âpre.

— Non, je t'écoute.

— Il trouve que ça manque de distraction pendant le dîner. Il a entendu Juliette jouer du piano depuis sa chambre et m'a questionné à ce sujet.

— Ah bon, mais qu'a-t-il dit ? s'enquit Mme Hamel, les sourcils froncés.

— Il se demandait qui jouait, je lui ai expliqué que c'était toi, Juliette, expliqua M. Hamel en regardant sa fille. Il demande qu'on descende le piano dans le restaurant pour que tu puisses jouer pendant le service. Il m'a dit qu'il essaierait de trouver d'autres musiciens pour organiser de petites représentations.

Juliette regarda son père, incrédule.

— Il veut qu'on mette *mon* piano dans le restaurant et que je joue pour ces messieurs ? s'emporta-t-elle. Mais c'est hors de question ! J'ai besoin de mon piano ici pour m'exercer et je n'ai aucune envie de jouer pour les Allemands !

— Je savais que tu dirais ça, ma chérie, mais je crois que tu ne vas pas avoir le choix, le colonel a beaucoup insisté. Je n'aime pas céder aux Boches, tu le sais bien, mais si on peut améliorer un peu les choses, et qu'ils nous fichent la paix, je pense que ce ne serait pas plus mal.

— Mais papa, jouer pour les Boches c'est une chose, mais tu ne peux pas m'enlever mon piano de l'appartement, quand pourrais-je travailler ? J'en ai besoin, tu comprends ?

— Certes, mais tu pourras jouer en bas dans la journée, les officiers ne rentrent que le soir, il n'y aura personne.

— Oui, à part les clients du midi, insista Juliette, exaspérée.

— Tu joueras entre deux.

— Papa, je t'en prie, ne les laisse pas me faire ça.

— Ça suffit, trancha son père en haussant la voix, de toute manière ce n'est pas ma décision. Je vais demander aux serveurs de descendre le piano cet après-midi quand tu seras au Conservatoire. Tu joueras dès ce soir pour le colonel. C'est comme ça.

Les yeux bleus de Juliette toisèrent son père d'un air sombre. Il voulait lui enlever sa part de bonheur, son allié dans cet appartement. En plus, elle devrait jouer pour le bon plaisir de l'occupant. La jeune femme serra les poings, la colère dilata ses narines et échauffa ses joues.

— Eh bien si tu crois qu'ils vont avoir droit à du Mozart

ou du Bach, tu rêves ! S'ils veulent entendre leurs compositeurs, ils seront déçus ! explosa-t-elle.

Elle savait à quel point ce petit symbole de rébellion était insignifiant, voire ridicule.

— Oh, tu feras bien ce que tu veux.

Juliette quitta l'hôtel peu après pour se rendre au Conservatoire. Elle espérait que le trajet à vélo la calmerait. Un jeu précis exigeait sérénité et concentration, mais la musicienne était furieuse contre son père. Il l'avait prévenue au dernier moment, nonchalant, comme pour signaler un détail. Aux yeux de Juliette, c'était une trahison. Alors qu'il se plaignait constamment des Allemands dans son hôtel, voilà qu'il voulait les divertir pendant les repas. Et bien sûr, elle devrait obéir sans sourciller. Lui enlever son piano ! Elle inspira une grande bouffée d'air et tenta de se focaliser sur la composition qu'elle allait travailler.

Arrivée au carrefour de l'hôtel *Lutetia*, l'effervescence allemande l'interpella. Le luxueux hôtel avait été réquisitionné par l'Abwehr, le service de renseignements allemand. De nombreux véhicules et sentinelles stationnaient devant ce magnifique édifice haussmannien. Hélas, les drapeaux nazis en dénaturaient la façade. Juliette détestait ce rouge vif et cette ignoble croix noire symétrique. Elle ne s'attarda pas et continua le long du boulevard Raspail en direction de la Seine, traversa le boulevard Saint-Germain et emprunta la rue du Bac jusqu'au pont Royal. Le quai d'Orsay grouillait de Boches, leurs bottes résonnaient sur les pavés. Juliette ne s'habituait pas à leur langue allemande, si autoritaire, qui lui agressait l'oreille, et leurs uniformes vert-de-gris parvenaient à ternir la Ville lumière. La jeune femme accéléra, elle traversa la Seine par le pont de la Concorde. Elle scruta un instant la perspective offerte sur l'avenue des Champs-Élysées.

La musicienne parvint rue de Madrid quelques minutes plus tard. Elle connaissait l'itinéraire par cœur et aurait pu l'emprunter les yeux fermés. Elle stationna son vélo juste devant l'entrée du Conservatoire. En dehors du piano, sa discipline principale, Juliette suivait des cours d'histoire de la musique et de composition, et donnait des leçons à des élèves débutants. La jeune femme rejoignit sa salle juste à temps.

Juliette ressortit de l'édifice peu avant 16 heures et apprécia la chaleur du soleil sur son visage. Elle pouvait presque encore sentir les touches d'ivoire sous ses doigts. Sa séance avait eu l'effet escompté, elle se sentait beaucoup mieux.

Elle déverrouilla le cadenas pour récupérer son vélo. Distraite, elle avait mal refermé sa sacoche, au moment de l'accrocher à l'arrière de sa bicyclette : son contenu s'éparpilla sur le sol. La jeune femme commença à ramasser les partitions éparses, mais un coup de vent brusque en emporta plusieurs. Elle réprima un juron et se pressa pour rattraper les feuillets. L'un d'entre eux traversa la rue et termina sa course aux pieds d'un soldat allemand qui se trouvait là, prêt à monter dans une berline noire. Juliette l'observa depuis le trottoir opposé.

L'Allemand se pencha et ramassa la partition. Il consulta le document et releva les yeux vers Juliette qui se redressa. L'homme voulut faire un pas dans sa direction mais n'en eut pas le temps, elle fit volte-face, décidant d'abandonner sa partition. Elle n'avait aucune envie de la récupérer auprès du militaire. Juliette évitait autant que possible le contact avec les soldats allemands, en dehors de l'hôtel. Les habitants de Paris avaient fini par s'accommoder de la présence ennemie. Par dépit, ils travaillaient avec les occupants dans les commerces ou les restaurants, pour continuer à vivre, et ils y arrivaient plutôt bien. Mais Juliette risquait de passer pour une femme à Boches, pointée du doigt, décriée, outrageante. Elle ne jugea pas sa partition assez précieuse pour s'afficher en pleine rue, ne serait-ce qu'un instant, avec un nazi. Le soldat pourrait croire qu'elle avait peur des Allemands. Qu'importe, elle n'avait rien à prouver à cet homme.

Juliette regagna l'hôtel de ses parents aussi vite que ses jambes le lui permettaient. Elle passa par le portillon de derrière, dont seuls les membres de sa famille avaient la clef, et rangea son vélo sur le côté. Elle emprunta l'escalier extérieur qui menait directement à leur appartement, au quatrième et dernier étage du bâtiment.

À l'intérieur, l'espace vide laissé par son grand piano demi-queue lui serra le cœur. La salle à manger, dépouillée, avait perdu son âme. L'instrument y trônait depuis tant d'années qu'il avait fini par imprégner l'atmosphère de ses mélodies, comme des murmures perpétuels. Sans lui, Juliette n'entendait que le son mort du silence. Abattue, elle déposa ses partitions dans sa chambre et ne put s'empêcher de descendre au restaurant, pour aller voir si les serveurs avaient accompli le transfert sans abîmer son précieux compagnon.

Le restaurant était lumineux en cette fin d'après-midi, un soleil généreux perçait les vitres. Les grands rideaux rouge et or embellissaient la pièce de leurs teintes chaudes. Juliette n'y prêta aucune attention, elle avança, ses pas atténués par la moquette bordeaux qui recouvrait le sol. Elle dépassa une demi-douzaine de tables basses, accompagnées de fauteuils, où les hommes aimaient se retrouver pour fumer et boire un verre à la fin des repas. Son piano occupait fièrement un espace au fond du restaurant, près des hautes fenêtres et non loin des premières tables, dont les nappes en tissu blanc tranchaient avec la laque noire. La musicienne effleura les touches du bout des doigts, pour sentir leur fraîcheur.

Sa mère apparut par la porte battante de la cuisine, située derrière le long bar en chêne, d'où son père aimait surveiller toute la salle pendant les services.

— Alors, ta leçon s'est bien passée ?

— Oui, jouer m'a fait du bien.

— Tu sais, j'ai prévenu les serveurs qui se sont occupés de ton piano que la moindre égratignure leur coûterait cher, plaisanta Mme Hamel.

Ses traits d'humour restaient rares depuis le départ d'Étienne, Juliette se força à sourire.

— Merci, dit-elle.

— Viens avec moi, j'ai besoin de toi pour préparer la chambre du nouvel arrivant.

Depuis le début de la guerre, la famille Hamel avait dû se séparer de plusieurs employés ; la baisse de revenus suite à la réquisition avait vidé les caisses. La compensation financière versée par les Allemands ne suffisait pas pour garder tout le monde. C'était donc à Juliette et à sa mère qu'incombait l'entretien des chambres et l'intendance de l'hôtel.

La famille Hamel dînait tôt, vers 18 heures, afin que Charles soit présent au restaurant pendant le service. Ce soir-là, il remonta à l'appartement en retard, sa famille l'attendait déjà à table.

— Je viens d'installer le nouvel arrivant, dit-il en se joignant aux deux femmes. C'est le capitaine von Stein, m'a-t-il dit. Il parle très bien français et m'a l'air tout à fait correct, pour un Boche...

— Bien, commençons à dîner si vous le voulez bien, proposa Marie en saisissant ses couverts.

— Tu es prête pour ce soir ? demanda M. Hamel à sa fille.

Juliette jeta un regard triste vers le vide laissé par son piano. Elle s'était résignée, avait-elle le choix ?

— Oui, répondit-elle sèchement.

Malgré sa réticence et la confiscation abusive de son instrument, Juliette souhaitait ménager son père. Elle savait bien qu'il n'avait pas cédé au colonel de gaieté de cœur et elle ne souhaitait pas ajouter un sujet de conflit supplémentaire entre eux. Ils passaient déjà trop de temps à se disputer à propos de mariage. Charles ne cessait de lui rappeler la nécessité de prendre un mari, mais Juliette lui tenait tête, déterminée : rien ni personne ne se dresserait entre elle et ses études de musique, surtout pas un époux qui exigerait qu'elle s'occupe de la maison et des enfants.

Le reste du repas s'écoula avec lenteur. Les parents de Juliette échangèrent des banalités alors qu'elle gardait le silence. M. Hamel descendit vers 19 heures pour le début du service et Juliette ne le rejoignit qu'une heure plus tard, accompagnée de sa mère qui souhaitait assister à sa première représentation. La jeune femme avait revêtu une robe longue et coiffé en chignon ses longs cheveux blonds, qu'elle laissait d'ordinaire retomber désordonnés sur ses épaules. Elle ne souhaitait pas faire plaisir aux Boches, mais elle restait professionnelle. Pour jouer en public, une tenue élégante était de mise.

Dans le restaurant, les odeurs de tabac et de nourriture s'entremêlaient, les rires résonnaient, les serveurs allaient et venaient, sans arrêt sollicités par les officiers. Juliette marcha droit vers son piano, la tête haute. Sur son chemin, la jeune femme sentit les regards se braquer sur elle, mais elle évita soigneusement de les croiser. Après quelques secondes, qui lui semblèrent interminables, elle prit enfin place sur son siège. Le contact des touches sous ses doigts la rassura sur-le-champ. Elle prit une longue inspiration et entonna les premières notes du neuvième nocturne de Chopin. La subtile douceur de la composition imposa le silence.

Les doigts de Juliette se baladèrent seuls sur les touches. Leurs mouvements se prolongeaient dans ses bras, puis ses épaules, sa nuque et son dos. Son corps entier accompagnait la mélodie. Plus rien d'autre n'existait. Dans sa bulle, Juliette oubliait tout. Les accords résonnaient dans son être et comblaient son cœur. Jouer, c'était vivre. Aucune privation, aucune préoccupation, aucune souffrance, simplement l'allégresse.

Les convives se laissèrent bercer par le jeu précis et

intense de la jeune musicienne. Juliette l'ignorait, mais elle rayonnait. Plus d'un homme tomba sous le charme, admiratif de son talent et subjugué par sa beauté. Son corps élancé formait de belles courbes, telle une clef de sol élégamment dessinée. Sa poitrine bien ronde attisait des envies secrètes et son regard farouche captivait, miroir inaccessible de son âme rêveuse.

À la fin du morceau, les applaudissements résonnèrent. Juliette se leva et salua l'auditoire avant de repartir. Les officiers la congratulèrent sur son passage, parfois avec un accent marqué. Elle aperçut ses parents lui faire un signe de la main avant qu'elle ne franchisse la double porte vitrée qui l'amena dans le hall de l'hôtel.

Juliette regagna l'appartement familial et s'assit dans un des fauteuils confortables du salon. Elle retira ses chaussures et replia ses pieds sous ses genoux. Elle constata, étonnée, qu'elle avait pris du plaisir à jouer pour l'occupant, en dépit de sa profonde réticence. La musicienne comprit que les propriétaires des oreilles qui l'écoutaient n'avaient aucune importance. Ces moments lui appartenaient et elle en avait terriblement besoin. Le vide dans son cœur surpassait de loin celui laissé par son piano dans l'appartement. Sans nouvelle de son frère, Juliette se sentait seule, abandonnée. L'absence d'Étienne se rappelait à elle à chaque instant, comme une douleur sourde et lancinante dont la musique était le seul remède. Un soulagement éphémère… Elle espérait tant qu'il revienne.

— Où es-tu grand frère ? murmura Juliette, où es-tu ?

2

18 novembre 1940

Juliette regagna sa chambre après sa représentation quotidienne. Elle alluma sa lampe de chevet. Un morceau de papier plié, coincé sous le pied de sa lampe, attira son attention. Elle s'en saisit et le déplia. Elle reconnut aussitôt l'écriture manuscrite. Son cœur tambourina dans sa poitrine.

Ju, retrouve-moi demain matin,
à 10 heures au café Chez Renaud, place d'Italie.
Viens seule, ne dis rien aux parents.
Étienne

Juliette s'assit au bord de son lit, sous le choc, incapable de rassembler ses pensées. Son frère à Paris ? Elle n'en revenait pas. Une joie immense envahit tout son corps. Étienne, vivant. Elle se posa une multitude de questions : pourquoi s'introduire secrètement dans l'appartement pour laisser un mot ? Pourquoi ne pas tout simplement revenir à la maison ? Pourquoi vouloir cacher son retour à leurs parents ? Juliette ne comprenait pas. Plus rien n'empêchait un ancien soldat de rentrer chez lui, la France avait capitulé. Une angoisse croissante la parcourut, qu'est-ce qui pouvait bien pousser Étienne à agir de la sorte ? La jeune femme relut le message une dizaine de fois, sans trouver d'indice supplémentaire.

Elle rangea soigneusement le bout de papier dans sa

commode, sous ses vêtements. Plus du tout d'humeur à bouquiner, elle se contenta de se mettre au lit, sachant pertinemment qu'elle serait incapable de fermer l'œil. Une pensée l'obsédait : rejoindre son frère et le serrer dans ses bras.

Juliette ouvrit les yeux à 7 heures. Elle avait fini par s'assoupir, la fatigue ayant eu raison de son excitation. Elle se leva et rejoignit ses parents pour le petit déjeuner. Elle brûlait d'envie de leur parler de sa découverte de la veille, mais resta muette. Si Étienne lui avait demandé de garder le silence, il devait avoir une excellente raison. Aucun doute.

La jeune femme dégusta ses tartines avec lenteur, rien ne pressait. Son père finissait de boire son café, plutôt proche d'un jus de chaussette en ces temps de guerre, quand il s'adressa à elle.

— Le colonel Stöffel m'a demandé hier soir de te faire part de ses compliments pour tes représentations, Juliette. Il est ravi de la joie et de la douceur que tu lui apportes lorsque tu joues. Il m'a exprimé sa gratitude avec toute la politesse dont il sait faire preuve et m'a fait comprendre qu'il pourrait sûrement trouver de quoi nous récompenser. Je vous l'avais bien dit que cette initiative arrangerait les choses, se félicita M. Hamel, tout sourire. Et donc nous allons pouvoir profiter de quelques denrées alimentaires plutôt rares !

Il présenta à sa famille une plaquette de beurre. Magnifique. Juliette écarquilla les yeux. La couleur jaune pâle resplendissait, la texture semblait exquise. Des cristaux de sel, piégés dans le gras, scintillaient à la surface. Du vrai beurre, rien que pour eux, pas réservé à leurs pensionnaires.

— Voilà une très bonne nouvelle, mon chéri, se réjouit Mme Hamel.

— Oui, quitte à devoir héberger ces sales Boches, autant en profiter comme on peut. Juliette, je te remercie d'avoir aussi bien joué le jeu.

Il lui offrit une tartine de beurre. Aussi délicieuse qu'elle était belle. Juliette se contenta de répondre par un sourire discret. Elle se gardait d'admettre devant lui que jouer pour les occupants de l'hôtel ne la dérangeait pas. Elle y prenait un plaisir égoïste et était presque disposée à interpréter les compositeurs germaniques, qu'elle appréciait particulièrement.

— Par ailleurs, le colonel s'est enfin décidé à solliciter d'autres musiciens. Il s'avère que le capitaine von Stein est violoniste, et le major Lorenz joue du violoncelle. Ils ont tous deux accepté de participer. Ce qui veut dire que tu ne joueras plus nécessairement tous les soirs, expliqua Charles à sa fille.

— Je vois, que de bonnes nouvelles ! conclut Juliette.

— Oui, mais il y a une dernière chose, révéla son père en changeant de position sur sa chaise, les yeux baissés.

Ce n'était pas bon signe.

— Le colonel m'a fait part de son souhait de t'adresser lui-même ses compliments ce soir. Il voudrait te proposer de participer à un concert, en dehors de La Halte, pour Noël.

— Un concert ? Je vois, et je n'ai pas le choix, c'est ça ?

— Pas vraiment en effet, répondit son père, mal à l'aise, on ne peut pas refuser ce genre de choses. Le colonel m'a dit qu'il t'en parlerait ce soir au restaurant et qu'il te présenterait au capitaine von Stein, qui est aussi à l'initiative du projet. Je crois que le capitaine souhaite te proposer de jouer avec lui.

Juliette n'avait aucune envie de préparer un concert avec le capitaine von Stein et le colonel Stöffel. Passer du temps avec des officiers allemands rigides et suffisants, non, merci ! À l'hôtel au moins, elle les voyait de loin. C'est comme cela qu'elle aimait les Allemands : de loin, d'aussi loin que possible. S'ils pouvaient simplement rentrer dans leur pays, elle en serait fort aise…

Elle devrait partager son jeu, sa sensibilité, avec un étranger, un Boche qui plus est. Encore un effort à fournir, un sacrifice, pour obtenir les bonnes grâces du colonel. Ou plutôt pour que son père les obtienne. Il semblait oublier sa rancœur envers l'occupant et devenait plutôt enclin à profiter de la situation en utilisant les talents de Juliette. Insupportable ! Elle n'arrivait plus à comprendre son père.

Juliette aida sa mère à renouveler les draps des chambres du deuxième étage. L'horloge indiquait 9 heures quand les deux femmes terminèrent. Juliette regagna l'appartement et tenta de lire un peu. Elle peina à se concentrer. Elle relisait plusieurs fois le même paragraphe sans en comprendre le moindre mot. Ses pensées ne cessaient de retourner à la rencontre avec son frère.

À 9 h 30, ne tenant plus, Juliette dévala l'escalier extérieur et se rendit à vélo place d'Italie. L'air commençait à se rafraîchir en cette fin du mois de novembre. La jeune femme croisa une escouade allemande sur son passage dans les rues peu animées. Arrivée sur la place, elle stationna sa bicyclette et s'avança vers le café que lui avait indiqué son frère. L'enseigne peinte dans un vert défraîchi annonçait : *Chez Renaud.*

L'intérieur était désert, à l'exception d'un vieil homme assis au fond de la salle et du gérant occupé à nettoyer des tasses derrière le bar. Il releva la tête en apercevant Juliette et lui adressa le bonjour. Elle prit place à une table, près de la fenêtre à l'opposé de l'unique client et commanda un café. Elle contempla la place à travers les carreaux sales, en sirotant le breuvage. Ses doigts tapotaient d'impatience sur le rebord de sa tasse.

Au bout d'un moment, elle vit enfin son frère apparaître. Elle l'observa, pleine de joie. Il portait un blouson de cuir noir et un pantalon en toile gris foncé. Sa casquette, légèrement de travers, dissimulait en partie ses cheveux châtain foncé. Il avait maigri depuis son départ.

Étienne, de deux ans son aîné, avait une démarche assurée. Il était aussi mince que son père mais plus musclé, en pleine force de l'âge. Son visage était fin, ses yeux caramel étaient ceux de leur mère. Dans son regard, Juliette retrouvait l'air malicieux qui le caractérisait depuis toujours. Enfant, il avait causé beaucoup de troubles à leurs parents et à ses professeurs. Il était souvent revenu de l'école les doigts encore rougis par les corrections reçues. Juliette admirait chez lui son côté aventurier sans peur, ne craignant pas les punitions et à l'imagination débordante pour toutes sortes de bêtises. Ils avaient partagé tant de jeux, de secrets et de mauvais coups. Plus âgé et grand frère protecteur, Étienne recevait les punitions pour deux.

Il lui avait beaucoup manqué.

Il pénétra dans le café, Juliette se leva. Il se tourna vers elle et tous deux affichèrent un grand sourire. L'espace qui les séparait fondit en un instant et le garçon prit sa sœur dans ses bras. Elle le serra fort contre elle, rien que pour être sûre qu'il était bien là, en chair et en os.

— Je suis tellement contente de te voir.

À contrecœur, ils relâchèrent leur étreinte et s'assirent face à face.

— Content de te revoir aussi, petite sœur, dit son frère en lui pinçant affectueusement le bout du nez.

Elle n'avait pas entendu sa voix depuis si longtemps qu'elle en avait presque oublié le timbre. Juliette ne pouvait s'arrêter de sourire, le bonheur la submergeait. Étienne était là, avec elle, en bonne santé et son visage n'avait rien perdu de son air farceur. La jeune femme sentit des larmes de joie couler sur ses joues, incapable de contenir ses émotions plus longtemps.

— Arrête, tu vas me faire pleurer moi aussi, petite sœur, s'amusa Étienne.

Juliette vit ses yeux s'humidifier. Il les frotta, pour s'empêcher de craquer, ce qui la fit rire.

— C'est que… j'ai eu si peur, Étienne, si peur que tu ne

reviennes jamais, hoqueta Juliette. Tu ne peux pas savoir à quel point je suis heureuse de te voir.

Son frère lui prit la main.

— Je suis là Ju, tout va bien.

Juliette hocha la tête et sécha ses larmes avec un mouchoir. Oui, tout allait tellement mieux que quelques heures auparavant, mais elle avait mille et une questions à lui poser. Son frère la devança :

— Alors, comment vont les parents ?

Le sourire de Juliette s'effaça.

— Pas très bien, pour être franche... Papa a du mal à supporter que les Boches aient réquisitionné son hôtel.

— Oui, ça, je veux bien le croire !

— Quant à maman, elle est désespérée parce qu'elle te pense disparu. Tu n'as pas le droit de la laisser dans sa peine, il faut lui dire que tu es en vie.

— Je comprends, mais c'est impossible.

— Pourquoi ? demanda Juliette en haussant la voix. Pourquoi leur cacher ? Pourquoi ne pas tout simplement revenir à la maison ?

— Écoute, je t'ai contactée pour une bonne raison, au départ je ne devais même pas te faire savoir que j'étais en vie, pas plus qu'aux parents.

Juliette observa son frère, surprise et déçue. Que voulait-il dire par là ? Étienne posa ses coudes sur la table et se pencha vers elle, prêt à raconter son histoire.

— J'ai été fait prisonnier à Dunkerque en mai, commença-t-il. Les Fritz voulaient nous emmener en Allemagne. Avec un camarade, on a réussi à s'échapper avant le transfert, pendant la nuit. On a été hébergés par une famille qui nous a fourni des vêtements civils et un peu de nourriture. On a repris la route vers Paris après ça, on voulait revenir ici. On ne voyageait que de nuit pour éviter les mauvaises rencontres. Fin mai, mon compagnon s'est cassé la cheville. On a dû trouver un endroit pour qu'il récupère, mais ça nous a fait perdre plusieurs jours. On a fini par atteindre Malmaison dans la nuit du 13 au 14 juin, mais, comme tu le sais, c'était déjà trop tard. On a croisé un homme sur la route qui nous a dit de ne pas aller plus loin parce que les Boches allaient prendre Paris dès l'aube. Personne n'aurait plus le droit de circuler dans les rues. On lui a expliqué notre situation et il nous a proposé de nous héberger en attendant que les choses se calment. Ce type-là est vraiment quelqu'un de bien, et il déteste les Boches, du coup il nous a fait écouter Radio Londres avec lui. Le 18 juin on a tous entendu l'appel du général de Gaulle sur le poste. Et là on a compris quelque chose, on allait la faire cette résistance, on n'allait pas rester passifs devant l'ennemi.

Juliette fixait son frère. Elle buvait ses paroles.

— Tu veux dire que tu fais la Résistance appelée par de Gaulle ? chuchota-t-elle, sous le choc.

— Oui, et c'est pour ça que personne ne doit savoir que je suis en vie. Ma disparition, c'est une couverture idéale pour moi, et c'est aussi un moyen de vous protéger, toi et les parents. J'ai des faux papiers, et comme ça je peux travailler sous un faux nom, sans risquer que ma famille soit liée à mes activités.

Voilà qui expliquait tout. L'appartenance d'Étienne à la Résistance ne surprit guère Juliette. Cela lui paraissait maintenant si évident qu'elle fut surprise de ne pas y avoir pensé toute seule. Le patriotisme, le courage et la résolution coulaient dans les veines de son frère depuis toujours. Mais la jeune femme savait le sort réservé aux résistants lorsqu'ils se faisaient prendre. Étienne risquait sa vie. Juliette se renfrogna, subitement inquiète. Un instant, elle voulut le persuader de cesser cette folie et de rentrer avec elle à La Halte, mais elle se ravisa. Elle lisait tant de détermination dans ses yeux. Une résolution inflexible sonnait dans sa voix. Il se battrait jusqu'au bout, jusqu'à la liberté, ou mourrait en essayant de la retrouver, Juliette en était certaine. Cette vérité la glaça.

— Je vois… Mais dans ce cas, pourquoi m'as-tu demandé de venir ici ? finit-elle par demander, les sourcils froncés.

— J'ai longtemps hésité, avoua Étienne, ce n'est pas anodin, mais mon bras droit m'a convaincu. On a besoin de toi, ou plutôt on voudrait que tu nous aides. Pour l'instant, nos actions se limitent à peindre des graffitis, diffuser des papillons anti-Vichy et anti-Hitler, mais on a commencé à faire du renseignement pour pouvoir monter en puissance. C'est là que tu interviens. Le fait que papa héberge des officiers allemands à La Halte est une aubaine.

— Que voudrais-tu que je fasse exactement ?

— Eh bien, j'ai fait mes recherches, il y a un officier particulièrement intéressant qui loge à l'hôtel. Von Stein, ça te dit quelque chose ?

— Oui, c'est un capitaine qui occupe une chambre au troisième, pourquoi ?

Étienne se pencha un peu plus en avant, il parlait tout bas.

— Cet homme est un officier de l'Abwehr, c'est-à-dire le service de renseignements de l'armée allemande, chargé de la répression contre la Résistance. Tu comprends pourquoi il est intéressant pour nous ? questionna-t-il, sans attendre de réponse. On s'est dit que tu pourrais essayer de fouiller sa chambre à La Halte, pour récupérer des informations. L'idéal serait que tu sois capable de nous prévenir s'il trouve quelque chose, si des actions sont prévues et ainsi de suite. Tu serais un peu comme… notre ange gardien.

Juliette resta penaude, décontenancée par cette demande. Son frère voulait qu'elle espionne un officier allemand. Elle ne s'attendait pas du tout à cela !

— Attends, tu penses que ce von Stein est chargé de vous traquer ?

— C'est quasiment certain, oui.

Juliette n'en revenait pas : elle habitait donc sous le même toit qu'un homme qui travaillait à lui enlever le frère qu'elle venait à peine de retrouver. Un sentiment de révolte l'envahit. Hors de question qu'elle laissât ce vil officier réussir ! Pas tant qu'elle vivrait ! Une idée germa dans son esprit.

— Vous avez besoin d'un ange gardien, tu dis ? Donc plus j'en sais sur von Stein, mieux c'est, n'est-ce pas ? Plus j'aurais de chance de te protéger, s'il était sur le point de vous débusquer ?

— C'est l'idée, oui.

— Alors pourquoi se contenter de fouiller sa chambre ?

— Comment ça ? demanda Étienne en arquant un sourcil.

— Von Stein est violoniste. Il organise un concert pour Noël auquel il souhaite que je participe. C'est une opportunité pour moi de me rapprocher de lui, je pourrais essayer de gagner sa confiance.

— Mmm, marmonna Étienne, ça ne me plaît pas trop. Je ne veux pas t'obliger à passer du temps avec un sale Boche. Nous voulons juste obtenir quelques infos.

— Je veux t'aider, Étienne.

Elle sentait qu'il avait des remords à lui proposer cette mission, comme si le grand frère en lui restait réticent à impliquer sa petite sœur dans son combat.

— Je savais que tu dirais ça. C'est pour ça que j'ai beaucoup hésité. Tu es bien une Hamel !

La jeune femme rit de bon cœur.

— Prends ton temps, surtout. Mets en place un plan avant d'entreprendre quoi que ce soit, il ne faut surtout pas que tu te fasses prendre. Si c'est trop compliqué, ne tente rien, tu dois me promettre de faire attention à toi, exigea Étienne avec intransigeance.

Juliette avait pleine conscience des risques, mais si elle pouvait protéger son frère, elle était prête à tout. Avant ce jour, elle l'avait cru mort, elle pensait l'avoir perdu pour toujours. Mais il était bien vivant, et Juliette ferait tout pour qu'il le reste, pour qu'un jour leur famille soit de nouveau réunie.

— Ne t'inquiète pas, je ferai attention, le rassura-t-elle en posant une main sur son avant-bras, je te le promets.

Étienne acquiesça. Son regard s'adoucit, il lui faisait confiance.

— Bien, dit-il. Disons qu'on se reverra dans deux semaines, le temps pour toi d'entrer en contact avec lui et de fouiller une première fois sa chambre, tu penses pouvoir y arriver ?

— Oui, répondit fermement Juliette.

— Je te recontacterai pour organiser un nouveau rendez-vous. Pour ça, tu vois la grosse pierre derrière le portillon, côté cuisine ?

Juliette hocha la tête.

— J'y laisserai un message avec les instructions dans six jours. D'ici là, fais ce que tu peux et ne parle à personne de cette rencontre.

— C'est d'accord.

Étienne saisit sa casquette et se leva, suivi de près par Juliette. Arrivée à l'extérieur, elle sentit l'air frais s'engouffrer à travers ses vêtements et elle frissonna. Ses boucles blondes couvrirent une partie de son visage, elle coinça les mèches derrière son oreille. Son frère la prit dans ses bras.

— Je t'aime, petite sœur.

— Moi aussi, je t'aime.

— À bientôt, dit-il en relâchant son étreinte.

Il déposa un baiser sur sa joue et s'éloigna d'un pas vif. Juliette l'observa un moment, puis reprit la direction de l'hôtel. Elle le quittait avec tristesse, elle aurait aimé le voir plus longtemps, qu'il la raccompagne et que tout le monde fête joyeusement son retour à la maison. Elle comprenait maintenant pourquoi c'était impossible. Malgré sa terreur à l'idée qu'il arrive malheur à son frère, elle acceptait son choix de se battre pour une cause juste.

Elle savait tout l'enjeu de la mission qu'il lui avait confiée. Elle était heureuse et fière de le rejoindre dans son combat, mais sentit soudain le poids d'une lourde responsabilité. Elle désirait par-dessus tout découvrir des informations susceptibles d'aider son frère. La tâche allait être rude et elle mettrait sa propre vie en danger. Une action de long terme s'engageait, elle en était consciente. Le courage et la détermination imprégnèrent son cœur. Elle aussi allait se battre, dans l'ombre, pour les gens qu'elle aimait et pour son pays.

3

La rencontre avec son frère avait galvanisé Juliette. Toute la journée, elle avait imaginé comment elle pourrait se rapprocher du capitaine von Stein et quels seraient les moments propices pour s'introduire dans sa chambre. Même si la collaboration musicale évoquée par son père s'avérait une formidable opportunité pour gagner sa confiance, plus elle y réfléchissait, plus Juliette redoutait de passer du temps seule à seul avec un officier allemand. Mais son frère comptait sur elle.

La musicienne se prépara pour descendre au restaurant. Elle se maquilla légèrement, s'aspergea le cou de parfum et enfila sa robe bleu marine, qui épousait les formes de son corps élancé. Elle souhaitait plaire tout de suite au colonel Stöffel, mais aussi et surtout au capitaine von Stein.

Juliette savait qu'elle possédait des atouts. Elle recevait son lot de regards appuyés, de compliments plus ou moins fins, de sourires timides et même de sifflements grossiers. Elle avait appris à ignorer toutes ces marques d'attention, ne prêtant que peu d'intérêt à la gent masculine. Mais le temps était venu d'user de ses charmes. Elle était prête à tout pour accomplir sa mission d'ange gardien, et paraître attirante aux yeux du capitaine pouvait lui offrir un avantage.

Juliette arriva au restaurant à l'heure habituelle. Son père vint à sa rencontre.

— Tu es époustouflante ce soir, la complimenta-t-il.

— Merci papa, répondit-elle tout sourire, fière de l'effet qu'elle avait produit sur son père.

— J'ai bien peur que tout le monde ne puisse pas en profiter. C'est le capitaine von Stein qui va jouer à ta place ce soir, expliqua Charles en invitant sa fille à se rapprocher du bar.

— Ce n'est pas grave.

Elle était soulagée, elle éviterait ainsi des regards aguicheurs de la part des Allemands dont elle ne voulait absolument pas se rapprocher. Et, si ces remplacements s'avéraient récurrents, elle pourrait utiliser ce laps de temps pour visiter la chambre de von Stein, sans risquer d'être surprise par quiconque.

La jeune femme prit place sur un tabouret le long du bar, aux côtés de ses parents. La salle était comble. Les concerts de *La Halte Arago* commençaient à se faire une réputation au sein de la Wehrmacht. Chaque soir, le restaurant accueillait les curieux, en plus des occupants de l'hôtel. Cette notoriété réjouissait Charles Hamel malgré lui. Les clients supplémentaires lui rapportaient de l'argent. Contraint à servir l'occupant, il savait néanmoins profiter des bons côtés de la situation.

L'ambiance était joyeuse, les discussions entrecoupées par des éclats de rire. Décidément, pensa Juliette, les Allemands se sentaient bien à Paris, ravis d'occuper la ville en maîtres, raffolant des plaisirs qu'elle offrait.

À 20 heures précises, un officier se leva et se dirigea vers le piano. Il déposa une partition sur le pupitre de Juliette. Il devait s'agir du capitaine von Stein. Il sortit un violon de son étui noir puis le leva sur son épaule et le cala avec son menton. Le silence gagna l'assistance et il commença à jouer.

Juliette reconnut une sonate de Mozart. Elle fut emportée par les notes et la douceur mélancolique du violon. Le morceau monta en intensité, un frisson parcourut son échine. Les poils de ses bras se dressèrent dans une vague. L'Allemand faisait preuve d'une grande sensibilité dans son jeu, mais aussi d'une précision saisissante. Il était talentueux. Il balançait son corps et accompagnait la composition dans un mouvement fluide.

Le violoniste ferma les yeux sur les dernières notes. Le silence remplaça les accords somptueux. L'auditoire commença à applaudir et la concentration de l'interprète retomba. Il salua son auditoire, puis rangea son instrument avant de regagner sa table.

— Magnifique ! commenta Mme Hamel, adressant cette parole plus à elle-même qu'à sa famille.

Juliette se contenta de hocher la tête. Elle avait du mal à l'admettre, mais sa mère avait entièrement raison. La musicienne en elle était excitée à l'idée de collaborer avec le capitaine. Il était doué. Elle avait le sentiment qu'ils partageaient la même vision de la musique, la même passion.

Quelques minutes plus tard, le colonel Stöffel, homme de petite taille au ventre rond, s'avança vers le bar. Ses cheveux gris et les rides de son front indiquaient qu'il avait bien entamé sa cinquième décennie. Il afficha un large sourire. Les Hamel se levèrent de leurs tabourets par politesse et reçurent le salut de l'officier. Il fit ensuite le baisemain à Juliette et sa mère. Puis il se tourna vers la jeune musicienne.

— Mademoiselle, je voudrais personnellement vous remercier pour les représentations que vous donnez ici le soir depuis quelque temps. Cela remplit nos soirées de charme et comme vous avez pu le constater, votre succès a même dépassé les portes de l'hôtel, dit-il avec son accent prononcé, toujours le sourire aux lèvres.

— Merci beaucoup, Colonel, sachez que c'est un plaisir pour moi, répondit Juliette.

Elle n'exagérait qu'un peu. Elle devait s'obliger à garder la tête froide. Son amour pour la musique ne pouvait pas tout justifier. Les Allemands n'étaient ni des pairs, ni des amis. Elle voyait les choses différemment depuis sa rencontre avec son frère. Les Boches restaient des ennemis en toutes circonstances, les envahisseurs. Des hommes comme Stöffel ou von Stein participaient à l'oppression du monde, ils ne méritaient que mépris.

— Comment avez-vous trouvé la prestation du capitaine von Stein ? questionna Stöffel.

— Je trouve qu'il a beaucoup de talent.

— Je suis d'accord avec vous, aussi modeste soit-il. Il trouve de même que vous êtes très douée, et c'est pourquoi nous avons discuté lui et moi d'un duo que vous pourriez interpréter à Noël à l'hôtel *Lutetia*, devant bon nombre d'officiers de notre belle armée, s'égaya le colonel.

Juliette resta un instant sous le choc. Le concert aurait lieu dans le quartier général de l'Abwehr ! Et von Stein avait pensé à un duo. Cette idée effrayait Juliette, mais elle avait là une occasion unique pour se rapprocher de lui.

— Ce serait un honneur pour moi, se contenta-t-elle de répondre.

Le colonel afficha un air satisfait.

— J'étais sûr que cela vous plairait. Permettez-moi de vous présenter au capitaine von Stein, c'est avec lui que vous pourrez régler les détails.

Il partit à la recherche de son collègue et revint vers elle quelques minutes plus tard, suivi du violoniste. Juliette avait l'occasion de le voir de près pour la première fois. L'officier la dépassait d'une tête. Son uniforme sur mesure, d'une propreté et d'une tenue parfaite, lui donnait un air autoritaire et élargissait ses épaules. Ses bottes étaient si bien cirées que Juliette pouvait y voir son reflet. Sa posture droite et distinguée traduisait la prestance d'un officier et ses cheveux, châtain clair et assez courts, étaient coiffés soigneusement sur le côté. Juliette estimait son âge à une trentaine d'années. Ses yeux d'un bleu sombre fixaient la jeune femme. Elle observait le visage de l'officier, ses traits fins et l'air honnête et respectueux qu'il arborait, en totale contradiction avec sa tenue. Il était bel homme, élégant.

Juliette eut soudain une impression étrange, comme si elle le connaissait et l'avait déjà vu quelque part. Elle ne parvint pas à se souvenir et chassa cette idée. Si elle lui plaisait, il n'en laissait rien paraître, au grand regret de Juliette. Il claqua les talons en se mettant au garde-à-vous face à elle.

— Capitaine Wilhelm Friedrich von Stein, enchanté Mademoiselle, se présenta-t-il en inclinant la tête.

Son accent allemand était subtil, à peine détectable, contrairement à celui du colonel.

— Juliette Hamel, enchantée.

— Bien, maintenant que les présentations sont faites, je vous laisse discuter du projet. Je suis sûr que vous allez nous préparer quelque chose de vraiment spécial, déclara Stöffel en joignant ses mains, tout sourire. Mademoiselle, ajouta-t-il poliment.

Il s'éloigna et laissa les deux jeunes musiciens face à face.

— Peut-être pourrions-nous nous asseoir pour discuter ? proposa le capitaine.

Juliette acquiesça. Elle suivit von Stein jusqu'à une table libre près du mur.

— Permettez-moi de vous dire, Mademoiselle, que je vous trouve vraiment très douée. Depuis que je suis arrivé ici, je n'ai pas manqué beaucoup de vos représentations et c'est toujours avec grand plaisir que je vous écoute.

— Merci beaucoup, répondit Juliette avec un sourire timide.

La jeune femme abhorrait recevoir des compliments, elle ne savait jamais quoi répondre et se sentait mal à l'aise.

— C'est moi qui ai pris l'initiative de proposer un duo

avec vous au colonel, car j'avais très envie de partager ma passion de la musique avec un tel talent.

Juliette se força à paraître plus sûre d'elle. S'il était à l'initiative du projet, elle possédait un avantage. Il cachait sûrement bien son jeu, maître dans l'art de dissimuler ses véritables pensées derrière un masque froid et poli.

— Eh bien, je dois dire que je suis un peu surprise, mais à ce que j'ai pu voir ce soir, vous avez également beaucoup de talent et je suis plutôt honorée que vous ayez pensé à moi.

— Je suis ravi que vous acceptiez ma proposition, remercia l'Allemand. Je me suis permis de commencer à réfléchir à une programmation. En tout, il nous faudrait une durée d'une heure et demi de concert. J'ai pensé que nous pourrions interpréter la *Sonate K. 301* de Mozart, par exemple.

— Je trouve que c'est une bonne idée, l'association piano et violon est très intéressante. Et travailler une heure et demie de programmation me paraît tout à fait faisable dans le temps imparti, acquiesça Juliette.

— Je suis content que vous soyez d'accord. J'avais noté que vous étiez une admiratrice de Chopin et de Debussy… mais comme je n'ai pas encore eu le plaisir de vous entendre interpréter un morceau de Mozart, je n'étais pas sûr que vous l'appréciiez.

Juliette se demanda s'il la testait. Avait-il compris qu'elle avait intentionnellement évité de jouer les compositeurs germaniques ? Ou bien notait-il simplement ce détail ? Elle décida de considérer sa réponse en fonction de la seconde hypothèse.

— Comment ne pas apprécier Mozart, un des plus grands compositeurs qui ait jamais existé ?

Von Stein afficha une moue approbatrice.

— Comment souhaitez-vous organiser les répétitions ? questionna Juliette, pour changer de sujet.

— Je pense qu'il serait difficile de répéter ici, j'ai donc convaincu mes supérieurs de nous laisser répéter au *Lutetia*. Vous n'aurez qu'à présenter votre *ausweis* à l'entrée, je préviendrai les gardes.

Incroyable ! Ils allaient répéter au quartier général de l'Abwehr. Quelle opportunité inouïe ! Juliette avait hâte d'annoncer la nouvelle à son frère. Elle aurait peut-être la chance de pénétrer dans le bureau du capitaine et d'y récupérer de nombreuses informations.

— Comme nous n'avons qu'un mois pour nous préparer, je propose que nous nous retrouvions trois fois par semaine, continua von Stein.

— Cela me paraît raisonnable.

— Que diriez-vous de lundi, mercredi et jeudi, à partir de 17 heures ?

Juliette prit un instant avant de répondre. Cette organisation lui semblait compatible avec ses cours et son travail à l'hôtel.

— C'est très bien, nous commençons dès lundi ?

— Oui, tout à fait, je pense qu'il ne faut pas perdre de temps.

— C'est d'accord. Dans ce cas, je vous dis à lundi, Capitaine von Stein, déclara Juliette en se levant.

L'officier l'imita.

— Je vous souhaite une agréable fin de soirée, dit-il poliment.

— Merci, à vous de même.

Juliette prit congé, un sourire de contentement sur les lèvres. Elle n'aurait pas pu espérer meilleure conjoncture pour sa mission d'espionnage. Soudain, elle fut gagnée par l'anxiété. Elle allait devoir se montrer à la hauteur de la tâche pour profiter au mieux de la situation. La perspective de passer tout ce temps avec le capitaine von Stein ne l'enchantait guère, même s'il s'agissait de musique. Il était certes un violoniste talentueux, mais restait surtout un officier allemand chargé de réprimer la Résistance. Juliette ne devait jamais oublier cela.

Le lundi suivant, à sa sortie du Conservatoire, Juliette se rendit au *Lutetia* pour sa première répétition. Une appréhension tenace nouait son estomac. Impossible de reculer, sa mission commençait. La jeune femme ignorait ce qui l'angoissait le plus. Était-ce la crainte de ne rien trouver qui puisse aider son frère ? Ou le fait de se retrouver seule avec un officier allemand ? Elle ne se sentait pas l'âme d'une actrice, pourtant elle devrait feindre, lui montrer de l'intérêt, sympathiser.

Juliette attacha son vélo. Elle expira tout l'air de ses poumons, pour se calmer, puis traversa la rue. L'imposante façade du palace se dressait devant elle. Plusieurs drapeaux nazis flottaient avec paresse. De nombreuses berlines étaient stationnées sur le boulevard. Des sentinelles casquées et armées gardaient l'édifice et semblaient s'ennuyer ferme.

Juliette pénétra dans le hall de réception. L'hôtel était richement décoré, la jeune femme contempla les rideaux de velours rouge, les ornements en marbre, les nombreuses sculptures et le mobilier Art nouveau. Elle n'avait jamais vu un tel luxe. Une foule d'officiers allemands allait et venait, sans lui prêter attention. Sur sa gauche se trouvait un comptoir, le soldat posté derrière l'interpella. Elle s'approcha.

— Bonjour, je suis ici pour voir le capitaine von Stein, il m'a dit qu'il vous préviendrait.

— *Ausweis, bitte.*

Juliette sortit le document. L'Allemand le consulta en détail avant de saisir son téléphone. Il échangea quelques mots avec son interlocuteur, rendit l'*ausweis* à Juliette et lui indiqua des fauteuils de l'autre côté du hall.

La musicienne s'y installa et attendit quelques minutes,

les mains crispées sur son sac à main. Un soldat qui devait avoir son âge, petit et chétif, s'approcha d'elle. Il portait de petites lunettes rondes.

— Bonjour, dit-il, je m'appelle Reiner, je suis l'aide de camp et le chauffeur du capitaine von Stein, se présenta le jeune homme. Veuillez me suivre, s'il vous plaît.

Le visage de Reiner était long et fin, ses yeux noisette semblaient renfoncés derrière ses lunettes. La vivacité de son regard contrastait avec son physique. Il bougeait vite et avait un air amical.

Juliette lui emboîta le pas. Ils empruntèrent un escalier jusqu'au premier étage, puis longèrent un couloir avant de s'arrêter devant l'une des portes. D'élégants chiffres dorés indiquaient la suite numéro 14.

Le jeune soldat frappa deux coups secs puis ouvrit. Juliette pénétra à l'intérieur du spacieux appartement. Elle découvrit le capitaine von Stein, assis derrière un grand bureau en chêne, dos au mur. Au-dessus de lui, un petit portrait d'Hitler imposait sa présence autoritaire. Juliette parcourut la suite d'un regard circulaire. Un divan de velours moutarde se trouvait sur sa gauche. À côté, une belle bouteille de cognac V.O. trônait sur un chevet, accompagnée de verres en cristal. Une magnifique bibliothèque en ébène occupait tout un pan de mur sur sa droite. Elle était bien fournie : Juliette aperçut des titres en allemand, mais aussi en français.

Von Stein vint la saluer, avec un grand sourire. Elle le voyait sourire pour la première fois. Cet air jovial occultait la sévérité de son uniforme. Décontenancée par la bonne humeur de cet homme qu'elle imaginait froid, elle ressentit presque de la sympathie. Elle chassa cette idée. Elle se rappelait pourquoi elle se trouvait là.

— Bonjour Mademoiselle Hamel, j'espère que votre attente n'a pas été trop longue ?

— Bonjour, non, non, pas du tout.

— Je suis ravi de commencer les répétitions avec vous, s'enthousiasma l'Allemand, venez, laissez-moi vous montrer votre instrument.

Il guida Juliette vers la pièce adjacente. Un sublime piano à queue Bechstein occupait presque tout l'espace. Les rayons du soleil scintillaient sur sa laque noire. Juliette ne parvint pas à contenir la joie qui s'empara d'elle.

— Je peux ? demanda-t-elle, excitée.

— Je vous en prie, il est là pour vous.

La musicienne entama le célèbre premier prélude de Bach. Le timbre et la justesse de l'instrument comblèrent son oreille affûtée.

— Il a été contrôlé et accordé ce matin par un spécialiste, précisa von Stein, vous convient-il ?

— Vous n'auriez pas dû vous donner autant de mal, c'est parfait, merci.

Parfait à double titre. Ils allaient répéter directement dans le bureau de l'officier, donc s'il était amené à s'absenter, Juliette aurait tout le loisir de fouiller. Elle dissimula sa satisfaction et sortit un feuillet de sa poche. Elle le tendit au violoniste.

— J'ai réfléchi à notre programmation. En plus de la *Sonate K. 301* que vous avez proposée, je pensais que nous pourrions sélectionner des compositions parmi les trois mouvements classique, romantique et impressionniste afin de faire voyager l'auditoire à travers l'histoire de la musique.

— J'aime beaucoup cette idée.

Les deux musiciens débattirent près d'une heure sur les sonates pour violon et piano à retenir. Ils sélectionnèrent des compositions de Beethoven, Mozart, Brahms, Schumann et enfin Debussy.

Ils commencèrent le travail sans plus attendre. Juliette avait vu juste. Von Stein et elle se comprenaient et formeraient, à n'en pas douter, un duo convaincant. Cette complémentarité musicale n'était pas évidente. La pianiste avait déjà peiné à collaborer avec d'autres musiciens au cours de ses études. Au moins, cette passion commune lui faciliterait la tâche pour se rapprocher de l'officier. Elle n'avait pas à prétendre en musique, elle pouvait rester elle-même.

À la fin de l'après-midi, ils avaient déjà bien progressé sur la *Sonate K. 301* de Mozart. Von Stein proposa à Juliette de boire quelque chose avant son départ, mais la jeune femme déclina. Jouer avec lui, c'était facile, elle adorait ça, mais discuter, sympathiser, c'était une autre affaire. Hors de sa zone de confort, Juliette restait trop mal à l'aise. Elle préférait se laisser un peu de temps avant de faire plus ample connaissance. Elle gardait en tête sa mission, mais elle ne se sentait pas encore prête à bavarder avec l'officier, intimidée par son statut.

Les deux semaines qui suivirent, Juliette se présenta aux répétitions au *Lutetia* comme convenu avec le capitaine. La jeune femme adorait la programmation qu'ils avaient choisie et appréciait chaque fois un peu plus de travailler avec le talentueux violoniste. Sa confiance en elle s'affirmait en sa présence, elle s'habituait à le côtoyer.

En revanche, en dehors des progrès musicaux, la jeune femme n'avait pas réussi à trouver un moment opportun pour inspecter la chambre de von Stein à *La Halte Arago*. De même, elle faisait chou blanc au *Lutetia*.

Le jour du premier compte-rendu avec Étienne arriva et Juliette n'avait toujours rien. Elle se présenta à la répétition dépitée. Égal à lui-même, von Stein, appliqué et investi, ne quittait jamais la pièce. Il déployait son énergie pour la musique avec une telle passion. Il était le partenaire rêvé pour travailler, mais malgré tout le plaisir que Juliette en tirait, elle n'était pas là pour cela et désespérait de pouvoir donner quelque chose à son frère. Elle souhaitait plus que tout lui montrer qu'elle était capable et efficace.

La fin de la répétition approchait, et en plein cœur d'un morceau, Reiner vint les déranger. Von Stein s'excusa et sortit enfin de la suite. Inespéré. Sitôt seule, Juliette se dirigea vers le bureau du capitaine et inspecta les papiers ordonnés sur le côté. Elle sortit un petit calepin noir de sa poche et commença à prendre des notes. Anxieuse, elle jetait des regards vers la porte, attentive au moindre bruit pouvant indiquer le retour du capitaine. Son cœur battait la chamade, elle avait chaud, ses doigts tremblotaient. Elle expira pour se calmer.

Soudain, elle entendit du mouvement dans le couloir et fila sans attendre vers le piano. Elle patienta une minute. Fausse alerte. Elle entreprit alors d'ouvrir les tiroirs du bureau. L'un d'entre eux contenait des feuilles vierges, ainsi qu'un sceau en forme de croix gammée. Juliette tira le deuxième et découvrit une arme à feu. Elle s'empressa de le refermer, le souffle court. Elle tenta d'ouvrir le troisième tiroir, hélas, il s'avéra verrouillé. Intéressant. Elle inspecta de nouveau le bureau pour voir si, par chance, von Stein cachait la clef à proximité, mais elle constata bien vite qu'il n'était pas si négligent. Il faudrait qu'elle trouve un moyen de l'ouvrir.

Elle considéra que ses découvertes étaient suffisantes pour une première tentative et se réinstalla devant le piano. Quelques instants plus tard, von Stein fut de retour. Il discutait avec un autre militaire. Juliette ne le voyait pas, il devait se tenir devant la bibliothèque, de l'autre côté du mur. Elle l'aperçut quand il s'approcha de son bureau. Il tenait une petite clef à la main ! Il déverrouilla le dernier tiroir et sortit un épais paquet de dossiers. Juliette faisait mine d'étudier sa partition, tout en observant discrètement le capitaine. Il tendit l'un des dossiers à son collègue et ce dernier quitta la pièce. Von Stein disparut de nouveau du champ de vision de Juliette. La jeune femme comprit qu'il rangeait la clef du tiroir dans la bibliothèque. Voilà qui lui laissait une chance de la localiser afin de consulter les dossiers cachés.

Elle avait hâte de partager ses découvertes avec son frère.

4

Les instructions fournies par Étienne quelques jours plus tôt menèrent Juliette au 8 rue Sivel, dans le 14e arrondissement. Il s'agissait d'un immeuble étroit de trois étages. La nuit commençait à tomber, une rafale de vent fit frissonner Juliette et désordonna ses boucles blondes. La jeune femme frappa à la porte, pressée de se réfugier à l'intérieur.

— Derrière toi, chuchota une voix à son oreille.

Juliette sursauta. Elle fit volte-face, et posa une main sur son cœur, soulagée.

— T'es bête, dit-elle, mi-effrayée, mi-amusée, en frappant l'épaule de son frère.

Étienne déposa un bisou sur sa joue.

— Content de te voir aussi, petite sœur, rit-il.

Le jeune homme guida Juliette dans un appartement du troisième étage. L'ameublement élémentaire de l'unique pièce donnait un sentiment de vide. Le lit simple était défait. Un pantalon et un maillot de corps reposaient sur sa structure en métal. Sur la table trônaient une bouteille de vin à moitié vide et une assiette avec quelques restes de nourriture. Les deux chaises en bois avaient visiblement de l'âge, les assises usées s'enfonçaient vers le sol. Un évier avec une bassine occupait un coin de la pièce.

— Tu vis ici ? demanda Juliette.

— Oui, pour l'instant. Il ne faut pas que je reste trop longtemps au même endroit.

Le résistant retira son blouson et invita Juliette à s'asseoir.

— Je te sers du vin ?

— Non, merci, juste un verre d'eau. Au fait, je t'ai apporté des sablés que j'ai cuisinés, annonça-t-elle en sortant une boîte en métal de son sac.

Son frère afficha un grand sourire, il raffolait de ces gâteaux. Il tendit un verre d'eau à Juliette et dégusta un biscuit. Il ouvrit grand les yeux en commençant à mâcher.

— Mais comment as-tu *réuchi* à obtenir du beurre comme *cha* ? articula-t-il la bouche pleine.

— Papa sait tirer quelques avantages de l'occupation de l'hôtel. Il joue ami-ami avec un colonel qui l'a à la bonne.

Étienne s'esclaffa et goba un deuxième sablé.

— Merci, ils sont délicieux. Je crois que je ne m'étais pas autant régalé depuis le début de cette foutue guerre ! Bon, revenons à nos moutons, comment se sont passées tes premières semaines d'espionnage ?

Juliette avait presque oublié pourquoi elle était là. Elle prenait tant de plaisir à partager un moment simple et complice avec son frère qu'elle regrettait qu'il aborde ce sujet si vite. Néanmoins, elle fut fière de lui annoncer qu'elle passait du temps au siège de l'Abwehr, en compagnie de von Stein. Son frère mit un instant à la croire ; bouche bée, il arrêta de mâcher son quatrième biscuit.

— Et ça n'est pas tout, renchérit Juliette, j'ai pu fouiller son bureau et j'ai découvert un tiroir verrouillé. Je sais qu'il dissimule la clef quelque part dans sa bibliothèque, il ne me reste plus qu'à la localiser et j'aurai accès aux dossiers de ce tiroir. Je pense qu'ils sont importants.

— C'est un excellent début. Non seulement tu vas passer du temps avec lui pour gagner sa confiance, mais en plus tu peux obtenir du concret !

— J'ai recopié quelques notes à partir de papiers que j'ai trouvés sur son bureau, je te les donne pour traduction.

— Je prends, mais je t'avoue qu'on n'a pas encore de

traducteur. On travaille à un recrutement, on a une piste. Je ne pensais pas que tu aurais du contenu si vite.

— Ah, d'accord ! Je te dégote des infos et tu n'as personne pour les traduire !

— Tu as raison, on va y remédier, affirma Étienne.

— Je t'embête. Je sais que tu vas trouver un traducteur, je ne m'inquiète pas. Sinon, je n'ai pas encore eu l'occasion de fouiller sa chambre à l'hôtel. J'aimerais y aller le soir, une fois qu'il est rentré, pour avoir une chance de trouver quelque chose d'intéressant, mais j'ai peu d'opportunités. Il quitte rarement sa chambre.

— Prends ton temps, rien ne presse. Quant à tes recherches au *Lutetia*, sois prudente, surtout.

Juliette acquiesça. Elle nota les nuances subtiles d'inquiétude et de culpabilité dans la voix d'Étienne. Il tentait de le dissimuler, mais il restait mal à l'aise à l'idée de lui demander tout ça.

— Je voulais aussi aborder un certain nombre de sujets, reprit Étienne. Dans la mesure du possible, je vais essayer de garder des rendez-vous réguliers avec toi. Mais il faudra que tu fasses parvenir tes découvertes sans passer par moi, de manière rapide et sûre. Pour cela, nous avons mis en place un réseau de boîtes aux lettres. Ce sont des lieux éparpillés dans Paris, comme des toilettes publiques, une brique creuse dans un mur, ou une vraie boîte aux lettres, dans lesquels tu pourras déposer des messages. Ils seront relevés très régulièrement par des membres du réseau.

Étienne tendit une liste à sa sœur.

— En voici trois que tu pourras utiliser. Rends-toi sur place pour faire du repérage puis brûle cette liste. Il faudra que tu les utilises toutes les trois pour diversifier et ne jamais suivre de schéma.

Juliette consulta la liste. La première boîte se situait non loin du jardin du Luxembourg. À l'évocation de ce lieu, Juliette ragea intérieurement. Elle adorait s'y installer pour bouquiner avant la guerre. Désormais occupé par les Allemands, le jardin restait fermé au public. Les deux autres boîtes aux lettres fournies par Étienne étaient respectivement dans le 7e et le 2e arrondissement.

— Si ces boîtes sont brûlées, je t'en fournirai de nouvelles, ajouta Étienne.

Juliette comprit que « brûlée » signifiait découverte.

Son frère lui expliqua ensuite la procédure d'urgence, en cas de force majeure. Il lui fit retenir une adresse et une phrase code par cœur. Il insista pour qu'elle la répète une dizaine de fois avant d'être satisfait.

— En cas de problème grave, rends-toi à cette adresse et énonce cette phrase, cela te permettra de me faire prévenir rapidement.

— Et je ne peux pas venir ici tout simplement ?

— Jamais sans que je t'y invite, et comme je t'ai expliqué, cette adresse est temporaire, tu n'auras aucune garantie de m'y trouver.

— D'accord, c'est compris.

— Je sais que ça fait beaucoup d'informations, mais tu fais partie du réseau maintenant et tu vas devoir suivre nos procédures pour préserver la sécurité de tous.

— Je fais partie du réseau ?

— Bien sûr, pourquoi ? Tu as des remords ?

— Non, pas du tout, s'empressa de répondre Juliette. C'est que je pensais être à part, un peu comme une consultante. Si quelqu'un m'avait dit que je deviendrais résistante il y a quelques semaines, je n'y aurais pas cru. La guerre avait un côté lointain et maintenant je plonge dedans.

Étienne opina, pensif.

— Je sais que c'est ma faute. J'ai peur de t'embarquer dans une spirale infernale, où tu mettras ta vie en danger, déplora-t-il.

Juliette posa sa main sur l'avant-bras de son grand frère et le regarda dans les yeux.

— Étienne, il était temps que je me réveille. Je suis fière de mener ce combat avec toi. On sera là l'un pour l'autre et tant que ce sera le cas, rien ne pourra nous arriver.

Juliette scella cette promesse avec Étienne par une étreinte réconfortante. Ils n'avaient aucune certitude de pouvoir tenir ce serment, mais ils se devaient de l'énoncer et d'y investir toute leur énergie. C'est ensemble qu'ils traverseraient cette guerre.

— Tu as raison, les Hamel vont montrer aux Boches que la France n'a pas dit son dernier mot, plaisanta le résistant.

Juliette rit de bon cœur.

— Tiens, regarde ce que nous allons distribuer dans les jours à venir.

Étienne sortit de sa poche une feuille de papier. La jeune femme déplia la note. En titre, elle lut : « VIVE LA LIBERTÉ ». Le journal était daté du 4 décembre 1940. Sous le titre, plusieurs colonnes attiraient l'attention. La première accrochait le lecteur : « Vichy ment ! ». Le paragraphe décrivait comment Pétain vendait la France, dénonçait la propagande et les mesures du régime de Vichy. La deuxième colonne révélait : « La France se bat ! À la passivité, au silence, au désespoir, nous faisons place à l'action ». Enfin, écrit en plus gros, en bas de page : « Rejoignez-nous dans notre combat pour une France fière et libre. Votre pays a besoin de vous. VIVE LA FRANCE ». La jeune femme frissonna. « Signé : les *Compagnons parisiens de la liberté* ».

— Je ne savais pas qu'on s'appelait comme ça, sourit Juliette.

— C'est vrai, je ne te l'avais pas dit. J'espère que ce nom va devenir célèbre avec ce journal. Qu'est-ce que tu en penses ?

— Je crois que les gens ont besoin de lire ce genre de textes. Tout le monde semble s'accommoder de l'occupation.

— Je sais, et nous, on a besoin de nouvelles recrues. Tu

ne peux pas savoir le mal qu'on s'est donné pour trouver du papier. Ensuite, on a passé deux semaines à se relayer jour et nuit sur un ronéotype manuel pour tirer un millier d'exemplaires.

— C'est votre premier numéro ?

— Le tout premier, confirma Étienne.

— Je peux aider à la distribution, si nécessaire.

Étienne mit un instant avant de répondre.

— Pourquoi pas, c'est vrai qu'on a besoin d'aide. Je déposerai une pile de ces tracts demain soir à l'endroit habituel. Tu pourras profiter du service au restaurant pour aller les distribuer dans des boîtes aux lettres. Tu seras couverte par la nuit.

— D'accord, je m'en charge.

— Évite le quartier de La Halte, éloigne-toi un peu de l'hôtel avant de commencer. Et Juliette, fais très attention, tu ne vas pas distribuer des gâteaux.

Sur ces mots, Étienne soupira de déception en attrapant le dernier sablé au beurre.

— Je t'en referai, s'amusa Juliette.

Elle rangea la boîte dans son sac.

— Il va falloir que je rentre, maman a besoin de moi pour les chambres.

Étienne acquiesça et raccompagna sa sœur à la porte. Il semblait déçu de la voir partir. Le cœur de Juliette se serra, elle non plus ne souhaitait pas le quitter.

— Ah, j'ai failli oublier ! s'écria-t-il, la main sur la poignée. Il faut que tu choisisses ton pseudo, Juliette.

— Mon pseudo ?

— Ton nom de résistante, acquiesça Étienne, celui que tous les membres du réseau connaîtront et utiliseront pour s'adresser à toi. Ça vise évidemment à protéger ton identité.

— Tu as choisi quoi, toi ?

— Maxence, ou Max pour faire court. D'ailleurs, en

présence d'autres personnes, il faudra que tu t'adresses à moi en utilisant ce pseudo uniquement.

— Ça va me faire bizarre.

— Je sais, mais c'est important. Alors, à quel nom tu penses ?

Juliette posa une main sur son menton. Claude ? En référence à Claude Debussy, un de ses compositeurs préférés. Claude la résistante ? Non. Ou bien… Claire ? Comme *Clair de lune*, sa composition favorite de Debussy, inspirée du poème éponyme de Verlaine. Son identité secrète appartiendrait à la nuit, cette nuit perpétuelle imposée par la guerre. Nuit qu'elle espérait voir un jour plus… claire.

— Ce sera Claire.

5

Juliette regagna *La Halte Arago* juste à temps pour le dîner. Ses parents l'interrogèrent sur ses activités, elle prétexta une affaire au Conservatoire. La famille Hamel échangea des banalités pendant le repas. Charles fut fier de surprendre son épouse et sa fille avec un beau camembert offert par le colonel Stöffel. Décidément, ces deux-là s'entendaient de mieux en mieux. Juliette constatait qu'elle n'était pas seule à changer d'avis sur les Allemands. Enfin, un Allemand.

Juliette accompagna ses parents au restaurant et demanda à jouer en début de service, sous prétexte de devoir travailler. En réalité, elle souhaitait se libérer une bonne heure pour aller distribuer les tracts clandestins du réseau. Son père accepta sans mal.

Sitôt sa représentation achevée, Juliette regagna l'appartement familial et dévala l'escalier extérieur. Elle trouva une pile d'une centaine de tracts, emballés dans du papier journal. Elle les déposa dans son sac et enfourcha son vélo.

Juliette pédala vers le sud, elle avait décidé de cibler le quartier de la Butte-aux-Cailles. Les petites rues éviteraient qu'on la repère de loin et la densité des immeubles lui permettrait de limiter le temps de distribution. Elle stationna son vélo sur le boulevard Auguste-Blanqui et s'aventura à pied dans le quartier.

Son cœur frappait sa cage thoracique, ses tempes pulsaient, Juliette respirait fort. Elle se sentait dans le même état que lorsqu'elle avait fouillé dans le bureau de von Stein. Son corps ne savait pas encore gérer l'angoisse liée à ses activités de résistante. Une angoisse semblable à celle ressentie avant d'entrer en scène.

Juliette appliqua les mêmes méthodes pour se calmer. Elle allongea sa respiration, s'arrêta de bouger un instant et ferma les yeux. Elle sentait l'air passer dans ses narines, le vent caresser ses joues, le froid engourdir ses mains. Son rythme cardiaque diminua, sa ventilation se fit plus régulière.

Juliette ouvrit les yeux et entra en scène. Elle attrapa un tract dans son sac, le plia en deux et le glissa dans la première boîte aux lettres. Elle en sortit un deuxième et répéta l'opération à la porte suivante. Elle progressa rapidement dans la rue, ses gestes sûrs. Sans trembler, adresse après adresse, le poids dans son sac diminua.

Tout à coup, la porte d'un immeuble sur sa droite s'ouvrit. Juliette eut à peine le temps de rempocher le feuillet qu'elle s'apprêtait à déposer. Elle prit une allure normale, faisant mine de se rendre quelque part.

Un homme, qui portait une blouse bleue couverte de taches d'encre, la dépassa d'un pas vif. Il ne fit pas attention à elle. Juliette jeta un œil par-dessus son épaule. Blouse-Bleue-à-Taches allait bientôt disparaître au coin de la rue et elle serait de nouveau seule.

La jeune femme attendit quelques instants et tendit l'oreille. Aucun bruit. Elle reprit sa distribution. À sa grande satisfaction, il ne lui restait plus que quelques feuillets. Seule dans le noir, elle afficha un sourire de contentement. Elle passa devant une imprimerie. La devanture indiquait : *Imprimerie des Frères Lionet.* Juliette décida d'y déposer le dernier tract.

— Nous sommes fermés.

Juliette sursauta. C'était Blouse-Bleue-à-Taches, il s'approcha.

— Et nous n'avons pas besoin de main-d'œuvre, aussi charmante soit-elle.

Juliette dissimula le tract dans son dos, d'un geste calme. L'inconnu l'observait d'un air suspicieux.

— Pardonnez-moi de vous avoir dérangé, je vais déposer mon annonce ailleurs. Au revoir, s'excusa Juliette en tournant les talons.

— Y a marqué « Vive la France » sur votre annonce ?

Juliette cessa de réfléchir et se mit à courir. Elle entendit Blouse-Bleue-à-Taches se lancer à sa poursuite. En robe et mocassins, elle n'alla pas bien loin, son poursuivant l'attrapa fermement par le bras et lui arracha le tract des mains. Il le consulta en vitesse et toisa Juliette.

— Je s'rais vous, la prochaine fois, j'mettrais des chaussures plus adaptées. Vous avez de la chance, j'suis pas du genre bavard, ni un grand ami des Boches. Venez, faut qu'on cause.

Il lâcha son bras et commença à marcher en direction de l'imprimerie. Juliette, sous le choc, ne bougea pas.

— Bah, venez ! insista-t-il.

Elle reprit ses esprits et trottina pour le rejoindre. Il la fit entrer dans l'imprimerie, puis alluma l'atelier. Juliette découvrit une dizaine de presses à l'arrêt. L'odeur de papier et d'encre restait intense. Le long des murs étaient entassées des dizaines de liasses de journaux contrôlés par Vichy, titrant fièrement : « TRAVAIL, FAMILLE, PATRIE ».

— On est obligés de tirer ces torchons, se plaignit l'imprimeur. Gustave Lionet, ajouta-t-il en tendant la main vers Juliette.

Elle avait l'occasion de voir son interlocuteur à la lumière. Il devait avoir un peu moins de 40 ans. Gustave Lionet était grand et fin. Ses cheveux étaient aussi noirs que l'encre qui tachait sa blouse et il portait une belle moustache aux pointes recourbées.

— Claire, enchantée.

— Juste Claire ?

— Vous devinerez aisément pourquoi.

— Intéressant, votre tract, commenta Gustave. Mais sacrément amateur. Le papier est de piètre qualité, l'encre j'en parle même pas. Tiré avec un ronéotype manuel, vous avez dû perdre un temps fou.

— On fait ce qu'on peut, c'est notre premier numéro.

— Vous avez tiré quoi, mille exemplaires tout au plus ?

Lionet n'attendait pas de réponse.

— C'est pas avec ça que vous allez soulever Paris, se moqua-t-il.

— Bon, qu'est-ce que vous me voulez ? s'emporta Juliette.

— La question, c'est qu'est-ce que vous voulez ? Si ça vous intéresse de monter un peu en volume, mon frère et moi sommes prêts à travailler avec vous.

— Merci pour cette offre, j'en parlerai à mes collègues. Maintenant, si vous voulez bien m'excuser, je dois y aller.

— Si dans vos collègues, il y a d'autres personnes aussi charmantes que vous, la guerre va me sembler bien plus agréable, s'amusa Lionet.

— Si vous passez la guerre à faire ce genre de compliments douteux, on n'est surtout pas près de la gagner ! Sur ce, bonne fin de soirée, Monsieur Lionet.

Gustave s'esclaffa et raccompagna Juliette à la porte.

— Avec des gens comme vous, on devrait s'en sortir. À bientôt, Claire.

Juliette rentra à *La Halte Arago* avant la fin du service. Elle fit sa toilette, enfila sa robe de chambre et s'installa avec un livre dans un des fauteuils du salon.

Elle repensa à sa soirée riche en émotions. Elle expira bruyamment. Elle avait eu de la chance d'être surprise par Gustave Lionet, elle aurait pu tomber sur un dénonciateur, ou pire, un collabo. Son frère avait raison, le danger était partout. La prochaine fois, elle devrait être plus attentive, plus concentrée. Fière d'avoir terminé sa distribution, elle avait relâché sa vigilance, juste assez pour se faire prendre.

Juliette entendait cette sommation du destin. La vie ou la mort, la liberté ou l'arrestation, la réussite ou l'échec, n'étaient parfois distants que d'un cheveu, et la moindre erreur pouvait se payer cher.

Néanmoins, elle s'autorisa à jubiler. Elle avait dégoté un imprimeur pour le réseau. Sans conteste un atout de taille. Juliette passerait sous silence sa maladresse, mais elle avait hâte de présenter Gustave à son frère.

Dès le lendemain, elle prépara un message.

Maxence, j'ai rencontré un homme sympathique,
il pourrait nous aider dans notre entreprise,
il possède des moyens que nous n'avons pas.
J'aimerais beaucoup te le présenter.
Claire

Juliette décida d'utiliser la boîte aux lettres à proximité du jardin du Luxembourg. Elle passa le long des grilles de la rue Auguste-Comte. Le jardin était parsemé de barbelés qui couraient entre les arbres. Dépouillés de leurs feuilles pour l'hiver, ils laissaient apercevoir le palais réquisitionné et bien gardé. Sur l'esplanade étaient stationnés de nombreux véhicules et pièces d'artillerie.

Juliette avait mémorisé l'adresse de la boîte aux lettres par cœur, afin de ne pas transporter la liste sur elle. Elle se présenta au 3 rue Joseph Bara. Comme attendu, elle se trouvait face à une contre-allée étroite, qui donnait accès à l'arrière-boutique d'une droguerie. Personne. Juliette dépassa une poubelle malodorante pour s'y engager. Des effluves d'urine la firent grimacer. Elle atteignit la porte de l'arrière-boutique et glissa son message dans la fente à lettres, fidèle aux instructions.

Ce nouveau canal de communication s'avéra efficace : elle reçut une réponse de son frère deux jours plus tard. Ils se retrouvèrent à la station de métro Varenne, puis Juliette guida Étienne jusqu'à l'*Imprimerie des Frères Lionet.* Le résistant félicita sa sœur à plusieurs reprises pour l'opportunité qu'elle offrait au réseau. Si un imprimeur tirait leurs tracts, ils pourraient décupler la portée de leur journal clandestin et faire adhérer toujours plus de monde à leur cause. Ce n'est qu'à cette condition que leur action prendrait de l'ampleur et pourrait s'élargir à d'autres activités.

Juliette mit un quart d'heure à retrouver l'atelier. De nuit, elle n'avait pas enregistré tous les repères, et l'émotion lui avait fait perdre le sens de l'orientation. C'est finalement le bruit qui attira son attention. Cette fois, les presses des frères Lionet tournaient à plein régime.

Juliette frappa à la porte. Après quelques instants, Gustave ouvrit. Il avait rasé sa moustache, ce qui surprit Juliette. Il portait la même blouse bleue tachée.

— Bonjour Monsieur Lionet, je suis de retour accompagnée, pour discuter de notre partenariat.

— Pardon, mais vous êtes ? demanda-t-il, l'air perplexe.

— Claire, vous ne me reconnaissez pas ?

— Euh, non, je devrais ?

— Oh, mais vous devez être le frère de Gustave ?

— C'est ça, Henri Lionet, pour vous servir.

Les frères se ressemblaient comme deux gouttes d'eau, des jumeaux.

— J'ai rencontré Gustave l'autre jour, est-il ici ?

— Entrez, acquiesça Henri.

Il guida les résistants dans un bureau adjacent à l'atelier. Gustave, qui portait toujours sa moustache, mais pas sa blouse, se leva avec un sourire en apercevant Juliette.

— Claire, dit-il, content de vous revoir. Entrez, je vous

en prie. Henri, tu voudras bien fermer la porte derrière toi. Nous avons des choses importantes à discuter avec nos invités.

— Gustave, Henri, je vous présente Maxence.

Les hommes échangèrent une poignée de main. Gustave les invita à s'asseoir et offrit une cigarette à Étienne.

— Alors comme ça, vous voulez nous imprimer des journaux ? interrogea Étienne.

Il approcha son visage du briquet tendu par Henri et tira sur sa cigarette pour l'allumer.

— Exact, j'ai reçu votre premier numéro, je pense qu'on peut faire beaucoup mieux avec nos moyens et en bien plus grande quantité, confirma Gustave.

— Vous avez conscience des risques que cela implique ?

— On gagnera pas la guerre sans prendre de risque, affirma Henri. Notre père s'est fait tuer par une bombe allemande en 1917. On peut pas regarder ce désastre les bras croisés. On lui doit bien ça.

Étienne afficha un air approbateur.

— Alors bienvenus chez les CPL, dit-il.

— CPL ? s'étonna Gustave.

— *Compagnons parisiens de la liberté.*

Les jumeaux échangèrent un sourire.

Gustave et Henri proposèrent d'imprimer dix mille exemplaires de chaque numéro sur la base d'un par mois. Ils expliquèrent qu'ils devraient échelonner les tirages sur plusieurs semaines et faire passer les journaux clandestins entre les titres censurés. Ils ne pouvaient pas imprimer la nuit, sous peine d'attirer l'attention des voisins.

Connaissant la localisation de l'imprimerie, Juliette serait chargée de déposer le modèle aux frères Lionet en début de mois et d'informer les CPL de la fin du tirage. Le journal serait caché par paquets de deux cents dans des liasses de journaux officiels. Le livreur des Lionet, sympathisant à la cause, se chargerait de déposer les liasses clandestines dans une planque. Les CPL distributeurs n'auraient qu'à se servir dans cette réserve. Cette chaîne limitait le nombre de personnes au courant du nom et de l'emplacement de l'atelier des jumeaux. Le cloisonnement de l'information serait essentiel pour protéger l'imprimerie, car nul doute que les Allemands la rechercheraient activement.

Leur mode opératoire défini, les quatre résistants partagèrent un cognac pour fêter leur association.

6

Le développement de l'activité d'édition d'un journal clandestin s'accompagnait d'une menace accrue sur les CPL. Plus le réseau prendrait de l'ampleur, plus les Allemands s'acharneraient à le démanteler. La mission d'espionnage de Juliette gagnait donc en importance et en responsabilité. La jeune résistante avait conscience de jouer un rôle au potentiel décisif. Ses succès ou ses échecs pouvaient arbitrer entre vie et mort.

Au cours des deux répétitions qui suivirent sa rencontre avec les jumeaux Lionet, Juliette n'eut pas l'occasion de rechercher la clef du tiroir. La jeune femme ne se faisait pas d'illusion : Noël arrivait bientôt, elle savait qu'elle avait peu de chances d'aboutir avant le concert. Elle devrait s'arranger pour revenir en d'autres occasions. Ainsi, elle n'avait d'autre choix que de se rapprocher du capitaine von Stein, d'établir un lien entre eux. Ce n'était qu'à cette condition qu'elle aurait assez de crédibilité pour proposer le maintien de leur collaboration musicale.

Juliette s'épargnait jusqu'à présent de passer trop de temps avec von Stein, se contentant de venir répéter, sans s'attarder. À l'hôtel, elle l'évitait autant que possible. Elle avait espéré pouvoir trouver des informations intéressantes, sans avoir l'obligation de sympathiser avec l'officier. Mais son frère et le réseau comptaient sur elle. Juliette n'avait plus d'excuse, plus d'alternative. Et puis... le peu qu'elle connaissait de von Stein bousculait ses préjugés.

La musicienne s'était attendue à un homme froid et arrogant. Le capitaine était toujours souriant, respectueux et farouchement passionné de musique. Il s'avérait très collaboratif dans leur travail, attentif à la vision de Juliette. Il possédait une maîtrise technique excellente, mais aussi une sensibilité bien à lui. Juliette commençait à l'apprécier, il attisait sa curiosité, si bien qu'à la fin d'une de leurs répétitions, elle n'eut aucun mal à demander :

— Capitaine von Stein ? Puis-je vous poser une question personnelle ?

L'Allemand haussa les sourcils.

— Allez-y, je vous en prie, accepta-t-il poliment.

— Je me demandais simplement pourquoi, enfin… Votre accent, il ne ressemble pas à celui des autres officiers.

Von Stein sourit, il ne s'attendait pas à cette question.

— Fous foulez dire gue che ne barle bas comme ça, *ja* ?

Juliette explosa d'un rire spontané, tant l'imitation sonnait ridicule. Les deux musiciens, hilares, mirent quelques minutes avant de retrouver leur calme.

— Oui, c'est ce que je voulais dire, admit Juliette, en reprenant son sérieux.

Elle était déconcertée de la facilité avec laquelle elle avait ri avec von Stein. Elle n'avait pas eu à jouer un rôle. Elle se réprimanda en pensée. Lui inspirer confiance ne signifiait pas devenir son amie. Elle devait garder ses distances.

— Je triche un peu, figurez-vous. Ma mère est française.

— Française ? répéta Juliette, sans cacher sa surprise. J'imagine que ce n'est pas très courant, un père allemand et une mère française, vu les relations franco-allemandes de ces dernières décennies…

— Non, effectivement.

— Comment vos parents se sont-ils rencontrés ?

— Ils se sont rencontrés à l'école.

— À l'école ? Comment est-ce possible ?

— C'est une longue histoire, je ne sais pas si elle est très intéressante.

— Je veux bien l'entendre, j'avoue que vous m'avez intrigué, insista Juliette.

— Très bien, dans ce cas asseyons-nous, proposa von Stein.

Les deux musiciens prirent place sur le divan moutarde.

— Par où commencer ? se demanda l'officier. Ma mère est née en 1890 dans une famille bourgeoise de Strasbourg. Comme vous le savez, à cette époque, l'Alsace était une province allemande, donc strictement, ma mère est née allemande. Elle a appris l'allemand à l'école. En revanche, ses parents restaient français de cœur, plutôt mécontents de l'annexion germanique. Ils ont enseigné le français à leur fille, bien que ce soit interdit. Ils lui ont transmis l'amour de la France et l'ont élevée en petite Française.

— Je vois, et votre père ?

— Mon père, quant à lui, est le fils d'un officier de l'armée prussienne. Mon grand-père a fait partie de l'administration de la province Alsace-Lorraine. Mon père a donc grandi à Strasbourg lui aussi. Mes parents se sont liés d'amitié à l'école. L'école des garçons et celle des filles partageaient la même cour de récréation, coupée par un grillage. Ils passaient leur temps à discuter, s'échanger des objets, et une amitié est née. À 16 ans, comme l'exigeait la tradition familiale, mon père a intégré l'académie militaire. Mes parents n'ont pas cessé de s'écrire pendant ses trois ans de classes. À son retour à Strasbourg, mon père est venu demander la main de ma mère. Vous imaginez la réaction de leurs parents, aucune des deux familles ne voulait entendre parler de ce mariage. Malgré leurs efforts, mes parents ne sont pas parvenus à les convaincre, ils ont donc cessé de suivre les règles. Ma mère est tombée enceinte de moi, et leurs parents se sont vus contraints d'accepter le mariage, pour éviter la naissance d'un bâtard.

« Une fois mariés, mes parents se sont installés en Allemagne, mon père était officier de cavalerie. J'ai vu le jour peu de temps après. Ma mère m'a toujours parlé en français, et jamais mon père ne s'y est opposé. Avec lui par contre, on parlait allemand. Mais dès que j'étais seul avec ma mère, elle me racontait l'histoire de France, elle me chantait des berceuses. Je me rappelle sa voix, si douce, rassurante, et aimante.

L'officier cessa de parler un instant, comme s'il se remémorait ces comptines. Ses iris bleus brillaient de nostalgie.

— J'avais 4 ans quand la Grande Guerre a éclaté, reprit-il. Mon père est parti se battre. J'ai passé trois ans élevé uniquement par ma mère. Elle était formidable. Elle vivait pour moi, pour me rendre heureux malgré la guerre. C'est à cette époque qu'elle a engagé un professeur de violon et que cette passion est née chez moi. Je partageais tout avec ma mère, nous avions une relation assez fusionnelle.

« Mon père est revenu à la maison en 1917, en héros de guerre, une jambe en moins. Je le connaissais à peine, j'avais très peu de souvenirs de lui. Pendant le conflit, il n'était rentré que pour quelques brèves permissions. On redevenait une famille. Ma mère était heureuse de le retrouver, mais pas moi. Elle s'occupait moins de moi après son retour. On essayait tous de trouver notre place, de nous acclimater à notre nouvelle vie. Ma mère est retombée enceinte assez rapidement, et… après une grossesse difficile, elle est morte en couches. J'avais 8 ans. On a perdu ma mère et ma petite sœur ce jour-là. Je me retrouvais seul avec mon père, un quasi-inconnu, avalé par ma tristesse.

Juliette écoutait son récit, attentive, touchée par l'ouverture de l'officier. Elle se demandait pourquoi il se confiait à elle ainsi. Voulait-il lui montrer qui il était ? Ou avait-il simplement besoin de repenser à son pays et à sa famille ? En tout cas, elle appréciait qu'il ose lui raconter son enfance, lui parler de la perte de sa mère et elle se prit à compatir avec l'Allemand.

— Je suis désolée, souffla-t-elle.

— Ne le soyez pas, ça n'était pas une période facile, mais tout cela est vieux.

— Le pouvoir curatif du temps...

L'officier acquiesça, les yeux dans le vague.

— Après le décès de ma mère, mon père était incapable de s'occuper de moi, poursuivit-il. Non seulement il restait infirme, mais surtout la tristesse le ravageait aussi. Alors, il m'a envoyé en pensionnat l'année suivante. J'y ai passé le reste de ma scolarité. Je revenais à la maison pour les vacances. J'allais pêcher avec mon père. On sortait faire des balades à cheval, il monte mieux que moi, même avec une jambe en bois ! Il s'est remarié en 1922. J'ai trois sœurs maintenant.

« Puis à 16 ans, fidèle à la tradition, direction l'école militaire. Mon père voulait faire de moi un officier de marine, mais je parlais français et allemand, l'armée a vu le potentiel. J'ai été affecté à l'Abwehr après mes classes. Et me voilà, dix ans plus tard, à servir le IIIe Reich à Paris, qui l'eût cru ?

— Vous n'avez jamais pensé faire autre chose ? Je veux dire, autre chose que l'armée ? interrogea Juliette.

Cette question lui brûlait les lèvres. Elle voulait en savoir plus sur lui. Suivait-il sa vocation ici ? Qui était l'homme caché derrière l'uniforme ?

— À quoi bon réfléchir à ce que l'on veut faire quand on n'a pas le choix ? Je n'avais pas mon mot à dire. Et puis le conflit actuel s'est profilé peu de temps après mon intégration. J'ai vite compris que je vivrais une guerre. Je préférais choisir ma place plutôt que de subir une affectation.

— Je vois...

Juliette se dit qu'elle était bien heureuse que ses parents lui aient laissé le choix. Elle vivait sa passion. L'officier lui faisait soudain prendre pleine conscience de sa chance.

Sans réfléchir, elle lui posa une autre question, les mots s'échappèrent de sa bouche.

— Et vous n'avez pas l'impression de nier une part de vous-même ? Après tout, la France fait partie de vous.

Elle regretta cette question déplacée aussitôt énoncée. L'officier la fixa un instant, silencieux. Il conserva son air impassible, mais Juliette sentait qu'elle le prenait de court. Il répondit tout de même.

— J'aime la France, bien sûr. Elle est riche d'une culture fascinante. Je ne peux pas nier que c'est un désastre que la France et l'Allemagne soient de nouveau en guerre. Si j'avais le pouvoir de tout arrêter, croyez-moi, je serais le premier à le faire. D'une certaine manière, je suis heureux que ma mère ne soit plus là pour voir ça. Elle aurait été dévastée. Mais j'ai grandi en Allemagne, et j'aime ma nation, j'aime son peuple, sa fierté, sa force. J'aime sa culture, son rayonnement. Je ne vois pas la France comme ma patrie, malgré mes origines. Ce n'est pas le sang qui crée l'attachement à son pays, c'est tout le reste. Et je suis profondément allemand.

— Je comprends. Je n'envie pas votre place, Capitaine. Aimer à ce point son pays et le savoir en guerre, asservissant et tuant dans son sillage, ne doit pas être chose facile.

— Vous remettez en cause le principe même de guerre, Mademoiselle Hamel, et je ne peux qu'être d'accord avec vous. Mais il n'y a jamais un seul responsable et vous le savez. La politique nous dépasse, mais le destin du monde nous touche tous. Et chacun doit tenir sa place.

— Certes, les choix de peu d'hommes façonnent les vies de tant d'autres, concéda Juliette. Pardonnez ma curiosité, Capitaine von Stein, mes questions étaient déplacées. Je me suis permise cette réflexion honnête, parce qu'après ces heures passées ensemble, je ne trouve décidément pas l'homme belliqueux et froid que je m'attendais à côtoyer.

Pour être franche, vous bousculez mes certitudes, vous troublez ma vision de « l'Allemand ».

Von Stein esquissa un sourire, visiblement surpris par son franc-parler.

— Ne vous inquiétez pas, Mademoiselle, je ne vous reproche rien et j'apprécie votre franchise. À vrai dire, j'admire votre courage de ne point taire ou travestir votre pensée face à moi. Rares sont les gens qui oseraient s'adresser à un officier allemand en ces termes. Et ça ne me ressemble pas de nier la certaine véracité de vos propos. Si vous voyez en moi plus qu'un officier suffisant, je suis ravi de l'entendre, mais je ne me fais pas d'illusion ; je comprends tout à fait votre réserve à mon égard. Et de même, je me dois d'être honnête avec vous. Je ne souhaite pas me cacher derrière un homme que je ne suis pas. Mais sachez que je suis heureux de vous connaître et de collaborer avec vous. J'ai hâte d'être à Noël.

— J'apprécie moi aussi de préparer ce concert en votre compagnie, admit Juliette.

Elle disait vrai. Juliette aimait travailler avec le capitaine, mais elle espérait surtout que sa franchise lui permette de gagner sa confiance.

7

Juliette termina enfin de border le lit de la dernière chambre de l'étage. Sa mère l'avait abandonnée deux heures auparavant pour aider en cuisine à préparer le dîner. Le manque de personnel obligeait Marie Hamel à travailler sur tous les fronts, et l'aide de Juliette était plus que nécessaire. La jeune femme le savait, c'est pourquoi elle ne rechignait jamais à prêter main-forte.

Sa tâche achevée, Juliette consulta sa montre et écarquilla les yeux. Sa répétition avec von Stein commençait dans dix minutes. Elle n'avait pas vu le temps passer. Elle gagna l'appartement, attrapa son manteau, son sac, dévala l'escalier de service et enfourcha son vélo. Elle regretta sa précipitation dès le premier virage. Dans la panique, elle n'avait pris ni son bonnet, ni ses gants. Le froid cinglait ses oreilles et ses mains.

La musicienne arriva au *Lutetia* frigorifiée et en retard. Ses mains brûlaient de froid, Juliette grimaça de douleur. Elle plaça ses doigts bleutés sous ses aisselles et se présenta au garde à l'entrée. Elle eut toutes les peines du monde à sortir son *ausweis*.

Cette fois-ci, ce ne fut pas Reiner qui vint la chercher dans le hall, mais le capitaine von Stein lui-même. Il lui sourit, puis il constata que Juliette grelottait. Il fronça les sourcils, l'air soucieux.

— Vous allez bien, Mademoiselle Hamel ?

— Il fait un froid de canard dehors. J'étais en retard

et dans la précipitation, j'ai oublié mes gants. Mes mains sont gelées.

Von Stein interpella un soldat de passage à côté d'eux et lui adressa des ordres.

— Venez vous mettre au chaud dans mon bureau. Je viens de demander à cet homme que l'on vous apporte une tisane bien chaude et une couverture.

Juliette accompagna l'officier jusqu'à sa suite. Il l'invita à prendre place sur le divan. Trois minutes plus tard, un soldat se présentait avec la tisane et la couverture promises. Von Stein tendit la tasse fumante à Juliette. La jeune femme soupira de soulagement, elle apprécia la chaleur de la porcelaine sur ses doigts. L'officier s'assit à côté d'elle et couvrit ses épaules. Cette proximité soudaine mit Juliette mal à l'aise, ses joues se réchauffèrent d'un coup. Les yeux bleus de von Stein la fixaient avec inquiétude.

— Ça va mieux ?

— Oui, merci beaucoup.

— Il faut remettre ces doigts en état de marche, ils sont si précieux, sourit von Stein.

— Pardonnez mon retard, Capitaine. Vous avez sans doute mieux à faire que de m'attendre et me servir de la tisane.

L'officier s'esclaffa et secoua la tête, les yeux levés au ciel.

— Vous vous donnez tout le mal du monde pour arriver à l'heure. Vous souffrez dans le froid. Vous vous présentez avec les doigts bleus, tout cela pour venir répéter avec moi et vous vous excusez ? Voyons, Mademoiselle Hamel. C'est plutôt moi qui devrais m'excuser. Je suis navré. Dorénavant, je propose d'envoyer Reiner vous chercher pour vous accompagner en voiture jusqu'ici.

Juliette fut prise de court. Elle était touchée par la proposition de von Stein, mais elle n'avait aucune envie de monter dans une berline allemande trois fois par semaine et de traverser la moitié de Paris à son bord, même pour éviter neige, vent ou températures extrêmes.

— Non, merci, ce n'est pas la peine. Je suis habituée au froid à vélo, j'ai été stupide d'oublier mon bonnet et mes gants, mais ça n'arrivera plus, j'ai retenu la leçon, croyez-moi.

Le capitaine eut la politesse de ne pas insister. Il semblait comprendre la raison de son refus. Juliette s'en voulut presque d'avoir répondu si vite. Elle devait gagner sa confiance et se rapprocher de lui, mais sa réticence lui montrait qu'elle se méfiait des Allemands.

Heureusement, l'officier changea de sujet.

— Le colonel Stöffel m'a dit que vous étudiiez au Conservatoire de musique ?

Juliette fut surprise par la question, elle ne se souvenait pas d'avoir discuté de cela avec le colonel.

— Je constate que mes parents sont bavards, sourit-elle.

— Je crois surtout que le colonel est curieux.

— Sans doute, sourit Juliette, amusée.

— Je pense que vos parents sont très fiers de vous, dit von Stein.

Juliette arqua un sourcil.

— Ça se voit dans leurs yeux lorsqu'ils vous regardent jouer, expliqua-t-il.

Les Hamel n'étaient pas du genre à faire part de leur fierté à leur fille, mais au fond d'elle, Juliette savait que von Stein avait raison. Ses parents ne l'avaient pas imaginée menant cette vie, mais ils la respectaient pour ses choix et appréciaient son talent à sa juste valeur.

— Que voulez-vous faire après vos études, Mademoiselle Hamel ? Quel est votre rêve ?

La musicienne considéra le capitaine. Elle n'avait jamais partagé son rêve avec personne, pas même son frère. Pourtant, elle n'hésita pas à répondre avec franchise.

— Je voudrais devenir pianiste concertiste, jouer dans le

monde entier. Mais mon rêve le plus cher serait de donner une représentation à l'opéra Garnier. Depuis toute petite, je suis fascinée par cet endroit, si beau et prestigieux. Tant de grands artistes ont foulé la scène de ce palais au cours de son histoire. Devenir l'une d'entre eux serait pour moi la plus grande consécration.

Von Stein resta un instant silencieux.

— C'est un très beau rêve. Je suis sûr que vous y arriverez.

L'officier semblait sincère. Juliette apprécia la foi qu'il plaçait en elle, il la comprenait. Il savait que ses rêves n'étaient pas les divagations d'une jeune femme naïve, mais sa volonté d'accomplissement à travers la passion d'une vie.

— Et vous, Capitaine von Stein ? Quel est votre rêve ?

— Vous voulez dire quand mon pays ne sera plus en guerre avec la moitié de l'Europe ?

— Oui. Ne me dites pas que vous souhaitez rester dans l'armée toute votre vie, j'aurais du mal à y croire.

L'officier sourit.

— Vous avez raison. Dès que j'en aurai la possibilité, je compte bien quitter l'armée. Mais j'avoue n'avoir jamais réfléchi à l'après.

— Vraiment ? s'étonna Juliette.

— Mon chemin a été tracé à l'avance pour moi, je n'ai jamais vraiment eu le choix.

— Vous n'avez jamais pensé à devenir violoniste professionnel ?

— À vrai dire non, avoua-t-il, le regard dans le vague.

— Vous devriez l'envisager. Je pense que vous auriez largement votre place.

Von Stein observa Juliette, les sourcils levés. Elle lisait de la surprise dans ses yeux, comme si sa proposition était complètement inattendue.

— C'est la première fois que quelqu'un me voit être autre chose qu'un officier, confia-t-il.

— Pardonnez ma franchise, mais l'uniforme ne vous va pas si bien que cela, plaisanta Juliette.

Le capitaine rit de bon cœur.

— Il me serre au niveau du col, c'est un calvaire !

Dans une grimace illustrative, il tira sur son col avec l'index. Les deux musiciens s'esclaffèrent.

— Mes mains vont beaucoup mieux, nous pouvons nous mettre au travail, proposa Juliette en reprenant contenance.

Pourquoi riait-elle ainsi avec l'officier ? Elle s'astreignit à se rappeler la raison de sa présence ici. Elle ne devait jamais oublier qui était von Stein, ce qu'il représentait, pas même une seule seconde. Alors pourquoi peinait-elle tant à s'y tenir ? Juliette se mordit l'intérieur de la joue.

— Allons-y, acquiesça l'Allemand, sans remarquer son trouble.

La répétition, de courte durée, se déroula sans accroc. Les progrès des musiciens étaient conséquents, ils maîtrisaient les trois quarts des compositions choisies.

À 18 heures, Juliette rassembla ses affaires et enfila son manteau avant de repartir affronter le froid. Elle redoutait le retour et regrettait presque de ne pas avoir accepté la proposition de taxi du capitaine.

— Mademoiselle ? l'interpella l'officier avant qu'elle ne quitte la suite. Je réitère ma proposition, Reiner va m'emmener à l'hôtel, si vous souhaitez profiter du trajet ?

— Non, merci, vraiment, j'aurai besoin de ma bicyclette demain, je dois la ramener.

— Alors accepteriez-vous au moins ceci ? demanda l'Allemand en lui tendant une paire de gants en cuir noir.

— Ce sont les vôtres ?

— Vous me les rendrez à l'hôtel. S'il vous plaît, ne me faites pas culpabiliser. Je refuse de vous voir arriver à *La Halte Arago* les doigts bleus de froid.

Juliette saisit les gants.

— Merci.

— Oh, et j'ai proposé de jouer ce soir, ça vous fera un peu de répit.

Cette information révélait une belle opportunité. Juliette aurait enfin le loisir de s'infiltrer dans la chambre de l'officier. Ravie de cette nouvelle, elle le salua et s'en fut.

Les gants du capitaine accomplirent des merveilles. Épais et doublés de laine, ils avaient maintenu les doigts de Juliette bien au chaud sur le trajet du retour. À table, son père confirma que von Stein assurerait le concert du jour.

Après dîner, la jeune femme descendit un étage pour frapper à la chambre 14, celle de von Stein. L'Allemand ouvrit rapidement. Il avait retiré sa veste d'uniforme et ne portait que sa chemise blanche, déboutonnée au col. Des bretelles maintenaient son pantalon et il se déplaçait en chaussettes. Cette tenue décontractée lui donnait un air avenant. En vérité, Juliette le trouvait séduisant. Elle chassa cette pensée déplacée. Le froid avait dû lui anesthésier le cerveau. Séduisant ! Et puis quoi encore !

— Pardonnez-moi de vous déranger, je vous rapporte votre paire de gants, bredouilla-t-elle.

Elle sentait le rouge lui monter aux joues. Quelle sotte.

— Merci. Ont-ils été utiles ?

— Grandement, merci. Je ne vous dérange pas plus longtemps, je vous souhaite bon appétit et bon jeu, s'empressa-t-elle d'ajouter.

— Vous ne viendrez pas pour ma représentation ?

— Hélas non. J'ai un essai à terminer pour demain, mentit Juliette.

— Je comprends, répondit l'Allemand, avec une déception à peine dissimulée.

La jeune femme s'éloigna. Au moins, elle avait eu le temps d'observer le bureau de von Stein. Il avait rapporté des documents à l'hôtel. Parfait.

Juliette servit l'excuse de l'essai à ses parents pour qu'ils descendent au restaurant sans elle. Elle attendit ensuite que l'heure de début de service soit dépassée de trente minutes et gagna le hall. Comme prévu, elle ne croisa personne. Elle passa derrière le comptoir et entra dans le bureau de son père. Elle le remercia intérieurement d'être si ordonné, tout avait sa place. Juliette trouva sans mal le double de la chambre de von Stein, accroché sur le tableau à clefs.

La jeune femme quitta le bureau et monta au troisième étage. Elle frappa à la chambre du capitaine. Elle préférait s'assurer qu'il n'était pas à l'intérieur. Elle patienta une dizaine de secondes. Aucune réponse. Elle entra, alluma la lumière et referma derrière elle.

La chambre, spacieuse, était bien rangée. La casquette ainsi que la vareuse de von Stein reposaient sur le portemanteau, à côté de la porte. Le lit était proprement bordé. Hélas, les papiers que Juliette avait repérés sur le bureau plus tôt avaient disparu. Elle pesta en silence. Elle balaya la pièce des yeux mais ne repéra ni mallette, ni chemise à documents.

Elle ouvrit le tiroir du bureau. Bonne pioche. Elle sortit une dizaine de feuillets et commença à prendre des notes. Elle essayait d'isoler les mots les plus longs, afin de capter le maximum d'informations. Recopier de l'allemand n'était pas un exercice aisé. Le texte pullulait de « h », de « w » et de « z ». Les mots étaient beaucoup plus longs qu'en français.

Juliette replaça les feuilles dans le tiroir. Elle inspecta l'armoire : des uniformes de rechange, des costumes civils, des paires de chaussettes. Pas de mallette. Elle referma l'armoire et examina la table de chevet. Elle y découvrit *La Peau de chagrin*. Sous le roman se trouvaient des photos. La plupart d'entre elles représentaient des paysages, des forêts, des lacs. Sur la dernière posait une famille devant une grande maison. Juliette reconnut von Stein complètement à gauche, un sourire radieux sur les lèvres. Un beau sourire, naturel, insouciant, il semblait heureux. Au centre, un homme plus âgé avec une jambe de bois et une béquille, il correspondait à la description du père de l'officier. Avec les deux hommes posaient trois jolies jeunes filles, radieuses. Von Stein avait parlé de trois sœurs. La plus jeune devait avoir à peine une dizaine d'années sur le cliché, elle enlaçait la jambe de son grand frère, dont une main affectueuse était posée sur son épaule.

Juliette rangea les photos, elle ne trouverait rien de plus. Elle décida de quitter la chambre. Elle vérifia que tout était rangé puis éteignit la lumière et posa sa main sur la poignée de porte.

Au même instant, elle entendit une clef s'introduire dans la serrure. Son cœur accéléra. Von Stein rentrait ! Juliette s'aplatit sur le sol et se glissa sous le lit. Juste à temps. L'officier alluma la lumière.

La poussière chatouilla les narines de Juliette. Elle mit ses mains sur sa bouche pour bloquer un éternuement. Elle déploya tous les efforts du monde pour garder une respiration silencieuse et se maudit d'avoir perdu la notion du temps. Elle pensait que l'officier remonterait bien plus tard. Son cœur tambourinait dans sa poitrine et ses tempes s'humidifiaient.

Von Stein s'assit au pied du lit et retira ses chaussures. Il les rangea à côté de l'armoire puis commença à se dévêtir. Juliette ne distinguait que ses jambes. Il retira ses chaussettes et sa chemise, puis s'assit à son bureau. Juliette pouvait voir son buste, torse nu. S'il tournait la tête… Mais il était occupé à chercher un papier dans le tiroir. Avait-il remarqué qu'elle y avait touché ?

Juliette, désemparée, paniquait. Elle craignait de devoir passer la nuit sous le lit. Si elle se risquait à sortir et qu'elle le réveillait, elle était cuite. La tachycardie l'essoufflait.

De longues minutes s'écoulèrent. Juliette sentait la sueur coller ses cheveux sur son visage. Son cœur menaçait de briser ses côtes. Von Stein, toujours attablé, écrivait sur une feuille. La jeune femme ne parvenait pas à se calmer, elle priait en silence pour un miracle.

Dieu dut entendre ses suppliques, von Stein disparut dans la salle de bains. La résistante ne perdit pas une seconde et sortit de sa cachette. Elle se pressa vers la sortie. Elle entrouvrit la porte pour s'assurer que le couloir était dégagé. Des voix résonnaient plus bas dans l'escalier. Avant que leurs propriétaires n'apparaissent, Juliette sortit de la chambre, refermant derrière elle. Elle adopta une allure normale et regagna l'appartement familial.

Isolée, le souffle court, elle ferma les yeux et remercia le ciel. Une fois encore, elle avait frôlé le désastre. Elle mit plusieurs minutes à retrouver son calme. Lorsqu'elle fut enfin apaisée, l'image du torse nu de von Stein lui revint en mémoire. Quel bel homme ! Fin, musclé. Elle leva les yeux au ciel. À quoi son corps jouait-il ? Les émotions fortes de la soirée l'avaient visiblement chamboulée ! Elle espérait au moins que les informations récoltées seraient intéressantes.

Elles ne l'étaient pas. Juliette reçut les résultats obtenus par le tout nouveau traducteur du réseau quelques jours plus tard. D'après lui, ce qu'elle avait recopié provenait de poèmes. Von Stein était poète à ses heures perdues, voilà qui l'avançait. Juliette comprit que fouiller la chambre à *La Halte Arago* avait peu de chances d'aboutir à une grande découverte. Sa piste la plus sérieuse pour obtenir des informations pertinentes restait d'ouvrir le satané tiroir au *Lutetia*. Elle devait persévérer dans ce sens.

8

Le grand soir du 24 décembre était arrivé. Après un mois de préparation, Juliette et le capitaine von Stein étaient fin prêts pour leur représentation au *Lutetia*, devant une cinquantaine d'officiers haut gradés.

La jeune musicienne avait revêtu sa robe bleu nuit, qu'elle dédiait aux concerts. Elle s'était maquillée un peu et avait coiffé ses cheveux en chignon. Absorbée par son apprêtage, elle prit un peu de retard avant de rejoindre le violoniste dans le hall de *La Halte Arago*.

Von Stein l'attendait en bas de l'escalier. À son approche, il la fixa. Il la dévorait du regard. Finalement, il n'avait pas réussi à maintenir son masque impassible, Juliette obtenait sa réponse : il la trouvait belle. Il sembla se faire violence pour la quitter des yeux, retira sa casquette et s'inclina poliment.

— Mademoiselle Hamel.

— Pardonnez mon retard, Capitaine, s'excusa-t-elle. Dites-moi, que diriez-vous de m'appeler par mon prénom ? Nous respectons les bonnes manières depuis un mois, mais entre musiciens, nous pourrions nous simplifier la vie ?

— Je suis parfaitement d'accord, ce « Capitaine » fait vraiment trop officiel, sourit l'officier. Je vous prie de m'accompagner, Juliette, mon chauffeur va nous conduire au *Lutetia*.

Reiner, le chauffeur et aide de camp de Wilhelm, attendait les musiciens devant l'hôtel des Hamel aux côtés d'une magnifique Citroën Traction noire, réquisitionnée par l'armée allemande. Juliette et Wilhelm prirent place à l'arrière de la voiture.

La Traction les déposa devant le *Lutetia*. Les jeunes musiciens furent accueillis par le colonel Stöffel. Enjoué, il les accompagna vers un salon fourni comme loge pour le duo et leur souhaita bonne chance. Wilhelm accorda son violon. Juliette commença à se concentrer. Elle se répétait les notes, se rappelait les variations. Elle bougeait ses doigts pour les échauffer.

À 20 heures précises, ils rejoignirent la grande salle aménagée pour la représentation. Les gradés allemands attendaient presque en silence l'arrivée des musiciens. Aucune chaise libre. Le magnifique piano à queue Bechstein, que Juliette utilisait pour répéter, avait été descendu de la suite de Wilhelm.

Les musiciens disposèrent leurs partitions. Sur un regard entendu, ils jouèrent les premières notes. Ils interprétèrent leur programmation avec raffinement et professionnalisme. Leurs nombreuses répétitions portaient leurs fruits, ils excellaient, leurs talents parfaitement conjugués. L'assemblée, ravie, applaudissait avec énergie entre chaque composition.

Ils achevèrent la dernière pièce en parfaite harmonie. La mélodie réconfortante du morceau les avait transportés ailleurs. Concentrés sur leur instrument respectif et l'ensemble, les deux jeunes gens s'étaient isolés dans une sphère bien à eux, rassurante et suspendue dans le temps. Unis par la musique, un moment simple de volupté et de partage. Ils n'avaient guère envie de revenir à la réalité, souhaitant prolonger le plaisir de cet instant privilégié. Wilhelm plongea ses yeux dans ceux de Juliette, comme pour lui dire merci, mais la jeune femme perçut une lueur plus personnelle. Elle soutint son regard, absorbée par ses prunelles bleues.

Les applaudissements résonnèrent. La pianiste tourna la tête vers l'auditoire, à contrecœur. Elle se déplaça aux côtés de Wilhelm qui lui saisit la main pour saluer le public. La paume de l'Allemand était douce et tiède, son contact agréable. Les clameurs finirent par retomber et les deux musiciens rejoignirent leur loge. L'officier rangea son violon dans son étui et Juliette récupéra son manteau, il était temps de regagner son domicile.

— Juliette ?

La jeune musicienne se tourna pour faire face à Wilhelm.

— Avant que je vous raccompagne à *La Halte Arago*, seriez-vous d'accord pour faire un petit détour ? s'enquit-il.

— Un détour, comment ça ?

— J'ai préparé une petite surprise pour vous ce soir, si vous êtes d'accord pour me suivre.

— Je ne sais pas si c'est une très bonne idée, considéra la jeune femme, intriguée.

— Ce n'est peut-être pas une très bonne idée, mais vous ne serez pas déçue, croyez-moi.

Juliette hésita un instant. Que risquait-elle à accompagner Wilhelm ? Un mois à faire sa connaissance, elle savait le jeune officier honnête et respectueux. Elle avait découvert une personnalité qu'elle n'imaginait pas cachée sous cet uniforme. Une part en elle lui dictait de refuser sa proposition et de rejoindre sa famille. Mais au fond, elle voulait le suivre, apprécier sa compagnie et découvrir ce qu'il lui réservait. Leur collaboration musicale était arrivée à son terme. Juliette considéra, pragmatique, qu'elle ne pouvait pas se permettre de rompre tout contact avec l'officier, elle avait toujours besoin d'informations pour son frère. Cette petite escapade permettrait à coup sûr de sceller une confiance certaine entre eux. Sans se l'avouer vraiment, elle avait envie de rester un peu avec l'Allemand, pour fêter leur triomphe.

— C'est d'accord, je vous accompagne, finit-elle par répondre.

Wilhelm lui adressa un sourire satisfait. Il enfila sa longue vareuse, qui retombait sur ses tibias, et sa casquette. Juliette l'imita et revêtit son manteau. Il s'approcha d'elle et lui présenta son coude. Elle passa son bras à l'intérieur et ils quittèrent le grand édifice, non sans recevoir des félicitations sur le chemin.

La voiture du violoniste se trouvait tout près. Les sentinelles de garde devant l'hôtel se redressèrent à l'arrivée du couple et se mirent au garde-à-vous, tâchant de dissimuler l'ennui mortel visible sur leurs visages. Reiner descendit du véhicule et ouvrit la portière arrière à son supérieur. Wilhelm s'écarta pour laisser Juliette entrer la première dans la voiture.

La Citroën prit la direction de la Seine, parcourant des rues désertes et sombres à l'approche du couvre-feu. Reiner emprunta le pont Royal, puis traversa le jardin des Tuileries. La Traction continua sur la droite, et remonta l'avenue de l'Opéra. À l'extrémité apparut, à la faveur de la lune, le palais Garnier. Ce somptueux édifice laissait chaque fois Juliette dans un état d'émerveillement particulier, semblable à un poème de Rimbaud, ou à la vue de Paris depuis le sommet de la tour Eiffel.

Le chauffeur arrêta la Traction juste devant la façade principale du palais et coupa le moteur. Juliette pensa aux centaines de représentations des plus grands classiques de la musique données entre ces murs. Reiner ouvrit la portière à Wilhelm puis tendit la main à Juliette et l'aida à descendre. Il guida le duo vers l'opéra.

Les quatre statues de la façade : le *Drame lyrique*, la *Danse*, la *Musique instrumentale* et la *Poésie* gardaient l'édifice avec élégance. Elles exposaient à ces visiteurs nocturnes toute leur splendeur. Les deux sculptures dorées, étincelantes sous cette nuit claire, couronnaient l'entrée et rappelaient à Juliette l'âme du grand Paris.

Reiner marchait quelques mètres devant les deux musiciens. Ils se contentaient de le suivre en silence. La jeune femme avait compris où Wilhelm comptait l'emmener et elle était excitée. Elle adorait ce lieu et le visiter ainsi le soir de Noël la réjouissait au plus haut point. Son enthousiasme eut raison du peu de culpabilité qu'il lui restait. Elle était ravie de suivre Wilhelm. À cet instant, elle se moquait bien qu'il soit un officier allemand. Elle accompagnait l'homme, le musicien qu'il était. Pour une petite heure volée, elle s'autorisa à mettre la guerre de côté.

Le groupe s'arrêta devant une petite porte en bois de la façade ouest. Reiner sortit de sa poche une clef argentée qui scintilla sous la lumière nocturne. Il déverrouilla la porte et pénétra dans l'opéra. Wilhelm fit signe à Juliette d'entrer à son tour et la suivit de près.

Le jeune chauffeur avait allumé une lampe torche et reprit son chemin une fois Juliette à l'intérieur. Elle le talonna dans des couloirs étroits. À plusieurs reprises, le jeune Allemand sembla hésiter quant à la direction à prendre. Juliette commençait à croire qu'ils étaient perdus, mais ils débouchèrent dans une grande salle. La faible lumière ne permettait pas d'être sûre, mais la jeune femme soupçonna qu'ils se trouvaient au niveau du grand escalier d'apparat. Elle sursauta quand Wilhelm brisa le silence.

— Attendez ici, lui dit-il, sans plus d'explication.

Sans un mot, Reiner s'éloigna. Juliette et l'officier se retrouvèrent dans le noir et le silence total. La musicienne se demandait où Wilhelm voulait en venir et elle se concentra un instant sur la respiration calme du capitaine, puis sur les battements de son propre cœur. Un tambour dans la nuit. Wilhelm pouvait-il l'entendre ? Elle ne savait pas si son rythme cardiaque était dû à son excitation ou à la proximité avec von Stein, dans le noir. La jeune femme trouvait cette situation étrange, le silence devenait pesant.

La lumière explosa dans la pièce. Juliette dut fermer les yeux, éblouie. Elle les ouvrit en douceur, pour s'acclimater au changement de luminosité. Elle avait deviné, ils se trouvaient bien à quelques mètres du grand escalier d'apparat, qui menait à la salle de spectacle.

Reiner réapparut au bout d'un instant.

— Merci Reiner, tu peux nous attendre ici, déclara Wilhelm en allemand.

Juliette n'en comprit pas un mot. Le jeune soldat salua son officier.

— *Ja, Herr Hauptman.*

— Juliette, je vous propose de me suivre, reprit Wilhelm en français.

La jeune femme acquiesça. Ils empruntèrent le grand escalier, ouvrage impressionnant, véritable chef-d'œuvre d'ingéniosité et de décoration. La variété des matériaux utilisés et les innombrables peintures, mosaïques et dorures pouvaient être contemplées pendant des heures sans en faire le tour.

Les deux jeunes gens gravissaient les marches avec lenteur pour apprécier la beauté qui les entourait. Leurs pas étaient étouffés par le tapis rouge.

— Alors, comment avez-vous réalisé l'exploit de nous faire entrer ici ce soir ? demanda Juliette.

— Rassurez-vous, nous ne sommes pas clandestins, sourit Wilhelm. Il s'avère que le colonel Stöffel est le responsable administratif de l'occupation de la ville de Paris. Comme nous entretenons de bons rapports, il m'a accordé cette faveur. L'occupation a ses avantages.

— Étiez-vous déjà venu ici ?

— Oui, une fois, avec mon père, après le décès de ma mère.

— Vous veniez souvent en France ?

— Non, mais comme vous le savez, ma mère était Alsacienne. Elle m'avait toujours dit qu'elle m'emmènerait à Paris un jour. Comme elle n'en a jamais eu le temps, mon père a souhaité tenir sa promesse à sa place.

— Je vois. Il voulait vous faire découvrir les richesses de la France ?

— Oui. Et Dieu sait que même si j'étais un jeune garçon à l'époque, je suis tombé amoureux de cet endroit.

Ils arrivèrent au sommet de l'escalier, Wilhelm adressa un sourire complice à Juliette.

— Après vous, dit-il en adressant un signe poli à la jeune femme.

Juliette entra dans le somptueux amphithéâtre, le cœur du palais Garnier. Les balcons, les loges et les stalles s'élevaient sur cinq niveaux. Les proportions de cette salle l'impressionnaient. Le grand lustre, immense création de cristal et de lumière, illuminait la pièce d'une teinte paisible et gracieuse. Tout en bas, un magnifique piano à queue occupait le centre de la scène, sa laque noire luisait à la lumière.

— Vous m'aviez dit que vous rêviez de jouer un jour à l'opéra Garnier. Je n'ai pas pu faire venir de public, mais je serais très honoré si vous me faisiez le plaisir de jouer pour moi, déclara Wilhelm.

Juliette ne sut que répondre ou comment le remercier. Elle allait jouer à l'opéra Garnier, elle, Juliette Hamel. Elle regarda Wilhelm dans les yeux et tenta de lui exprimer toute sa gratitude et sa joie.

— Avec grand plaisir, dit-elle simplement.

— J'ai autre chose pour vous.

Juliette l'observa, étonnée.

— Je n'ai jamais trouvé le moment propice pour vous rendre ceci, mais je pense qu'il est temps.

Le violoniste sortit un document de sa poche et le tendit à la jeune femme. Elle le saisit et le déplia. *Clair de lune*, de Debussy. Il s'agissait de l'une de ses partitions, avec quelques notes de sa main.

Soudain, elle comprit. Elle avait perdu cette partition plusieurs mois auparavant. Elle l'avait abandonnée aux mains d'un soldat allemand, pour éviter un contact inutile avec un

Boche, en pleine rue. Wilhelm était cet Allemand. Il avait ramassé la partition et l'avait gardée. Juliette comprenait l'impression qu'elle avait eue de le reconnaître, la première fois qu'ils s'étaient rencontrés à *La Halte Arago*.

— Pourquoi l'avoir conservée si longtemps ? questionna-t-elle.

— Je suis incapable de jeter une partition, alors je l'ai gardée. Quand je vous ai revue à l'hôtel, j'ai compris que vous ne vous souveniez pas de moi et je ne voulais pas vous mettre mal à l'aise. Je me suis dit que je vous la rendrais au moment opportun. Si vous êtes d'accord, j'aimerais beaucoup que vous l'interprétiez ce soir.

La jeune musicienne considéra le geste de l'officier. Il avait attendu qu'elle ait confiance en lui pour lui rendre cette partition chère à son cœur. Il n'avait pas interprété sa fuite comme de la peur, il en avait compris les raisons. Juliette hocha la tête pour exprimer son accord et se dirigea vers le piano.

Wilhelm prit place au premier rang. L'émotion saisit la jeune femme, consciente de la chance et de l'honneur de jouer dans ce lieu unique, chargé d'histoire. Les premières notes du morceau résonnèrent dans l'amphithéâtre et construisirent la bulle habituelle de la musicienne, mais cette fois, sa bulle incluait une personne de plus. Juliette jouait cette pièce pour l'homme qui l'avait rendu possible, pour ses oreilles expérimentées. Elle lui faisait assez confiance pour l'emmener avec elle dans son univers. Ils partageaient la même passion, la même sensibilité. Ils se comprenaient et s'accordaient, à l'instar de deux instruments de musique.

Wilhelm observait la pianiste. Il se laissa bercer par la ballade, mélancolique. Il appréciait la danse si précise des mains de Juliette sur le clavier, traduisant des heures de travail. Elle balançait son corps, dans un mouvement fluide, pour accompagner les notes. Son piano devenait le prolongement de son être. Elle vivait la composition, incarnait la mélodie. Ses paupières closes, elle rayonnait de grâce. Au sein de ce palais unique, dans cette salle majestueuse, Juliette avait sa place.

L'officier se mit à rêver qu'après la guerre, il reviendrait en ce même lieu assister à un grand récital de Juliette Hamel, la célèbre concertiste. Le public serait venu de toute l'Europe pour l'écouter. Elle terminerait son concert par *Clair de lune*, et lui serait là, au premier rang, pour l'applaudir jusqu'à ce que ses paumes rougissent et que ses oreilles bourdonnent.

Wilhelm retourna à la réalité. La musicienne acheva le morceau. Elle resta un instant silencieuse. Elle tourna la tête vers lui et tous deux se contentèrent de sourire. Un sourire discret, entendu, chargé d'émotions. Wilhelm aurait aimé dire tant de choses à cet instant précis, mais rien ne vint, il l'observait, immobile. Finalement, la jeune femme brisa le silence.

— Merci du fond du cœur. Je n'oublierai jamais ce moment.

Wilhelm sourit, heureux lui aussi. Il n'aurait pas pu rêver meilleures circonstances pour revoir ce palais.

— Je crois cependant que ce moment magique touche à sa fin, ma famille m'attend pour notre repas de Noël, déclara Juliette.

Wilhelm acquiesça, mais il n'avait aucune envie de quitter les lieux, ni la jeune femme.

— Oui, je vais dire à Reiner d'éteindre et de nous rejoindre à la voiture.

Les deux musiciens empruntèrent le même chemin pour regagner la Traction. Ils restèrent silencieux et bientôt Reiner arrêtait la voiture devant l'hôtel. La lumière du hall d'entrée éclairait l'intérieur de la Citroën. Juliette se tourna vers Wilhelm qui plongea son regard bleu dans le sien.

— Merci encore Wilhelm, ce Noël restera spécial pour moi.

— Avec grand plaisir. J'ai moi-même passé une excellente soirée. Merci d'avoir ravi mon ouïe avec tant de raffinement. Je sais que cela marque la fin de notre collaboration musicale, mais j'espère vraiment que nous pourrons jouer de nouveau ensemble dans quelque temps.

— J'en serais ravie, répondit la jeune femme. Je vous souhaite un joyeux Noël et une bonne nuit, Wilhelm.

— À vous aussi, Juliette.

Sitôt que Juliette ouvrit sa portière, l'air froid s'engouffra sous ses vêtements. Saisie, elle gravit les marches du perron en vitesse. Juste avant de pénétrer dans l'hôtel, la jeune femme s'arrêta un instant et tourna la tête vers Wilhelm. Il l'observait, droit dans son uniforme, en bas de l'escalier. Elle lui adressa un sourire doux, presque imperceptible.

9

23 janvier 1941

La neige crissa sous les pas de Juliette quand elle atteignit la surface, à la sortie du métropolitain. Ses bottines s'enfonçaient dans le tapis moelleux. La jeune femme adorait ce paysage blanc, il lui rappelait des souvenirs d'enfance. Chaque fois qu'il neigeait, son frère et elle avaient pour habitude de dresser un bonhomme de neige juste devant l'hôtel. Ils l'habillaient d'un chapeau et d'une cravate piqués dans l'armoire de leur père et l'appelaient « Monsieur majordome ». Sa présence amusait les clients. Puis, les mains glacées, le frère et la sœur remontaient déguster un lait chaud et une part de gâteau, préparés par leur mère.

Juliette pressa le pas. Elle avait hâte de se réchauffer devant la cheminée, même si aucun goûter ne l'attendait. Dans le hall de La Halte, Wilhelm von Stein discutait avec un autre officier. Leurs regards se croisèrent, appuyés. Avant que ses joues ne rougissent, Juliette tourna la tête et emprunta l'escalier.

La chaleur réconfortante de l'appartement familial l'enveloppa. Son père, assis dans la salle à manger, lisait le journal. Juliette se demandait pourquoi il s'infligeait cela tous les jours. Il affichait toujours la même moue contrariée et râlait d'agacement à chaque page. Il sourit en l'apercevant et jeta son journal à la poubelle.

— J'ai hâte de t'entendre jouer ce soir au restaurant, Juliette, dit-il. Un peu de douceur pour égayer ma journée.

— Si ça peut t'aider à être de meilleure humeur, tant mieux, se moqua Juliette.

— Je serai de meilleure humeur quand les Boches se seront fait botter les fesses hors de mon pays.

— Il va falloir être patient, alors.

Charles acquiesça dans une grimace mécontente.

Soudain, Marie Hamel entra dans l'appartement. Elle semblait à bout de souffle. Son panier de courses était vide. Charles, interloqué, s'approcha de son épouse et posa une main sur son épaule.

— Marie, tu vas bien ? s'enquit-il, l'air inquiet.

Elle lui adressa un grand sourire.

— Il est vivant ! s'écria-t-elle.

— Qui ?

— Étienne. Notre fils est vivant, Charles ! Je faisais la queue devant la boucherie des Vigot depuis plus d'une heure, quand j'ai aperçu un jeune homme marcher sur le trottoir d'en face. Au début, je me suis dit que je rêvais, mais j'ai quitté la file et j'ai trottiné dans sa direction. Il était déjà assez loin, et il marchait vite, mais c'était lui, Charles, j'en suis sûre. J'ai appelé son nom, mais il ne m'a pas entendu.

Charles baissa les yeux dans un soupir. Juliette déglutit. Voilà que sa mère avait croisé Étienne dans Paris. Que faisait-il si proche de la maison ? Juliette savait ce qu'elle avait à faire, elle ne pouvait pas laisser ses parents croire qu'Étienne était bien vivant. Mais avant qu'elle ne puisse ouvrir la bouche, son père la devança.

— Marie, ma chère, ce n'était pas Étienne, soupira-t-il.

— Tu ne me crois pas ? s'énerva Marie. Je suis sûre que c'était lui, je sais reconnaître mon propre fils, Charles !

— Marie, voyons ! S'il était à Paris, ne crois-tu pas qu'il serait revenu ici ? Réfléchis un peu !

— Et toi Juliette, tu me crois, n'est-ce pas ? questionna sa mère, au désespoir.

Juliette baissa les yeux.

— Maman… Je pense que papa a raison, répondit-elle, l'air abattu.

Sa gorge s'assécha. Elle brisait le cœur de sa mère, annihilait son dernier espoir. Marie la fixait, les yeux brillants de larmes.

— Marie, il faut que nous nous rendions à l'évidence, ajouta Charles. Notre fils… nous a quittés.

Sa voix se brisa, une larme coula sur sa joue. Juliette voyait son père pleurer pour la première fois de sa vie. Sa mère explosa en sanglots. Elle s'approcha d'elle et la serra dans ses bras.

— Je ne veux pas le croire. J'étais pourtant si sûre… Je sens, je sens qu'il est en vie quelque part, hoqueta Mme Hamel.

Ses larmes humidifiaient le chemisier de Juliette. Inconsolable, Marie était confrontée à un constat inacceptable. Charles enlaça sa femme et sa fille. Juliette pleurait elle aussi. Elle désespérait de leur dire la vérité, ils souffraient si fort.

— Il est temps d'organiser un office pour dire au revoir à Étienne, déclara M. Hamel, la mâchoire tremblante.

— Mais qu'est-il arrivé à notre fils, Charles ? J'aurais tant aimé le serrer une dernière fois dans mes bras…

* * *

— Papa a organisé l'office. Il a eu lieu hier, expliqua Juliette à son frère. Maman n'a pas arrêté de pleurer une seconde, et depuis elle n'a pas prononcé un seul mot.

— Je suis désolé que tu aies eu à vivre ça, souffla Étienne.

— Tu te rends compte de ce que tu leur fais vivre, Étienne ? Tu dois leur dire la vérité, j'en ai assez de les voir souffrir, errer dans l'hôtel, les yeux vides.

— Impossible. C'est le moment le plus difficile, mais ça va passer.

— Mais qu'est-ce que tu risques, nom de Dieu ?

— Ça suffit, Juliette ! s'emporta Étienne en frappant du poing sur la table. Tu crois que je n'aimerais pas aller voir maman avec un grand sourire, la serrer dans mes bras et lui dire que je l'aime ? Mais si les Boches m'attrapent, ou découvrent mon identité, ils n'hésiteront pas une seconde à arrêter papa et maman et à leur faire du mal, voire à les tuer. S'il leur arrivait malheur par ma faute, je ne me le pardonnerais jamais ! Alors, je préfère qu'ils me croient mort, un point c'est tout.

Juliette soupira et baissa les yeux.

— Pardon. Tu as raison… Mais tu as intérêt à ne pas te faire prendre. Je veux que nous soyons tous de nouveau réunis un jour !

— Je vais tout faire pour, opina Étienne.

— Moi aussi…

10

26 mars 1941

Juliette se retourna dans son lit une énième fois. Plus d'une heure déjà qu'elle essayait de dormir. Rien à faire. Elle perdit patience et décida de se dégourdir les jambes. Elle alluma sa lampe de chevet et jeta un œil à sa montre : 5 h 10. La jeune femme eut soudain envie de retrouver son piano, comme si le voir et le toucher pouvait l'apaiser. Elle s'habilla à la hâte et quitta l'appartement.

Juliette dévala les marches jusqu'au rez-de-chaussée. Elle alluma quelques ampoules, laissant le restaurant dans la pénombre. Elle adorait ce calme tamisé. Le bois de son piano luisait sous la lumière pâle. Si paisible, si rassurant. Juliette s'approcha et prit place. Elle posa ses mains sur le clavier et mima *Clair de lune* avec légèreté. Les notes imaginaires défilèrent dans son esprit. À la fin de la ballade, elle prit une longue inspiration. Elle se sentait bien.

Un mouvement près de la porte attira son attention. Rompant sa solitude, Wilhelm entra dans le restaurant. Elle fut surprise, il portait son uniforme. Impeccable, comme toujours. Son intrusion inattendue ne dérangea pas Juliette, elle appréciait sa présence.

— Bonjour Juliette. Vous non plus n'arrivez pas à dormir ?

La jeune femme resta silencieuse. L'officier s'approcha, elle distingua mieux son visage. L'air fatigué, il lui sourit.

— Cela fait un moment que je n'ai pas eu le plaisir

d'apprécier votre compagnie, déplora-t-il en déposant sa casquette grise sur le piano.

Sa remarque étonna la musicienne. Après le concert de Noël, Juliette avait accepté sa proposition de continuer à répéter ensemble, mais au cours des trois mois écoulés, il ne lui avait proposé qu'une seule session. Juliette n'avait toujours pas trouvé la clef du tiroir plein de dossiers. Elle avait tenté de fouiller la chambre de Wilhelm à plusieurs reprises, mais la traduction avait révélé des banalités. Enfin, von Stein restait bien souvent absent de *La Halte Arago*, même au dîner. Malgré ses efforts, Juliette stagnait, incapable de prolonger le lien créé en décembre. Ce qui la troublait le plus, c'est que les répétitions avec le violoniste avaient fini par lui manquer. Ce constat l'agaçait, ça n'aurait jamais dû arriver.

— C'est vrai. Depuis Noël, vous semblez très occupé, répliqua-t-elle, sur un ton de reproche.

Elle le regretta aussitôt. Il fit mine de n'avoir rien remarqué.

— J'ai beaucoup de travail en ce moment.

Sa réponse offrait une occasion en or pour lui poser des questions sur l'objet de son travail, mais Juliette n'en fit rien. Elle était fatiguée de risquer sa peau pour rien. Elle n'était d'aucune utilité à son frère, mais surtout, elle était effrayée par les sensations imprévisibles déclenchées par sa mission secrète. Elle trouvait l'officier franchement séduisant et l'appréciait de plus en plus. Elle était devenue sensible à son charme et à sa personnalité. Quand son regard bleu, intense, toujours empreint d'une subtile mélancolie et d'une évidente bienveillance, plongeait dans le sien, elle ne parvenait pas à s'en détourner, comme électrisée. Juliette repoussait ses émotions risibles, s'astreignait à les ignorer, mais l'emprise de l'Allemand sur ses sens ne cessait de croître et rendait son espionnage compliqué. Après tout,

Wilhelm restait un individu du sexe opposé au physique avantageux, Juliette n'y pouvait rien !

— Vous savez, reprit Wilhelm, parfois dans le calme d'un soir, j'ai envie de partir, m'éloigner autant que possible, m'accrocher à ce calme si reposant. Et puis après, je me dis : « mais pour aller où ? », parce qu'où que j'aille il y aurait la guerre, partout la guerre. Et pourquoi ?

Juliette savait la question rhétorique, mais elle répondit tout de même.

— Ça n'a aucun sens. C'est comme si la guerre nous habitait, nous imprégnait. Je pense toujours à l'avant et à l'après, comme si le présent n'était qu'une transition sans but et sans espoir.

Le silence retomba. Wilhelm fixait Juliette, son regard appuyé, tendre. Il prit place à ses côtés sur le siège et lui saisit la main. À son contact, un frisson parcourut l'échine de la jeune femme.

— Je vous aime, Juliette.

Ses paroles restèrent suspendues dans l'air. Juliette, confondue, n'osait plus bouger un cil. Il continua.

— Le présent perd son sens, mais pas ceci : je vous aime.

Juliette, immobile, se perdait dans les yeux de Wilhelm, captivée par son regard azur. Elle ne voyait plus rien d'autre que ces deux prunelles étincelantes. L'Allemand glissa sa main sur sa joue, approcha son visage avec douceur et posa ses lèvres sur les siennes. Elle ne le repoussa pas, elle apprécia la chaleur de son étreinte, son corps contre le sien, le goût de sa peau. Il approfondit son baiser, enlaça sa taille. Juliette lâcha prise, elle se laissa porter par ses désirs refoulés. Un frisson de plaisir se propagea le long de son dos. Tout était si simple tout à coup, si évident.

Leurs lèvres se séparèrent et la magie du moment s'envola. Juliette fuit le regard de Wilhelm. Sa raison recommençait à prendre le dessus et elle s'angoissa, se méprisant d'avoir cédé. Son cœur se serra. Elle se dégagea des bras de l'Allemand qui ne la retint pas ; il la regardait, l'air triste.

— Excusez-moi, je ne voulais pas vous mettre mal à l'aise, je…, soupira-t-il. Je dois vous laisser, une mission importante m'attend.

Joignant le geste à la parole, il récupéra sa casquette et la vissa sur sa tête. Son visage se ferma. Il était redevenu l'officier, professionnel et droit, si loin de l'homme qu'elle connaissait derrière l'uniforme. Juliette reprit quant à elle sa peau de résistante, et les deux jeunes gens redevinrent presque des étrangers l'un pour l'autre.

— Où allez-vous donc à cette heure ? demanda Juliette.

Elle savait cette information vitale.

— Nous avons une opération de grande envergure ce matin. J'y travaille depuis plusieurs mois.

— C'est dangereux ?

La question, sincère, désarçonna le capitaine.

— Démanteler un réseau comporte toujours des risques, mais si tout se passe comme prévu, il ne devrait pas y avoir de problème.

Juliette fit appel à toute sa volonté pour cacher ses craintes. Von Stein allait démanteler un réseau de résistants, aujourd'hui ! Étienne… Elle devait joindre son frère à tout prix. Quelle folle ! Étienne courait peut-être un danger de mort et elle partageait des baisers avec l'ennemi. Elle eut envie de hurler, sa tête bourdonnait. Elle fit tout son possible pour garder son sang-froid face à l'officier. Sur le point de la quitter, il baissa la tête poliment, et tourna les talons.

— Wilhelm ? appela Juliette, avant qu'il ne disparaisse.

Il s'arrêta.

— Faites attention à vous, s'il vous plaît, dit-elle dans un souffle.

Il lui jeta un regard et quitta le restaurant. Juliette se retrouva seule, dans le silence et l'angoisse.

11

Le cœur de Juliette battait vite, trop vite. Ses inquiétudes croissantes pour son frère, mais aussi pour Wilhelm, se confondaient. Quelques minutes après le départ de l'Allemand, Juliette se précipita hors de l'hôtel. Elle devait traiter les urgences par priorité, et l'urgence absolue restait de prévenir Étienne du danger potentiel d'arrestation qui planait sur les CPL. Elle ne prit même pas le temps d'écrire un mot à ses parents.

Le soleil se levait à l'horizon, la couleur du ciel annonçait le printemps. Juliette enfourcha son vélo et se mit à pédaler comme une folle. Elle se rendit rue du Petit-Musc, entre la place de la Bastille et l'île Saint-Louis, dans le 4e arrondissement, adresse communiquée par son frère pour les urgences. La rue, très étroite, était sombre et inquiétante. Arrivée au numéro 20, Juliette abandonna sa bicyclette et frappa avec énergie. Après une longue minute, elle réitéra son geste et la lumière s'alluma enfin à l'intérieur.

Un homme d'une quarantaine d'années, un peu rond, ouvrit, les yeux encore ensommeillés. Il dévisagea Juliette.

— Qui êtes-vous ? demanda-t-il, méfiant.

— Je m'appelle Ju… euh Claire, rectifia Juliette, se souvenant qu'elle devait utiliser son pseudonyme, et je viens pour une affaire extrêmement urgente. Je dois parler à Maxence sur l'heure !

— Tu m'en diras tant, répondit-il, ce qui surprit la jeune femme.

Il ne la prenait pas au sérieux.

Elle se souvint des instructions d'Étienne, elle devait prononcer une phrase secrète avant de parler. Un vers de Verlaine, une question, et seule une personne connaissant la réponse était fiable.

— « Et vraiment, quand la mort viendra, que reste-t-il[1] ? » cita-t-elle.

Son interlocuteur fronça les sourcils et répondit après une courte hésitation :

— Les camarades.

Il sortit à demi dans la rue et regarda, inquiet, de gauche à droite.

— Entre, dit-il.

Il verrouilla la porte derrière Juliette et avança dans un étroit couloir qui donnait sur un salon. La pièce disposait d'un divan vert foncé, d'une table ronde accompagnée de quelques chaises et d'un poste de TSF[2] flambant neuf, qui détonnait avec le reste du mobilier. L'odeur de tabac froid fit grimacer Juliette. Sur un chevet près du divan, un cendrier débordant de mégots était visiblement à l'origine des vapeurs infectes.

— Je t'écoute, qu'est-ce qu'il y a de si urgent ? demanda le résistant en faisant face à Juliette.

— Eh bien, j'ai de bonnes raisons de croire que Maxence est en danger, je ne peux pas vous en dire plus, mais je dois pouvoir le prévenir en personne, expliqua Juliette d'une voix inquiète, mais ferme.

— Maxence n'est pas quelqu'un que tout le monde peut rencontrer quand ça lui chante, je ne sais pas où il se trouve en ce moment.

— Alors trouvez-le ! rétorqua Juliette en haussant la voix. Écoutez, Maxence et le réseau sont peut-être compromis.

---

1. Paul Verlaine, « Beauté des femmes », extrait de *Sagesse*.
2. Transmission sans fil, ancêtre de la radio moderne.

Il n'y a pas de temps à perdre à débattre sur le fondement de mes informations, mais si j'ai raison, alors vous allez peut-être avoir la chance de sauver vos camarades en les prévenant à temps, et s'il s'avère que j'ai tort, eh bien je dois tout de même m'entretenir avec Maxence, car il existe un danger imminent quelque part dans cette ville ! Croyez-moi, je n'aurais pas fait le déplacement avec tant de hâte si je n'étais pas sûre de moi.

Le résistant sembla surpris par la réaction de la jeune femme. Son plaidoyer suffit à le convaincre.

— Bon, je vais aller le trouver mais tu restes ici. Je te promets de faire le nécessaire pour qu'il vienne jusqu'ici si c'est possible, mais tu ne peux pas m'accompagner, les règles sont strictes.

Juliette comprit qu'elle n'avait pas son mot à dire sur le sujet. Elle n'appréciait guère de laisser le destin de son frère dans les mains d'un inconnu mais elle n'avait pas le choix. Le résistant attrapa sa veste et s'en fut.

L'attente était interminable. Juliette tourna en rond au rez-de-chaussée de la petite maison pendant plus d'une heure. Elle repensa à son baiser avec Wilhelm, qu'avait-elle fait ? C'était comme si son esprit avait cessé de fonctionner de manière logique, comme si seules ses pulsions, ses envies avaient guidé son corps assujetti. Hélas, lorsque de tels symptômes se manifestent, les lendemains sont toujours là pour vous ramener brutalement à la réalité. La décence lui imposait de ne pas recommencer, mais au fond, et elle était honteuse de l'admettre, elle en avait envie. Interdite, elle se réprimanda intérieurement. Comment osait-elle trahir ainsi la confiance de son frère ? Il ne lui pardonnerait jamais de tomber amoureuse d'un Allemand, c'était impossible, inconcevable.

Le problème s'avérait de taille. La solution évidente pour s'interdire un écart irrattrapable restait d'éviter tout contact avec l'officier, au risque de réduire à néant ses capacités d'espionnage, mais, si elle devait continuer d'entretenir une relation privilégiée avec Wilhelm, ses sentiments la trahiraient. Que faire ? Ce dilemme la rendait malade.

Le plus simple restait de s'éloigner de l'officier et de dire à son frère – s'il n'était pas déjà dans une geôle allemande – qu'elle allait réduire son espionnage. Elle devrait trouver une bonne excuse, mais elle s'épargnerait ainsi un calvaire risqué.

La jeune femme consulta la pendule. Bientôt deux heures que le résistant était parti à la recherche de son frère. Elle imaginait le pire. Elle se leva et se mit à faire les cent pas. Enfin, elle entendit du bruit dans l'entrée. Elle accourut dans le petit couloir et se retrouva face à son frère. Un poids considérable quitta ses épaules, et elle serra rapidement Étienne dans ses bras. Il lui rendit son étreinte, avant de la conduire vers le salon.

Étienne était accompagné de plusieurs camarades, quelques-uns avaient son âge, d'autres étaient clairement plus âgés. En tout quatre hommes, en plus d'Étienne et du résistant enrobé qui occupait la maison. La pièce, maintenant bondée, semblait exiguë.

Tout le monde prit place autour de la table. Plusieurs chaises manquaient, deux hommes utilisèrent de petits tabourets. Juliette s'assit près de son frère. Elle peinait à réaliser qu'il était bien là, sain et sauf. Il semblait fatigué. Il prit la parole.

— Messieurs, avant toute chose, permettez-moi de vous présenter Claire. Claire, voici Pierre, Anselme, Michel, Jean et Renaud, énuméra Étienne en désignant un à un les hommes autour de la table et en finissant par le résistant qui avait accueilli Juliette plus tôt.

Tous se saluèrent. Étienne continua.

— Comme vous le savez tous, l'Abwehr a fait une descente ce matin, mais notre réseau n'est pas directement touché.

À ces mots, Juliette respira plus facilement.

— C'est le groupe du musée de l'Homme qui vient d'être décimé[1]… Grâce à l'alerte donnée par Claire, nous avons pu prévenir plusieurs contacts de réseaux amis afin qu'ils soient sur leurs gardes. Notre allié du groupe du musée de l'Homme, Louis, est arrivé trop tard pour prévenir Maurice[2], car les Allemands se trouvaient déjà à son domicile pour procéder à son arrestation. Nous avons sans doute sauvé la vie de Louis puisqu'à son retour chez lui, les Allemands s'y trouvaient aussi. Nous l'avons caché afin de pouvoir le faire passer en zone libre.

— Est-ce que nous risquons quelque chose ? demanda le résistant du nom de Michel, un homme d'une quarantaine d'années aux tempes grisonnantes.

— Non Michel, pas si nous prenons immédiatement les précautions nécessaires, c'est-à-dire : ne plus utiliser les boîtes aux lettres grâce auxquelles nous communiquions avec le groupe de Maurice. Je compte sur vous tous pour faire passer le mot au plus vite. Pas d'impression de tracts jusqu'à nouvel ordre. Nous allons repousser la sortie de notre quatrième numéro, le temps de nous réorganiser. Et bien sûr, continuez d'appliquer les consignes au jour le jour, pas de risque inutile, segmentation des informations transmises, on ne dévoile que le strict nécessaire.

Tous les hommes acquiescèrent et le silence retomba. Sur certains visages, Juliette pouvait lire de la tristesse, sur d'autres de l'inquiétude, mais sur celui d'Étienne, seulement de la détermination.

— C'est à Claire que nous devons l'alerte de ce matin. Sachez que Jean et moi-même sommes les seuls à connaître

---

1. Authentique, groupe de résistants arrêtés dans un coup de filet le 26 mars 1941.

2. Pseudonyme de Boris Vildé, leader du groupe du musée de l'Homme, arrêté le 26 mars 1941.

sa véritable identité et l'origine de ses informations. Je souhaite que cela demeure ainsi, mais je vous demande de lui accorder votre entière confiance dans le cas où vous seriez amenés à travailler avec elle. Il y a deux personnes dans cette pièce à qui je confierais ma vie et elle en fait partie.

Tous les regards se tournèrent vers Juliette et elle sentit la chaleur lui monter aux joues. Si Étienne savait…

— On te fait confiance Max, mais sauf votre respect, Mademoiselle, vous nous avez prévenus trop tard, déclara un jeune résistant roux et couvert de taches de rousseur.

Juliette ne s'attendait pas du tout à cette remarque et commença à bafouiller une réponse, mais Étienne prit sa défense.

— Qu'est-ce que tu crois, Anselme ? Qu'elle n'a qu'à se baisser pour ramasser des infos ? Si c'est pour faire ce genre de remarque, tu peux sortir tout de suite !

Il était furieux. Le rouquin baissa la tête.

— Anselme a raison, admit Juliette.

Son frère la fixa, la bouche entrouverte.

— J'aurais pu savoir, j'aurais dû savoir.

— Le but n'est pas de te faire prendre en courant des risques inutiles, tu m'entends ?

Étienne avait l'air très sérieux, et pour la première fois depuis qu'il était entré dans la pièce, elle lut de l'inquiétude dans ses yeux.

— Je sais, mais je peux mieux faire, et je vais mieux faire.

Elle voulut faire transparaître toute sa résolution dans sa voix.

Maintenant qu'elle voyait ces visages, Juliette se sentait investie du devoir de jouer son rôle pour les protéger, elle pouvait aller là où aucun d'entre eux n'avait accès. Elle comprit qu'il n'était pas question d'abandonner sous prétexte de se protéger vis-à-vis de Wilhelm. Elle devait à tout prix continuer, des vies étaient en jeu. Elle méprisa son égoïsme.

Les hommes autour d'elle avaient l'air surpris par sa réponse. Jean, un jeune résistant qui avait le même âge qu'Étienne, prit la parole pour la première fois. La peau mate, les cheveux noirs et les yeux sombres, il avait l'air de quelqu'un qui ne parle pas beaucoup.

— Ça tombe bien, je pense qu'on a un boulot pour toi.

Étienne se tourna vers lui, il sembla comprendre immédiatement à quoi son camarade pensait.

— Non, s'exclama Étienne, c'est trop dangereux !

Juliette était confuse.

— Réfléchis Max, c'est une femme, elle a un *ausweis*, elle pourra facilement se faire passer pour une infirmière, c'est la couverture parfaite !

Étienne pinça les lèvres, le résistant insista encore. Il semblait connaître le lien qui l'unissait à son frère. Il s'agissait sans doute d'un des compagnons de la première heure d'Étienne, en qui il avait pleine confiance.

— On a mis une semaine à construire un plan bancal, et j'ai mis une minute aujourd'hui pour me convaincre que cette mission est faite pour elle..., plaida Jean auprès d'Étienne.

Presque à contrecœur, Étienne regarda sa sœur dans les yeux.

— D'accord, mais seulement si tu es volontaire, Claire.

Son cœur accéléra d'un coup.

— En quoi consiste cette mission ? demanda-t-elle, intriguée.

— Tu devras récupérer un colis pour nous, répondit Jean, un colis spécial...

Juliette regardait son frère avec de la curiosité mêlée à une certaine angoisse. Elle avait compris qu'Étienne n'était guère enchanté à l'idée de l'impliquer dans l'affaire. Malgré tout, son camarade semblait l'avoir convaincu. Son frère lui jeta un regard subtilement résigné et s'adressa au groupe suspendu à ses lèvres.

— Messieurs, Claire, j'ai le plaisir de vous annoncer que le lien que nous avons établi difficilement avec Londres a porté ses fruits. Nos amis anglais nous envoient un agent avec du matériel radio digne de ce nom !

Un sourire illumina toutes les lèvres, certains résistants se tapèrent sur l'épaule en signe de joie.

— Pas la peine de vous expliquer à quel point cela représente une étape majeure pour les CPL, reprit Étienne, enthousiaste.

— Pour quand est prévue son arrivée ? demanda Michel.

— Normalement la semaine prochaine, au moment de la pleine lune, afin que l'avion puisse avoir suffisamment de visibilité pour le largage. Londres doit nous faire parvenir un message la veille. Il faudra que nous soyons prêts pour la réception.

— C'est-à-dire ? s'enquit Anselme.

— Il faudra qu'on ait quelqu'un sur place afin de réceptionner l'agent et récupérer sa radio pour qu'il puisse rejoindre une planque plus facilement.

Plusieurs résistants acquiescèrent, songeurs.

— Et tu veux qu'elle s'en charge ? demanda Michel de l'autre bout de la table.

Il était clairement méfiant vis-à-vis de Juliette. La remarque la piqua au vif, elle rétorqua sans réfléchir.

— Bien sûr que je vais m'en charger ! À moins que tu ne proposes une alternative crédible ou que tu veuilles y aller sans *ausweis* à ma place ?

Étienne fut le premier surpris par sa réponse assurée, il afficha un petit sourire. Jean, quant à lui, s'esclaffa. Il appréciait déjà la jeune femme.

— Michel ? demanda-t-il au résistant resté bouche bée.

— Bon, eh bien il me semble que tout le monde est d'accord, reprit Étienne.

Les autres hommes semblaient encore dubitatifs, mais ils faisaient visiblement confiance à Jean et Étienne.

Qu'importe, Juliette allait leur montrer ce dont elle était capable.

— Je vais lui préparer des papiers d'infirmière, déclara Anselme. Si tu te fais contrôler, Claire, tu n'auras qu'à montrer ton *ausweis* et ces papiers et expliquer que tu es en déplacement pour aller voir un patient.

Pas de retour en arrière, Juliette allait participer à sa première opération de résistance. Elle s'inquiétait à cette idée, mais elle était heureuse. En son for intérieur, elle voyait une occasion en or de faire amende honorable pour son écart de la nuit et d'affirmer dans quel camp elle était. Ce baiser ne signifiait rien.

12

L'intensité de la pleine lune éclairait le pavé. La petite lampe dynamo du vélo de Juliette paraissait inutile face à l'astre céleste. La jeune femme pédalait à un bon rythme, elle venait de quitter une ferme aux abords de la forêt de Malmaison, à environ quinze kilomètres à l'ouest de Paris. Jean l'y avait conduite en fin d'après-midi.

Il s'agissait de l'exploitation d'un agriculteur d'une soixantaine d'années prénommé Jacques. Ami du réseau, il proposait son domaine comme planque. Juliette avait passé la fin d'après-midi en compagnie des deux hommes à finir d'élaborer puis répéter le plan pour l'opération à venir. Sans relâche, ils avaient détaillé chaque étape. Juliette avait de nouveau étudié la carte des environs, et mémorisé toutes les routes et les chemins possibles entre la ferme et le lieu de largage. Il s'agissait d'une préparation minutieuse et absolument nécessaire. Jacques, qui connaissait sa région comme sa poche, leur avait apporté une aide précieuse.

Une fois l'exercice achevé, les trois complices avaient partagé un repas à base de soupe à l'oignon et de pain. Juliette regrettait d'avoir abusé de la soupe délicieuse, l'oignon et l'angoisse ne faisaient pas vraiment bon ménage.

À 23 heures, elle avait quitté la ferme sur un vélo prêté par Jacques, sur lequel étaient accrochées deux sacoches, l'une chargée de matériel médical, l'autre d'une valise vide, visant à dissimuler la radio. Juliette avait revêtu une tenue d'infirmière pour compléter sa couverture : un couvre-chef blanc, une blouse avec un tablier noir et une croix rouge sur le bras.

Le rendez-vous avec le Lysander anglais était prévu à minuit. Elle avait environ trente minutes de trajet pour rejoindre le village de Louveciennes. La zone de largage se trouvait non loin de là. Vers 23 h 30, elle traversa le bourg désert, à l'exception de quelques chats, fuyant mécontents à l'approche de Juliette qui venait troubler leur partie de chasse nocturne.

Deux kilomètres après le village, elle cacha sa bicyclette dans des fourrés aux abords d'un sous-bois et non loin d'une borne routière. Bien que la nuit soit claire, Jean lui avait dit que ce repère visuel l'aiderait à retrouver son vélo au moment de le récupérer.

Juliette s'engagea ensuite à travers champs. Elle avait chaussé des bottines afin de progresser avec aisance, mais le sol meuble et humide collait à ses chaussures et la faisait glisser çà et là. Elle relevait le bas de sa blouse pour ne pas la souiller. Après quelques efforts, elle se retrouva au milieu du champ. Jean avait insisté longuement sur la nécessité de trouver une zone large, sans arbre ni clôture, pour éviter au parachutiste de se blesser.

Juliette s'orienta en direction du nord grâce à la boussole qu'elle avait emportée. Elle profita du temps restant avant le largage pour détailler son environnement. En face d'elle, derrière la colline, le village de Louveciennes. À l'ouest, le sous-bois le long duquel courait la route qui menait au bourg et par laquelle elle était arrivée. À l'intersection entre la route du sous-bois et celle qui longeait le champ devant la colline était dissimulé son vélo. À l'est, des champs à perte de vue. Juliette était prête à accueillir le Lysander, lampe torche en main.

Seule dans la nuit, les minutes passaient avec lenteur. Contre toute attente, le silence était loin de régner, les bruits feutrés de la vie nocturne des campagnes la faisaient sursauter parfois. La jeune femme s'acclimata progressivement à ses voisins bruyants mais invisibles. Elle se concentrait pour saisir le vrombissement tant attendu. À un moment, elle fut sûre de l'entendre, mais son imagination lui jouait des tours.

Elle changeait une nouvelle fois de jambe d'appui, lorsqu'enfin son ouïe s'affola. L'appareil arrivait, cette fois-ci, elle en était certaine. Juliette commença à jouer le signal lumineux. Un long, deux courts, un long, deux courts... Le bruit croissait doucement et il s'écoula plusieurs minutes avant que Juliette ne distingue la sombre silhouette dans le ciel. À mesure que l'appareil avançait, elle constata qu'il ne volait pas tout à fait dans la bonne direction. Ne la voyait-il pas ? Juliette orienta sa torche vers le Lysander anglais et redoubla d'efforts pour soumettre le signal.

Alors que l'avion était tout près, elle vit un parachute se déployer. Le bruit du moteur était assourdissant, Juliette entendit l'appareil reprendre son accélération une fois le largage effectué, tout en entamant un virage serré à droite. Elle n'y prêta guère attention, la jeune femme se concentra sur la descente du parachutiste.

Elle comprit bien vite qu'il n'allait pas atterrir dans le champ comme prévu, l'avion l'avait largué au niveau du sous-bois. De sa position, Juliette n'arrivait pas à dire s'il allait se poser dans les arbres, sur la route ou dans les champs de l'autre côté. Elle se mit en marche.

Elle progressa avec rapidité en direction du sous-bois, afin de rejoindre l'agent britannique. Elle espérait vivement qu'il n'ait pas eu de problème lors de l'atterrissage et comptait le retrouver au plus vite. La tâche ne s'avérait pas simple.

Le calme revenait à mesure que le Lysander s'éloignait. Le souffle court et les bottines pleines de boue, Juliette parvint enfin à la lisière du sous-bois. Les ronces incisaient ses mains, mais elle ignorait la douleur. Ne sachant plus trop où elle se trouvait, Juliette décida de continuer jusqu'à la route, afin d'avoir une vision plus claire. Avec un peu de chance, l'Anglais serait proche.

La jeune femme s'aidait de sa lampe torche mais elle peinait à avancer en dehors de tout chemin tracé, en pleine végétation. Soudain, elle stoppa net. Des lueurs de phares apparurent à travers les arbres, accompagnées du bruit caractéristique d'un moteur. Juliette éteignit sa lampe en vitesse et se cacha derrière un chêne, assez large pour la couvrir. Elle se pencha avec prudence. Elle apercevait un camion et une moto à faible vitesse. Tous deux appartenaient sans aucun doute possible à l'armée allemande, floqués d'une croix noire aux bordures blanches. Juliette frissonna lorsque les véhicules s'arrêtèrent juste devant elle. Ils stationnaient à cinquante mètres tout au plus. Son cœur s'emballa. Leur présence ne pouvait signifier qu'une seule chose : ils avaient repéré le largage.

Deux soldats occupaient la moto, un pilote et un autre homme dans le side-car, tous deux vêtus de longues redingotes cirées et de larges lunettes pour protéger leurs yeux du vent. Ils coupèrent le moteur. Le motard s'adressa au camion.

Juliette en profita pour faire demi-tour, mais alors qu'elle commençait à peine à s'éloigner, une main se plaqua sur sa bouche et une deuxième la tira sans ménagement sur le côté. La peur paralysa Juliette qui sentit le poids de son corps se déporter. Paniquée, elle plaqua ses mains sur celle qui lui entravait la bouche, mais son agresseur la tourna vers lui.

— Je suis l'espion anglais, chuchota-t-il dans un français parfait, avant même que Juliette n'ait le temps de focaliser son regard apeuré sur l'homme qui la maintenait encore.

Bien conscient de l'état d'angoisse de la jeune femme, ce dernier lui laissa un instant pour traiter les informations. Dans l'obscurité du sous-bois, Juliette distinguait grossièrement les traits de l'inconnu qui lui faisait face. Brun, avec une petite moustache, l'espion la dépassait d'une tête. Il portait encore sa combinaison de vol, et un sac dépassait de chaque côté de son dos. Elle remarqua un pistolet à sa ceinture.

— Je vais enlever ma main, mais ne faites aucun bruit.

Il joignit le geste à la parole en plaçant l'index de sa main libre sur ses lèvres. La jeune femme acquiesça. Elle avait grand besoin d'air, sa peur retombée.

L'Anglais relâcha enfin sa main. Juliette avait trouvé l'homme qu'elle cherchait, ou plutôt, il l'avait trouvée. Soulagée, elle ne put s'empêcher d'être furieuse de la frayeur qu'il lui avait causée.

— Vous m'avez fait peur ! chuchota-t-elle en le toisant du regard.

— Ç'aurait été trop dangereux de vous appeler, il fallait que je vous empêche de crier. Et il était temps que je vous intercepte avec tout le bruit que vous faites !

Quel toupet, elle avait transpiré sang et eau pour le rejoindre.

— Maintenant, trêve de bavardages, ces soldats ont appelé des renforts et vont commencer à fouiller le bois. J'ai caché mon parachute, mais nous devons quitter cet endroit au plus vite.

Sur ces mots, il attrapa le poignet de Juliette et l'incita à avancer en longeant la route. Ils s'éloignaient vers l'arrière des véhicules, à l'abri de la lumière de leurs phares. Au même moment, trois soldats s'engageaient dans le sous-bois, munis de lampes électriques, tandis qu'un dernier restait sur la route.

À environ trente mètres des véhicules, l'agent s'arrêta et s'aplatit au sol, invitant Juliette à faire de même.

— On va voler ce side-car pour fuir, déclara-t-il calmement.

Juliette n'en croyait pas ses oreilles et se demanda si la chute n'avait pas rendu son allié complètement fou ; hélas, il semblait très sérieux…

Juliette et l'agent britannique étaient couchés dans le fossé qui séparait le sous-bois de la route. Le soldat allemand chargé de garder les véhicules fumait une cigarette, l'air absent. Sitôt qu'il tourna le dos, l'espion bondit du fossé et avança tapi dans sa direction. Juliette ne pouvait s'empêcher de trembler en le suivant du regard. Il portait son revolver à la main. Furtif, il arriva rapidement à hauteur du jeune soldat. Il assena un coup de crosse sur la tête de l'Allemand qui s'effondra aussitôt. Il traîna ensuite le corps inerte du malheureux de l'autre côté du camion et réapparut pour faire signe à Juliette.

Le signal qu'elle attendait. Prenant son courage à deux mains, elle avança à son tour. L'agent britannique se chargeait de saboter la radio du véhicule. Juliette, elle, avait pour mission de dégonfler les deux pneus arrière. Sur les conseils de l'espion, elle commença par celui côté sous-bois en utilisant la moto comme couverture. Elle dévissa la valve et entendit avec satisfaction l'air s'échapper du caoutchouc. Elle contourna le camion pour saboter le second pneu et se figea.

Le soldat allemand que l'Anglais avait mis à terre venait visiblement de reprendre ses esprits. Il sursauta à la vue de Juliette, autant surpris qu'elle. Il semblait désorienté, mais n'en pointa pas moins son fusil dans sa direction. Le coup sur la tête avait dû le sonner, il gardait sa main libre sur son crâne.

La jeune femme leva les mains en signe de reddition, désemparée. Elle s'imaginait déjà dans une geôle humide. L'Allemand s'arrêta à un mètre de Juliette et lui fit signe de contourner le camion, puis commença à crier pour alerter ses camarades. Juliette s'apprêtait à se retourner quand un coup de feu brisa le silence de la nuit.

La résistante s'accroupit, tétanisée de peur. Le soldat s'effondra devant elle, un regard de stupeur à jamais figé sur le visage. Son sauveur britannique avait fait feu depuis l'habitacle du camion. Il sauta sur la route et vint saisir Juliette par le bras sans ménagement. La jeune femme, en état de choc, perçut à peine les échos montant du sous-bois. Les soldats, alertés par le tir, se précipitaient dans leur direction, arme à la main.

— Pas le temps de dormir, l'infirmière ! Grimpez dans le side-car avec ça, dit-il en lui donnant son sac. J'ai encore les phares à exploser et après on dégage d'ici !

Juliette lança un dernier regard vers le corps inerte à ses pieds avant d'appliquer les directives. Pendant ce temps, l'Anglais tira dans le pneu avant du camion et donna de grands coups de pied dans les phares qui s'éteignirent l'un après l'autre.

Les soldats dans le sous-bois n'étaient maintenant plus qu'à quelques mètres du fossé qui les séparait de la route. Juliette voyait distinctement leurs lampes s'agiter entre les arbres. Le Britannique revint vers la moto et sauta dessus. Juliette serrait la radio contre elle, comme si sa vie en dépendait. Son allié appuya sur le starter mais le moteur ne démarra pas. L'Allemand le plus rapide émergea du bois. Il hurla quelque chose et les mit en joue. L'espion enclencha de nouveau le starter, sans succès.

— Baisse-toi, cria-t-il à l'intention de Juliette qui se recroquevilla dans le side-car.

L'Allemand fit feu. La balle rebondit contre la tôle du véhicule. Le sang de Juliette ne fit qu'un tour et l'adrénaline envahit son corps. Le moteur rugit enfin.

La moto se mit en mouvement, tandis que les deux autres soldats sortaient du sous-bois. Juliette pensa que son cauchemar prenait fin, mais au bout d'une vingtaine de mètres, elle sentit la moto ralentir.

— Qu'est-ce que vous faites ? demanda la jeune femme, saisie de panique.

— Si les renforts arrivent, ils vont venir d'en face, il faut qu'on parte dans l'autre sens, rétorqua l'Anglais en élevant la voix, pour couvrir le bruit du moteur.

— Quoi ? Mais vous êtes fou ?

— Tiens, prends ça ! ordonna-t-il en lui tendant son revolver. Tu vas nous couvrir.

Juliette écarquilla les yeux.

— Je ne sais pas m'en servir !

— Il te suffit d'appuyer sur la détente. Tu peux vider le chargeur, pas la peine de viser, c'est surtout pour les effrayer !

Sur ces mots, il acheva son demi-tour et accéléra à fond. Juliette maudit son conducteur en son for intérieur. Quelle idée avait-elle eue de s'embarquer dans une telle opération !

La moto gagna en vitesse et les soldats allemands, encore abasourdis par la tournure des évènements et sous le choc de la mort de leur camarade, se remobilisèrent pour ouvrir le feu sur la moto, lancée pleins gaz.

Juliette pointa le pistolet, ses mains tremblaient.

— Tire ! hurla l'espion. Tire, l'infirmière !

Elle serrait l'arme dans sa paume, qui blanchissait sous la pression. Elle pinça les lèvres et appuya fermement sur la détente. Le bruit assourdissant fit bourdonner ses oreilles. Elle sentit le recul du pistolet. Les Allemands répliquèrent, Juliette continua à tirer, encore et encore. Pris de peur, un des soldats se mit à couvert derrière le camion. Un autre, encore à la lisière du sous-bois, vida son chargeur dans la panique. Le dernier se jeta sur le côté lorsque la moto fut sur le point de le percuter. Ils s'éloignèrent, toujours à pleine vitesse. Quelques coups de feu furent tirés mais n'atteignirent pas leur cible. Ils avaient réussi à s'enfuir. Juliette, haletante, s'affaissa dans le side-car.

La jeune femme guida l'espion jusqu'à l'endroit où elle avait laissé son vélo. Ils dissimulèrent la moto dans le bois. L'Anglais retira sa combinaison de vol pour dévoiler des vêtements civils. Ils n'étaient pas loin de l'endroit où ils avaient faussé compagnie aux Allemands, et les renforts devaient maintenant tourner dans les parages. Le temps pressait.

Juliette transpirait, elle avait du mal à reprendre son souffle, mais l'adrénaline dans son corps la maintenait alerte. La jeune femme et le Britannique devaient se séparer. Juliette ne savait pas du tout où il comptait se rendre. L'espion avait rendez-vous trois jours plus tard avec les CPL, dans une planque parisienne. Juliette, quant à elle, allait retrouver ses comparses à la ferme, avant de regagner la capitale dans la matinée.

— Bon, c'est là que je t'abandonne, l'infirmière, déclara l'Anglais une fois la radio dissimulée dans la valise, sur la bicyclette de Juliette.

— Claire, je m'appelle Claire.

— Nous allons nous revoir bientôt Claire, et nous pourrons discuter. Pour l'heure, fais attention à toi pour le retour, pas de risque inutile, et pédale vite ! Les Allemands vont installer des barrages.

Il s'éloignait déjà en finissant sa phrase. Quel personnage !

Elle suivit les conseils de son allié de la soirée et emprunta une route moins directe pour rejoindre la ferme. Elle puisa dans ses dernières forces pour aller à toute allure.

La nuit était encore sombre lorsqu'elle arriva devant le chemin de terre qui menait à la ferme. Elle descendit du vélo alourdi par la radio et le poussa jusqu'à la masure, plongée dans l'obscurité. Comme prévu, elle siffla pour signaler sa présence. C'est Jacques qui sortit le premier de la demeure, une lampe à pétrole à la main. Il s'approcha d'un pas vif et son visage se ferma lorsqu'il découvrit l'état de la jeune femme : les cheveux en bataille et parsemés de branches, de la boue jusqu'aux genoux, des égratignures sur les mains et le visage. Jean suivait de près et afficha la même expression inquiète.

— Claire, tu vas bien ? chuchota Jacques.

— Ça va, oui. J'ai le paquet.

À ces mots, les deux résistants se détendirent un peu. Jean récupéra le vélo, tandis que Jacques guidait Juliette vers la maison. Ils discutèrent quelques instants. Les deux hommes félicitèrent Juliette, puis elle regagna la chambre préparée pour elle. Elle retira sa tenue d'infirmière, Jean la récupéra pour la brûler.

Juliette s'affala sur le lit, épuisée. Le jeune Allemand abattu à ses pieds lui revint en mémoire. Elle ne pourrait jamais oublier cette expression, ce visage pétrifié. Un sentiment de tristesse l'accompagna dans son sommeil.

13

Juliette acheva la dernière des sonates opus 10 de Beethoven. Elle releva les yeux sur le restaurant. Les convives l'applaudissaient. Stöffel, assis à la table la plus proche, souriait de toutes ses dents. Son père, derrière le bar, leva son pouce en l'air et lui adressa un clin d'œil. Au fond de la salle, Juliette vit Wilhelm finir son verre de cognac et sortir.

Depuis la nuit du 26 mars, trois jours plus tôt, ils s'évitaient. Juliette avait affirmé sa loyauté envers son frère en réceptionnant l'espion anglais, mais elle ne parvenait toujours pas à se pardonner son écart. Elle redoutait de parler à von Stein. Pourtant, la menace qu'il représentait pour le réseau était bien réelle. Il avait réussi à démanteler le groupe du musée de l'Homme dans un large coup de filet. Les CPL étaient peut-être les prochains sur sa liste.

Juliette ne pouvait pas se permettre de fuir plus longtemps. Elle devait briser la glace, d'une manière ou d'une autre. Et puis, une part d'elle-même voulait de nouveau l'approcher.

La jeune femme quitta le restaurant et monta au troisième étage. Chambre 14. Elle inspira un grand coup et frappa à la porte. Quelques dizaines de secondes s'écoulèrent. Juliette se rendit à l'évidence, il n'ouvrirait pas.

— Juliette ?

Elle tourna la tête. Wilhelm arrivait de l'escalier et la fixait, l'air curieux.

— Vous désiriez me voir ? s'étonna-t-il.

Impossible de se défiler. Le cœur de Juliette accéléra.

— Oui, voudriez-vous sortir marcher un peu ? proposa-t-elle.

Wilhelm accepta son offre. Ils se retrouvèrent devant l'hôtel après s'être couverts. Le printemps débutait, mais les températures nocturnes restaient basses. Les deux musiciens longèrent le boulevard Arago en direction de la Seine, ils marchaient à faible allure.

— Merci pour votre représentation ce soir Juliette, une fois encore, vous avez ravi mes oreilles.

— Avec plaisir, sourit la musicienne.

Le silence retomba. Juliette sentait la chaleur sur ses joues. Elle peinait à trouver les mots. Se retrouver seule avec Wilhelm lui rappelait leur dernière entrevue. Ce baiser… Elle s'humecta les lèvres.

— Wilhelm, je…, commença-t-elle.

Il s'arrêta pour l'écouter, tout ouïe.

— Ça me ferait plaisir de recommencer à jouer avec vous. Nous pourrions interpréter des sonates ensemble à La Halte. Nos sessions me manquent, avoua-t-elle sans détour.

Inutile de mentir. Pour se rapprocher de lui, la vérité suffisait. Faire face à ses sentiments et les assumer, aussi angoissants fussent-ils.

Wilhelm fit un pas vers elle. Il se tenait proche, Juliette sentait son souffle sur son visage. Elle cessa de respirer. Elle se faisait violence pour ne pas goûter à ses lèvres, là, en pleine rue. Son attirance physique pour le violoniste la déroutait.

— J'en serais ravi, répondit-il simplement.

Juliette recula, à peine, mais suffisamment pour que Wilhelm perçoive son mouvement. Il remit un peu de distance entre eux.

— Allons jusqu'à la Seine, proposa Juliette.

L'Allemand acquiesça. Ils marchèrent côte à côte, en

silence. Juliette appréciait l'air frais et le calme. Les rares passants pressaient le pas pour se mettre au chaud et éviter le couvre-feu. Les musiciens atteignirent la Seine ; elle s'écoulait, paisible et imperturbable. La lueur de la lune se reflétait à sa surface. Wilhelm et Juliette s'installèrent sur un banc.

Sans un mot, l'Allemand enlaça la jeune femme d'un bras et elle posa sa tête sur son épaule. Lovée contre lui, elle sentait sa chaleur, agréable. Ils demeurèrent ainsi un moment, perdirent la notion du temps.

Deux soldats, de ronde, vinrent troubler le calme. Juliette s'écarta de Wilhelm par réflexe, ses joues s'empourprèrent. Heureusement, personne ne pourrait le remarquer. Wilhelm ne sembla pas surpris par son geste, il se leva, elle l'imita. Les militaires passèrent à leur niveau et saluèrent leur officier avec dynamisme, avant de reprendre leur chemin.

— Rentrons, dit Wilhelm.

Ils regagnèrent *La Halte Arago*.

— Alors, nous disons mercredi au *Lutetia*, à l'heure habituelle ? proposa Wilhelm.

Juliette obtenait ce qu'elle voulait : de nouvelles opportunités de se rendre dans son bureau. Elle acquiesça, mais une inquiétude la tourmentait. Elle redoutait que le plus dur ne soit pas de trouver la clef tant convoitée, mais bien de résister. Lui résister.

* * *

Juliette retourna la grosse pierre derrière le portillon. Un petit morceau de papier plié était dissimulé dessous. Étienne l'invitait à une réunion des CPL. Cette convocation surprenait Juliette : d'habitude, elle ne prenait pas part à ces évènements. Son implication dans l'impression des tracts clandestins pouvait en être à l'origine.

La jeune femme se rendit dans la maison rue du

Petit-Musc, la même planque que le jour du démantèlement du groupe du musée de l'Homme.

Son frère vint lui ouvrir.

— Pile à l'heure, sourit-il en l'enlaçant. Je suis tellement fier de toi ! Peter nous a raconté tous les évènements d'avant-hier soir. Tu l'as impressionné, c'est lui qui a insisté pour que tu sois présente aujourd'hui.

Juliette écarquilla les yeux.

— Vraiment ?

— Oui ! Tu as gagné le respect de tous ceux qui ont osé douter de toi. Viens, entre.

Juliette n'en revenait pas. Elle avait l'impression d'avoir subi les évènements tout au long de la soirée, sauvée par l'espion anglais. Elle avait ressenti la peur de sa vie. Visiblement, le Britannique n'en avait pas gardé les mêmes souvenirs.

Elle suivit son frère dans la pièce principale. L'odeur du tabac froid était toujours aussi épouvantable. Elle reconnut les visages qu'elle avait vus quelques jours auparavant : le rouquin prénommé Anselme, le jeune à la peau mate du nom de Jean, Michel, l'homme plus âgé aux tempes grisonnantes. Ils écoutaient tous parler le fameux Peter, l'espion que Juliette avait réceptionné deux nuits plus tôt. Elle le voyait au jour pour la première fois, mais elle le reconnaissait. La même moustache brune, la même allure. Élégant, ses cheveux noirs étaient coiffés en arrière. Son regard noisette révélait son air désinvolte et séducteur. D'évidence, il se sentait à l'aise en toutes circonstances, doué d'une éloquence envoûtante.

— Ah, mon infirmière ! s'exclama-t-il en apercevant Juliette.

Il s'approcha et lui fit le baisemain en s'inclinant, à l'instar d'un parfait gentleman britannique. Juliette ne put s'empêcher de rougir.

— Messieurs, voici l'héroïne du jour ! continua-t-il. Elle

m'a trouvé en bravant tous les dangers et a accompli sa mission avec panache.

L'espion parlait un français parfait, sans le moindre accent. Juliette était impressionnée.

— Bravo Claire, la congratula Jean en lui lançant un regard empreint de respect.

Ce flot de félicitations devenait pesant. Elle avait hâte de ne plus occuper toute l'attention, bien qu'elle soit ravie d'avoir marqué des points. Étienne dut sentir son malaise.

— Bien, maintenant que Claire est là, nous pouvons commencer, proposa-t-il.

Juliette lui signifia sa gratitude par un regard appuyé. Il la connaissait si bien. Elle prit place à ses côtés.

— Messieurs, Claire, nous sommes tous réunis aujourd'hui pour accueillir Peter, déclara Étienne. Je vais le laisser se présenter et nous expliquer ses ambitions pour les mois à venir, mais je peux d'ores et déjà vous dire que nous allons avoir du pain sur la planche ! Peter, je t'en prie.

— Merci Max. Bonjour à tous. Je suis l'agent Peter Murray, mais avec vous je répondrai au pseudonyme de Phoenix.

Tous savaient que Peter Murray n'était qu'un nom d'emprunt, son nom d'espion. Ils ne connaîtraient jamais sa véritable identité.

— Je suis en mission au nom du SOE[1], continua-t-il. Mon objectif est de renforcer et d'organiser les réseaux de résistance parisiens, afin de les aider à monter en puissance, en particulier dans le domaine du renseignement. Vous tous ici êtes les dirigeants des CPL, nous serons donc amenés à travailler en étroite collaboration. Max m'a présenté vos principales activités. Nous allons les renforcer, les pérenniser et les sécuriser. J'aimerais également vous ouvrir à

1. Special Operations Executive, service secret britannique opérant pendant la Seconde Guerre mondiale.

d'autres formes de lutte. Nous allons recruter de manière importante. Nous aurons besoin d'agents de liaison, mais aussi de fonctionnaires qui travaillent dans les instances officielles et qui ont accès à des renseignements et documents stratégiques. Nous aurons besoin d'agents doubles qui infiltrent l'ennemi.

Juliette comprenait à quel point l'arrivée de Peter était importante pour le réseau. Ils obtenaient le soutien officiel de Londres et de la France libre, la reconnaissance de leur groupe et une aide précieuse pour accroître leur action.

— J'ai également apporté avec moi du matériel radio qui vous permettra d'améliorer la communication avec Londres pour recevoir des ordres de mission, transmettre des renseignements et, par exemple, organiser le parachutage de matériel.

Les résistants échangèrent des sourires satisfaits.

— Pour opérer cette radio, un agent français, du nom de Roch, formé à Londres, a été parachuté il y a quelques jours en zone libre. Il va nous rejoindre dans les jours à venir et deviendra votre radio.

— Qu'est-ce que tu attends de nous, Phoenix ? demanda Jean, visiblement pressé de passer aux choses sérieuses.

— Vous tous ici allez jouer un rôle essentiel à mes côtés. Votre engagement et votre courage seront indispensables. La France libre sait que ce qui se joue ici, sur le terrain, en France occupée, est un volet incontournable de la lutte contre le IIIe Reich. Plus l'action ici sera efficace et prolifique, plus la reprise de votre territoire aura ses chances. Vous êtes un maillon essentiel de la chaîne.

Juliette voyait les visages autour d'elle s'illuminer. Peter parvenait à galvaniser les hommes avec beaucoup d'efficacité. Juliette pouvait presque entendre leurs cœurs accélérer et voir leurs poitrines se gonfler de fierté. Ils avaient tous hâte de se lancer. Mais Juliette ne se sentait pas à sa place. Elle n'était pas à la tête d'un groupe de résistants et ne connaissait ces hommes que depuis quelques jours. Pourquoi diable Peter avait-il insisté pour qu'elle soit présente à cette réunion ? Elle ne pouvait croire qu'il souhaitait juste la remercier pour sa récupération.

— Max et moi-même allons coordonner tout cela et vous recevrez des instructions très bientôt pour vos hommes, poursuivit Peter.

— Tu peux compter sur nous, Phoenix ! assura Michel.

Étienne sortit du buffet une bouteille de cognac sans aucun doute achetée sur le marché noir et servit un verre à chacun.

— Messieurs, Claire, je vous propose de porter un toast, à l'avenir des CPL, vive la France et vive la liberté !

Juliette se joignit aux résistants et leva son verre en l'air avant d'avaler cul sec. Sa gorge s'embrasa. Peu habituée à boire de l'alcool fort, elle plissa les yeux. Les deuxième et troisième tournées asséchèrent la bouteille. Les résistants profitaient de ce moment de détente, rare parenthèse dans leur quotidien de clandestinité. Anselme, Jean et Michel les quittèrent un à un.

— Bon, puis-je savoir pourquoi je suis ici ? demanda finalement Juliette à Peter et à son frère.

L'Anglais lui lança un sourire. Juliette s'interrogeait, Étienne lui avait-il parlé de von Stein ? De son espionnage ?

— Claire, qu'on soit bien d'accord, tout ce qu'on va te proposer, tu peux le refuser, précisa Étienne.

Il s'inquiétait pour elle, comme toujours. Ce qui signifiait que la mission qu'ils souhaitaient lui confier comportait des risques.

— Qu'est-ce que vous comptez me proposer ?

— Pour mener à bien tout ce que nous avons en tête pour le réseau, Max et moi aurons besoin d'un bon agent de liaison, en qui on aura une confiance aveugle, expliqua Peter.

— Un agent de liaison ? C'est-à-dire ?

— Un agent chargé de convoyer nos messages, nos documents et nos consignes à destination d'autres résistants du réseau. Cette personne serait aussi chargée de taper des rapports pour nous. C'est une mission primordiale. Sans cela, pas de communication possible dans le réseau, expliqua l'Anglais. Max m'a tout de suite parlé de toi. Je trouve ce choix logique, tu nous connais tous les deux. Ton lien familial avec Max nous assure de ta loyauté indéfectible. Je suis donc très favorable à ce que tu occupes ce poste.

Étienne avait donc révélé à Peter leur lien fraternel. Mais avait-il parlé de von Stein ?

— Claire, n'y vois aucune pression, tu es une excellente candidate, mais si tu ne t'en sens pas capable, ce n'est pas grave, répéta son frère.

Juliette sourit. Il avait des remords à lui proposer cette nouvelle mission. Il affichait le même regard coupable que les autres fois. Au fond, il savait bien qu'elle ne lui refuserait rien, tant elle souhaitait l'aider et le protéger. Ce qu'il ignorait, c'est qu'en plus, Juliette voulait prouver de manière incontestable son appartenance au bon camp. Plus elle s'attachait à von Stein, plus elle s'en voulait, et plus elle désirait s'investir avec les CPL.

— Vous pouvez compter sur moi.

14

28 avril 1941

Un généreux soleil printanier brillait. La douceur de l'air réchauffait le corps de Juliette. Autour d'elle, les arbres, les fleurs coloraient les promenades et régalaient les abeilles. De multiples particules de pollen virevoltaient dans l'air, harcelant les nez sensibles.

Juliette rejoignait Jean sur les quais de Seine. Elle aurait aimé s'asseoir au bord de l'eau pour lire et profiter de l'atmosphère paisible. Mais cette sérénité ambiante n'était qu'une illusion ; au coin de la rue patrouillait une escouade allemande, les drapeaux nazis semblaient plus rouges encore au soleil et la liberté n'était plus qu'un idéal presque inatteignable.

Juliette afficha un grand sourire en s'approchant de Jean et l'enlaça tendrement. Le brun à la peau mate lui rendit son étreinte. La jeune femme glissa sa main vers la poche de la veste du résistant et y déposa discrètement le message qu'elle dissimulait dans sa manche. Elle lui prit ensuite la main et ils avancèrent le long du fleuve.

— Une minute de plus et je partais, chuchota Jean.

La ponctualité était une règle d'or pour les rendez-vous clandestins. À la moindre minute de retard, la consigne était de partir, et de reporter. On ne savait jamais la raison de l'absence d'un camarade, et personne ne devait attirer l'attention, ou tomber dans un piège.

— Je sais. Phoenix a obtenu l'info plus tard que prévu, je n'ai eu aucune marge.

— C'est confirmé ?

— Oui, tu as tous les détails sur le papier que j'ai glissé dans ta poche. Il te faudra au moins deux hommes pour récupérer tout le matériel.

— Parfait. Qu'est-ce qu'on va recevoir ?

Juliette vérifia que personne ne traînait à proximité.

— TNT, plusieurs Sten[1], des quartz[2] et des instructions de transmission pour le radio.

Jean afficha un grand sourire. Il était ravi de participer à la récupération du premier largage de Londres pour les CPL.

— Tu es si belle ma promise, s'écria-t-il.

— À quoi tu joues, Jean ? chuchota Juliette, amusée.

— On est censés être amoureux, je te rappelle.

— Tu en fais trop, on ne doit pas attirer l'attention.

— Je suis dans mon rôle, ma douce, plaisanta-t-il.

Juliette s'esclaffa.

— Bon, mon cher fiancé, désolée, mais je n'ai pas le temps de discuter avec toi, j'ai d'autres obligations. À bientôt, Jean.

— Un baiser pour la route ?

Juliette leva les yeux au ciel et déposa un baiser sur la joue du résistant. Elle travaillait avec lui depuis un mois et appréciait la compagnie du jeune homme. Toujours de bonne humeur, enthousiaste et plein d'humour, il s'accommodait avec nonchalance de sa vie clandestine et de ses risques. Il n'en restait pas moins le bras droit d'Étienne et le seul à connaître la véritable identité de Juliette, ainsi que sa mission auprès de von Stein. La jeune femme n'avait pas à faire constamment attention en sa présence. Elle ne risquait pas de révéler son espionnage ou ses liens avec Étienne, Jean savait. Une complicité naturelle liait les deux résistants.

1. Pistolet mitrailleur britannique.

2. Composant utilisé pour fixer les fréquences d'émission radio.

— Prends soin de toi, Claire.
— Toi aussi, Jean.

L'odeur de l'encre saisit Juliette avant même qu'elle n'entre dans l'imprimerie. Le bruit des presses résonnait derrière la porte. Sans même frapper, Juliette entra. Elle savait pertinemment que les frères Lionet ne fermaient jamais à clef, ce n'était pas faute de leur avoir répété maintes fois d'y faire attention, mais Juliette avait abandonné.

Les jumeaux étaient tous deux dans l'atelier, vêtus de leurs blouses bleues tachées. Ils manipulaient les presses avec aisance, dans un ballet bien à eux. Juliette ne distinguait les frères que grâce à la moustache de Gustave, sans quoi ils étaient identiques.

Henri aperçut Juliette en premier et lui fit un signe de la main. Il interpella Gustave qui s'approcha d'elle. Ils s'isolèrent dans le bureau.

— Bonjour chère Claire, que nous vaut le plaisir ?
— Bonjour Gustave, je viens m'assurer que tout va bien et que vous êtes dans les temps.
— Je confirme. Nous avons presque terminé le tirage des dix mille exemplaires supplémentaires. Voici le résultat, ajouta-t-il en sortant un journal de son bureau.

« VIVE LA LIBERTÉ ». Cette phrase avait donné son titre au journal. Il s'agissait du numéro du mois de mars, dont la sortie avait été repoussée suite à l'arrestation du groupe du musée de l'Homme. Ils avaient décidé de dédier une colonne aux résistants arrêtés, pour leur rendre hommage. Max avait demandé à Henri et Gustave de tirer dix mille exemplaires supplémentaires en attendant de lancer la distribution.

Juliette était heureuse que l'activité reprenne. Ce journal, comme les autres de la Résistance, était essentiel pour convaincre la population que résister restait indispensable. Le but était de faire prendre conscience aux Français que des citoyens étaient engagés dans la lutte et qu'une autre voie que la soumission existait. *Vive la Liberté* voulait susciter l'indignation, dénoncer les actions de Vichy et des Boches et montrer la réalité derrière la propagande.

— Et la livraison dans la planque de dépôt ? s'enquit Juliette.

— La première partie est bien arrivée avant-hier, mais cet abruti de livreur est rentré dans le cul de la voiture d'un officier Fritz, il a enfoncé l'avant du camion.

Juliette écarquilla les yeux, incrédule.

— Tu es en train de me dire que ton livreur est rentré dans la voiture d'un Boche, le coffre rempli de nos journaux ?

— Pas d'inquiétude, ils ont pas contrôlé le chargement, il a juste pris une amende. Henri l'a accompagné pour la payer à la Kommandantur.

Juliette respira mieux.

— Quand même, il a merdé, on doit tout faire pour rester discret.

— Je sais bien Claire, ne t'inquiète pas, il a pris une sacrée soufflante, il a retenu la leçon. Mais bon, c'est un gamin, à peine 18 ans et on fait tous des erreurs.

Juliette acquiesça, pensive.

— Pour quand sont prévues les autres livraisons ? demanda-t-elle.

— Tous les exemplaires seront au dépôt dans deux jours.

— Parfait, je vais donc prévenir le réseau de distribution. Merci Gustave, pour votre travail ici.

Juliette quitta l'imprimerie. Elle se pressa, elle allait être en retard pour sa répétition avec Wilhelm. Ils se voyaient une fois par semaine. Tous deux appréciaient ce rendez-vous hebdomadaire, pendant lequel ils partageaient leur passion. Pourtant, Juliette ne perdait jamais de vue l'objectif de ses visites. Elle aurait aimé vivre ces instants hors du temps, mais von Stein restait une menace qu'elle ne pouvait ignorer. La lucidité était impérative. Elle surveillait l'officier et savait qu'il travaillait dur. À quoi ? Contre qui ? Aucune certitude. Elle n'était toujours pas parvenue à inspecter le tiroir de son bureau. Elle savait qu'il avait activement participé au démantèlement du groupe du musée de l'Homme, son intérêt envers les CPL était donc fort probable.

Étienne souhaitait une preuve à ce sujet avant de révéler l'espionnage de Juliette à Peter. Son frère avait décidé de garder le secret, l'Anglais n'était pas encore au courant. Étienne craignait que l'espion n'en demande plus à sa sœur et considérait déjà sa prise de risque suffisante. Juliette comprenait son choix. Peter exploitait et renforçait toutes les activités du réseau. Il était diablement efficace, mais l'expansion du groupe accroissait son exposition. Les CPL subiraient des pertes, un jour ou l'autre. Les membres les plus jeunes du réseau n'en avaient pas tous conscience, trop heureux de jouer aux héros, gavés de patriotisme et galvanisés par la soif d'action. Étienne ne supporterait pas que Juliette fasse partie des victimes, en servant les ambitions du Britannique.

Comme d'habitude, Reiner vint accueillir Juliette dans le hall du *Lutetia* et l'accompagna jusqu'à la suite de Wilhelm. L'officier leur fit signe d'entrer. Il discutait en français avec un jeune homme en civil. À l'arrivée de Juliette, Wilhelm congédia le garçon. Celui-ci baissa la tête et se dirigea vers la sortie. Il passa à côté de Juliette, le regard fuyant. Elle remarqua qu'il portait un pantalon en toile trop court, ses chaussettes apparaissaient largement. Juliette s'en amusa, il avait dû grandir vite.

Reiner ferma la porte, Wilhelm lança un sourire à Juliette.

— Comment allez-vous, Juliette ?

— Fatiguée, les examens de fin d'année approchent, j'ai beaucoup de travail.

La raison de sa fatigue ne se limitait pas à ses études,

mais elles n'arrangeaient pas les choses. Juliette avait hâte de clore son année pour souffler un peu.

La pianiste jeta un œil à la bibliothèque, elle était à deux doigts de dénicher la clef. Elle était déjà parvenue à éliminer plusieurs parties du meuble en faisant mine de s'intéresser aux ouvrages. Wilhelm n'avait pas vu d'inconvénient à ce qu'elle s'approche, mais chaque fois il s'était tenu devant un endroit bien précis, sans se déplacer. Juliette soupçonnait que la clef se cachait dans ce coin, mais elle n'avait pas encore eu le loisir de vérifier.

La jeune femme prit place devant le Bechstein. Wilhelm sortit son violon et s'installa à ses côtés. Juliette peinait toujours à gérer sa proximité. Elle avait signé un pacte avec elle-même, que jamais plus elle ne céderait. Jamais plus elle ne laisserait champ libre à ses pulsions. Elle tenait bon, et pourtant... Chaque fois qu'elle se tenait près de lui, son cœur accélérait, ses mains devenaient moites, ses lèvres se réchauffaient. Elle sentait le regard de l'Allemand sur elle et devinait son désir. Juliette luttait fort pour garder la face et ne montrer aucun signe de l'effet qu'il produisait sur elle. Heureusement, Wilhelm conservait un respect absolu. Il ne lui forcerait jamais la main, il comprenait et acceptait son choix.

La jeune femme avait conscience que son dialogue intérieur n'avait rien de logique. L'attirance croissante qu'elle ressentait était non seulement inacceptable, contre nature, mais surtout dangereuse. Juliette avait une obligation évidente de se méfier de von Stein. Plus elle se rapprochait de lui, plus cette méfiance devait se renforcer. Pourtant, c'est l'inverse qui se produisait. Plus le temps passait, plus l'officier Allemand s'effaçait derrière l'homme qu'il était : drôle, respectueux, passionné, cultivé, droit. Un homme engagé malgré lui dans une guerre qu'il ne désirait pas.

Cette vision était extrêmement trompeuse. Intègre ou pas, Wilhelm se battait pour Hitler, et s'il devait arrêter

Étienne, il n'hésiterait pas. Cette certitude ramenait Juliette à la raison et l'aidait à tenir. Elle ne pouvait pas trahir la confiance de son frère.

La chance sourit à la jeune femme un peu avant la fin de leur répétition. Wilhelm quitta la suite sur une sollicitation de Reiner. Sitôt seule, Juliette se rua vers la bibliothèque. Elle repéra les rangs qu'il restait à inspecter. Elle commença par les étagères les plus basses et remonta progressivement. Elle basculait les livres vers elle, par quatre ou cinq, puis les replaçait et passait au paquet suivant.

Rien, toujours rien. Juliette commençait à désespérer. La clef se trouvait-elle véritablement cachée ici ? Wilhelm l'avait peut-être déplacée. Ses efforts acharnés étaient-ils vains ? L'étagère la plus haute représentait son dernier espoir, mais Juliette était trop petite pour y accéder. Wilhelm avait quitté la pièce depuis plusieurs minutes déjà. Elle hésita. S'il revenait…

Juliette saisit sa chance, l'occasion était trop belle. Elle tira une des chaises placées devant le bureau vers elle et grimpa dessus. Elle commença son inspection. Des voix se firent entendre dans le couloir, Juliette déglutit.

Enfin, elle l'aperçut. Une petite boîte en métal, dissimulée derrière un exemplaire de *Zur Genealogie der Moral*, de Nietzsche. Juliette saisit la boîte et l'ouvrit. Une clef argentée reposait au fond. La jeune femme avait rarement ressenti pareille satisfaction.

Les voix approchaient. Juliette replaça la boîte et les livres puis porta la chaise à sa place. Les quatre pieds avaient à peine touché le sol que Wilhelm entrait. Juliette fit un grand pas chassé pour rejoindre la pièce adjacente.

— Pardonnez-moi Juliette, mais je vais devoir écourter notre répétition, le devoir m'appelle, dit Wilhelm en apparaissant.

Il semblait déçu, mais n'avait rien remarqué de ses déplacements.

— Je comprends, ne vous en faites pas, nous nous rattraperons la semaine prochaine.

— Sans faute, assura l'officier.

Il raccompagna Juliette à la porte. Reiner l'attendait et la guida dans le couloir.

Juliette frissonna de peur et de dégoût. Deux officiers aux uniformes noirs approchaient. La Gestapo. Les bourreaux de la Résistance. Ils hantaient les cauchemars les plus sombres des combattants de l'ombre. À l'instar d'une tache de sang frais, le brassard rouge à croix gammée flamboyait sur leur tenue unie. Épinglée sur leurs casquettes, une tête de mort menaçante symbolisait à elle seule leur vocation morbide. Leur regard froid glaça Juliette. Elle souhaitait s'éloigner au plus vite.

Mais avant qu'elle ne disparaisse, elle entendit Wilhelm les accueillir. Décontenancée, déçue, elle prit conscience d'une vérité : ouvrir le tiroir devenait plus urgent que jamais.

15

30 avril 1941

Le jeune homme stationna son vélo devant l'adresse indiquée sur le message. Il vérifia qu'il était seul dans la rue. À part un gros chat roux qui dormait sur un rebord de fenêtre, il ne voyait personne. Parfait.

Il entra dans la cour intérieure, la traversa et atteignit la porte verte. Il descendit dans la cave secrète. L'odeur de papier ne trompait pas. Il mit quelques instants à trouver l'interrupteur, tâtonnant dans le noir. Enfin, sa main effleura une ficelle, il tira dessus et la pièce s'éclaira.

Le résistant découvrit des dizaines de liasses de journaux, entassées le long des murs, reposant sur des cagettes en bois pour ne pas prendre l'humidité.

« VIVE LA LIBERTÉ ». Le titre égaya le garçon. Il avait hâte de répandre la bonne parole.

Il remplit ses sacoches, puis sortit de la cave. Le vent se levait, faisant chuter la température. Qu'importe, il était assez couvert. Il referma sa veste avant de sortir de la cour.

Le minou avait disparu. Le jeune homme n'y prêta guère attention et arrima ses sacoches à son vélo.

Il entendit des pas derrière lui. Il fit volte-face et tomba nez à nez avec un revolver. Son propriétaire souriait. Le garçon eut l'impression que la tête de mort sur sa casquette noire souriait elle aussi.

16

3 mai 1941

Juliette pédalait vite. En sueur, à bout de souffle, elle ne prenait pas le temps d'apprécier la douceur de l'air ou l'odeur du muguet sur les étals. Le message qu'elle transportait l'obsédait.

Max, dépôt de Vive la Liberté brûlé,
sans nouvelle de plusieurs hommes.
Grande prudence, d'autres lieux peut-être grillés aussi.
Prévenir Phoenix au plus vite.
Jean

Jean lui avait remis la missive en mains propres. Son air inquiet et grave avait bouleversé Juliette. Des hommes disparaissaient, la Gestapo était à l'œuvre. Max et Phoenix devaient être prévenus d'urgence. Le réseau courait un grand péril.

Juliette ne pouvait avertir Étienne en personne. Elle ignorait sa planque actuelle. Elle n'avait d'autre choix que de passer par une boîte aux lettres du réseau. Mais, si les boîtes aux lettres tombaient elles aussi, alors elle pouvait finir dans les filets de la Gestapo. Qu'importe. Elle devait courir ce risque. Prévenir Étienne du danger était sa priorité. Plus que jamais, il avait besoin d'elle. Elle assumait pleinement son rôle d'agent de liaison : transmettre les messages, coûte que coûte. Une fois averti, Étienne pourrait se mettre en sûreté.

Ensuite, Juliette s'attellerait à sa deuxième mission : accéder au contenu du tiroir de von Stein. Leur prochaine répétition se tiendrait deux jours plus tard. Elle n'avait plus droit à l'échec, le salut du réseau se trouvait sans doute dans ces dossiers, du moins, elle l'espérait.

Juliette arriva à l'adresse de sa boîte aux lettres, l'estomac serré par l'angoisse. Personne à l'horizon. Elle pria en silence pour ne pas tomber sur un uniforme noir et entra dans l'immeuble.

Josiane, la concierge, une grosse dame aux cheveux blancs comme neige, lui lança un sourire. Juliette se détendit. Josiane était toujours là, elle n'avait pas été arrêtée elle aussi. Juliette lui tendit le message.

— RAS ? chuchota-t-elle.

— Non, pourquoi ?

— Personne de bizarre, rien d'inhabituel ?

— Non, je t'assure.

— Bien. Prends soin de toi, et reste sur tes gardes, au moindre doute, préviens-nous, d'accord ?

Josiane acquiesça.

Juliette quitta la bâtisse. Elle n'avait plus qu'à attendre la réponse. D'habitude, l'agent de liaison destinataire relevait le courrier en début d'après-midi. Puis un troisième agent déposait les messages du jour de la part de Max dans une deuxième boîte aux lettres, que Juliette relevait en fin de journée. Si elle récupérait bien des missives transmises par Étienne, elle saurait qu'il ne s'était pas fait arrêter, du moins pas encore.

L'attente fut longue. Juliette aida sa mère à *La Halte Arago* et rumina ses idées noires. Le réseau devenait la cible de la Gestapo, qui était parvenue à repérer le dépôt de leur journal clandestin, mais comment ? Par quel moyen ? Juliette ne pouvait ignorer son mauvais pressentiment. Wilhelm les avait aidés. Ce qui expliquerait sa rencontre avec les deux SS au *Lutetia*. Il rencardait la Gestapo sur les planques qu'il découvrait, et la police du IIIe Reich se chargeait de procéder aux arrestations.

Juliette voulait en être certaine, et surtout, si ses suppositions s'avéraient correctes, comment diable von Stein avait-il découvert la cave ? Quelle faille avait-il exploitée ? Avait-il compris pour Juliette ? Était-elle à l'origine de la débâcle ? Allait-il l'arrêter ? Malgré l'angoisse oppressante qui la tourmentait, Juliette devait poursuivre son action pour obtenir des réponses.

La résistante se força à patienter avant d'aller collecter le courrier de Max. Si elle relevait les missives trop tôt, elle risquait de manquer les messages les plus importants. Elle quitta *La Halte Arago* en fin d'après-midi. Elle ne souhaitait qu'une chose : avoir la confirmation que son frère allait bien.

La boîte aux lettres se trouvait dans le 14e arrondissement, quartier Plaisance. En route, la menace qui pesait sur le réseau rendait Juliette suspicieuse et paranoïaque. Chaque Allemand qu'elle croisait faisait augmenter son rythme cardiaque. Elle l'imaginait l'attraper avec un sourire glaçant : « Vous allez où comme ça ? Nous savons tout de vos activités », mais Juliette parcourut le chemin sans encombre. Elle décida de stationner son vélo plus loin que d'habitude, afin d'approcher à pied, pour vérifier qu'aucune présence suspecte ne gravitait dans les parages.

Elle marchait d'une allure tranquille, l'air désinvolte, dissimulant au mieux l'anxiété qui la rongeait. Elle entrevoyait l'entrée des toilettes publiques, dans lesquelles elle récupérait les messages. Un vieil homme lisait son journal sur un banc, sa canne reposait à ses côtés. Deux autres hommes fumaient une cigarette et semblaient se disputer. Rien n'attirait particulièrement l'attention de Juliette. Elle continua de progresser vers les sanitaires. Elle ne fit que trois pas de plus. On lui tapota sur l'épaule.

Juliette sursauta et se retourna vivement. C'en était fini, elle était démasquée.

Elle sentit des bras l'enlacer.

— Joue le jeu avec moi, l'infirmière.

Juliette recouvra ses esprits. Peter déposa un baiser sur sa joue et lui saisit la main.

— Nous sommes observés. Les deux hommes qui se disputent là-bas, agents de la Gestapo. Il y en avait d'autres sur ton chemin, je m'en suis occupé. Serre-moi dans tes bras et souris, Claire.

Elle s'exécuta, elle était soulagée d'avoir Peter à ses côtés.

— Viens, ordonna-t-il sans lâcher sa main.

Ils quittèrent la rue, sans presser le pas.

— Ils vont nous suivre, on va devoir ruser.

Peter tourna à l'angle de la deuxième rue, puis prit la première à gauche, en direction du nord. Il accéléra. Le contact de sa main rassurait Juliette, ce lien était sa ligne de vie, elle s'y cramponnait. Peter l'impressionnait. Il avait l'air serein, parfaitement lucide et rationnel. Son sang-froid semblait hermétique à toute difficulté. L'Anglais leur fit prendre deux virages supplémentaires. Juliette entendait toujours les pas de leurs poursuivants résonner entre les immeubles derrière eux. Elle tressaillit, comment allaient-ils les semer ?

— Dès que l'on passe l'angle du mur, on court.

Juliette acquiesça. Peter serra sa main plus fort. Ils tournèrent à gauche et Juliette se mit à courir à grandes enjambées. L'espion les fit encore emprunter deux bifurcations. Elle perdit tout sens de l'orientation. Toutes les rues se ressemblaient. Puis, alors qu'ils semblaient enfermés dans un labyrinthe sans fin, ils débouchèrent tout près de l'église Saint-Pierre de Montrouge. Juliette comprit le plan de Peter. La station du métropolitain Alésia s'ouvrait à quelques mètres devant eux.

Ils dévalèrent les marches deux à deux. La chance leur

sourit, une rame à quai s'apprêtait à partir. Les deux alliés montèrent à bord, à bout de souffle. Les passagers présents les observèrent, interloqués. Les quelques secondes que mit le train à démarrer parurent éternelles à Juliette.

L'engin s'ébranla enfin, juste à temps. Deux hommes arrivèrent sur le quai. Juliette vit leur regard froid et furieux, à l'instar d'un prédateur qui voit sa proie filer.

La rame disparut dans le tunnel.

Le soulagement de Juliette quand elle vit son frère en chair et en os n'avait pas d'égal. Sur le visage d'Étienne transparut la même émotion. Ils s'étreignirent.

— Merci Phoenix, dit Étienne en serrant la main de l'espion anglais.

Peter afficha un sourire.

— Je pouvais pas laisser mon infirmière se faire prendre.

Il adressa un clin d'œil à Juliette. Sa désinvolture la dépassait. Comment pouvait-il être si tranquille, alors que le réseau était en péril, et qu'ils pouvaient se faire arrêter à tout moment ?

— Alors Max, quel est ton statut ? demanda Peter, plus sérieux.

Étienne prit un air sombre.

— Nous n'avons aucune nouvelle des quatre Compagnons qui se sont rendus au dépôt de notre journal pour en faire la distribution. Et d'après les retours que j'ai pour l'instant, au moins trois boîtes aux lettres sont brûlées. Les messages affluent, ça pourrait être pire.

— Il faut qu'on sache d'où ça vient, comment ils ont découvert ces lieux, quelle faille ils ont exploitée.

— Pour l'instant, je n'en ai pas la moindre idée, soupira Étienne. Une imprudence ? Une dénonciation ?

Peter semblait réfléchir.

— Si c'était cela, les Boches n'auraient pas réussi à découvrir autant de lieux en si peu de temps. Ils vont vite.

Étienne acquiesça. Il passa une main crispée sur sa nuque.

— Je crois qu'on pense à la même chose, Phoenix, déplora-t-il.

— Quoi, à quoi vous pensez ? demanda Juliette, soudain inquiète.

— Que nous sommes infiltrés, expliqua Peter.

— Infiltrés ?

— Que les frisés ont un homme à eux chez les CPL, clarifia Étienne.

Juliette écarquilla les yeux. C'était pire que ce qu'elle avait imaginé.

— Ce qui veut dire que nous allons devoir mener une chasse aux sorcières, indiqua Peter. On part du noyau de gens en qui on a une parfaite confiance, et on se méfie de tous les autres.

Juliette fixa son frère. Elle vit qu'il pensait à la même chose qu'elle. Ils avaient une alternative sans doute bien plus rapide.

— J'ai peut-être une solution pour découvrir qui est le traître, révéla Juliette.

— Je suis tout ouïe, dit Peter, l'air curieux.

— J'ai les moyens de fouiller dans les affaires d'un officier de l'Abwehr, engagé dans la lutte contre la Résistance.

— Tu veux parler de von Stein, je suppose ? Je me demandais quand vous comptiez m'en parler, lâcha Peter, détaché.

Juliette et Étienne échangèrent un regard stupéfait.

— Comment as-tu découvert ça ? demanda Juliette.

— C'est mon boulot de le savoir. Tu ne croyais quand même pas que tu serais mon agent de liaison sans que je fasse quelques recherches ? Je ne suis pas venu te chercher aujourd'hui juste parce que je t'aime bien, l'infirmière. Découvrir où en est von Stein, c'est effectivement ce que l'on va faire, et je vais t'y aider.

17

5 mai 1941

Juliette affichait un air détendu, en totale contradiction avec son état interne. Son cœur tambourinait dans sa poitrine et son estomac, noué, lui donnait des crampes.

Dans le grand hall du *Lutetia*, les membres de l'Abwehr allaient et venaient sans arrêt. Personne ne prêtait attention à elle. Juliette attendait Reiner depuis plus d'un quart d'heure. Wilhelm allait-il annuler leur répétition hebdomadaire, trop occupé à débusquer les CPL les uns après les autres ? Si tel était le cas, tout le plan monté par Phoenix et Maxence s'effondrerait. Juliette devait absolument atteindre la suite de von Stein avant 17 h 30.

Les minutes s'écoulaient avec lenteur. Juliette consulta sa montre discrètement. Il lui restait moins de dix minutes. Elle se leva et s'approcha du réceptionniste. L'Allemand était occupé à taper un rapport à la machine à écrire. Les cliquetis métalliques réguliers semblaient l'obnubiler. Juliette se racla la gorge. Aucune réaction.

— *Bitte ?* appela-t-elle.

Le soldat leva les yeux.

— J'attends pour voir le capitaine von Stein, a-t-il prévu de me recevoir ?

— *Ja Ja, setzen Sie sich*, répondit le soldat en agitant la main.

Juliette pesta en son for intérieur et retourna s'asseoir. Elle devait se concentrer pour ne pas secouer les genoux, signe de son inquiétude grandissante.

À 17 h 25, Wilhelm apparut dans le hall, il sourit à Juliette. Elle était soulagée de le voir.

— Pardonnez mon retard Juliette, j'ai été retenu à l'extérieur.

— Ne vous inquiétez pas. Si vous n'avez pas le temps pour notre répétition, je comprends.

— Au contraire, cela me fera beaucoup de bien !

Ce constat acheva de rassurer Juliette. Ils atteignirent la suite à 17 h 28.

* * *

Phoenix fumait une cigarette adossé au mur, nonchalant. Il observait deux soldats de la Wehrmacht charger un camion de fruits et légumes. Tous deux portaient une mitraillette MP40. L'impasse était déserte. L'un des militaires, un moustachu bedonnant, regagna l'habitacle du véhicule. Il retira son casque et épongea son front avec sa manche, il semblait mourir de chaud sous son uniforme.

Phoenix approcha du camion d'un pas vif. Le moustachu n'eut pas le temps de le voir approcher. L'Anglais ouvrit la portière du camion et l'Allemand, ahuri, reçut une balle en plein cœur. Le silencieux du revolver étouffa le tir.

L'espion longea le camion. Le deuxième soldat, un jeune homme longiligne, transportait la dernière caisse. Phoenix arriva derrière lui et lui brisa la nuque. Il ne devait pas tacher l'uniforme. La cagette s'écrasa sur le sol et les belles pommes rouges qu'elle contenait roulèrent sur les pavés. Phoenix en sauva une et croqua dedans. Juteuse et craquante, comme il les aimait. Il jeta le fruit et enfila l'uniforme du soldat. Trop grand. Il fit quelques ourlets, puis il chargea le corps sans vie du soldat dans le fourgon.

Il récupéra la carcasse du moustachu, il pesait lourd. Les veines du cou de Phoenix gonflaient sous l'effort. L'Anglais chargea le défunt avec son camarade. Il s'installa ensuite au volant et démarra, direction le *Lutetia*. L'odeur du sang dans l'habitacle le gênait. Le siège passager avait tourné au pourpre ; heureusement, de l'extérieur, la différence se verrait à peine.

Phoenix atteignit l'hôtel à l'heure prévue. Il stationna le camion au plus près de l'entrée. Un garde vint lui demander ce qu'il faisait là. Dans un allemand parfait, l'espion prétexta la livraison de fruits et légumes. Le soldat indiqua qu'il allait se renseigner.

L'Anglais cuisait dans l'uniforme, il avait hâte d'en finir. Il sortit le TNT de sa sacoche. Les CPL avaient eu la chance de récupérer ces explosifs quelques jours plus tôt, parachutés par l'Angleterre. Phoenix plaça les barres sous les pédales et alluma la mèche. Sans se presser, il quitta l'habitacle malodorant et s'éloigna d'un pas tranquille.

* * *

Juliette et Wilhelm venaient à peine d'atteindre la suite du capitaine qu'une bruyante explosion retentit à l'extérieur. Les fenêtres tremblèrent mais ne cédèrent pas. Par réflexe, Wilhelm plaça son bras sur les épaules de Juliette et ils se baissèrent. Il lui lança un regard stupéfait et se précipita vers la fenêtre. Il l'ouvrit en grand et regarda en bas.

— Que se passe-t-il ? demanda Juliette, l'air inquiet.

— Je ne sais pas, un camion brûle en bas. Je vais aller voir ça, ne bougez pas d'ici.

Juliette acquiesça, docile, et Wilhelm quitta la suite. La diversion de Peter avait fonctionné à merveille.

La jeune femme tira une chaise et monta dessus pour récupérer la clef du tiroir, qu'elle avait localisée la semaine précédente. Enfin, elle allait accéder aux dossiers secrets de Wilhelm. Elle ouvrit le tiroir sans perdre un instant et en sortit un tas de documents : plusieurs chemises empilées, plus ou moins épaisses. Aucun titre ne donnait d'indication sur leur contenu, mais Juliette se dit que les plus importants devaient occuper le haut de la pile.

Le moment de vérité arrivait, Wilhelm travaillait-il à démanteler leur réseau ? Un traître évoluait-il parmi eux ? Juliette cherchait une preuve évidente.

Elle n'eut pas à chercher longtemps. Dès le premier dossier, elle découvrit horrifiée leur dernier tract. Le doute s'envolait, Wilhelm œuvrait main dans la main avec la Gestapo pour les défaire. Elle déglutit. Pourquoi fallait-il que ce soit lui ? Comment pouvait-il faire ça ?

Elle chassa sa déception et se concentra. Elle feuilletait le dossier pour trouver un indice, quel qu'il soit. Soudain, une note en français attira son attention.

Comme vous l'aviez prédit, personne ne me soupçonne.
Je vous retranscrirai tous les messages que je transmets
et la localisation des boîtes aux lettres.
À bientôt
P.

Juliette resta penaude. Le traître existait bel et bien, et il n'était pas un Allemand infiltré, mais un Français. Un agent double ? Un collabo, membre du réseau ? Ou bien un résistant retourné, chargé d'infiltrer ses camarades ? « P », qui cela pouvait-il désigner ?

Juliette continua ses recherches pour dénicher un indice qui l'aiderait à identifier ce traître, mais elle ne trouva rien de plus. Dans le dossier, des documents remontaient à septembre 1940, ce qui indiquait que Wilhelm travaillait au démantèlement des CPL depuis son arrivée à Paris. Ce constat avait un aspect positif : jusque-là, il n'était pas arrivé à ses fins, et donc les mesures de sécurité mises en place par le réseau portaient leurs fruits.

Juliette ne prit pas le risque d'enquêter plus longtemps,

elle rangea les dossiers à leur place, referma le tiroir et replaça la clef dans sa boîte. Elle regarda par la fenêtre. Les membres de l'Abwehr étaient parvenus à éteindre le feu. Un nombre important de soldats et d'officiers étaient regroupés en bas, leur agitation était palpable. Juliette ne put s'empêcher de sourire. En plus de produire une diversion efficace, cette attaque envoyait un message fort à l'armée allemande : leur hégémonie prenait fin, ils devaient s'attendre à une Résistance de plus en plus puissante et organisée.

Wilhelm regagna la suite.

— Vous allez bien ? demanda Juliette. Que se passe-t-il ?

— Un camion a explosé en bas, suite à une défaillance de moteur, deux soldats sont morts, déplora von Stein.

Juliette savait qu'il mentait. Il ne pouvait pas lui dire que l'Abwehr avait subi une attaque devant son siège, qu'ils n'avaient rien pu faire et qu'ils n'avaient pas attrapé le responsable. Deux morts, Peter n'avait pas épargné ses adversaires... Les Allemands imposeraient probablement des représailles.

— Je suis navrée. Je vais vous laisser, vous avez sans doute beaucoup à faire.

— Oui, je vous raccompagne, opina Wilhelm, l'air déçu.

Juliette, chamboulée par sa découverte, était plutôt contente de lui fausser compagnie.

— Je doute d'avoir le temps de continuer notre collaboration dans les semaines à venir, avoua Wilhelm dans le couloir.

Juliette pressentait que l'attaque de Peter remettrait les répétitions en cause. C'était le prix à payer. En échange, ils obtenaient la confirmation de la présence d'un traître et un indice sur son identité.

— Je comprends. Vous me tiendrez au courant quand votre emploi du temps permettra de nouveau nos échanges.

Au fond, c'était mieux ainsi, s'éloigner de von Stein éviterait les problèmes.

La panique régnait dans le hall du palace. De nombreux officiers conversaient avec véhémence. Le nombre de soldats armés postés à l'extérieur avait doublé. Juliette vit deux silhouettes humaines recouvertes de draps blancs. Les victimes de Peter. L'odeur de chair brûlée la fit grimacer de dégoût.

— Encore désolé que vous soyez témoin d'un tel spectacle, s'excusa Wilhelm.

— Prenez soin de vous Wilhelm, et bon courage, le rassura Juliette avant de le quitter.

18

La nouvelle planque dénichée par Peter était un petit appartement de Montmartre. La vue sur le Sacré-Cœur était splendide, les dômes blancs resplendissaient sous le soleil. Hélas, les résistants n'avaient guère le temps d'en profiter.

Juliette fit part de ses découvertes, l'air grave. Ni Étienne, ni Peter ne furent surpris d'avoir la confirmation de la présence d'un traître, ils s'y attendaient. Mais le mystère sur l'identité de ce traître demeurait entier. Qui ? Le temps jouait contre eux. Ils devaient le démasquer au plus vite, avant qu'il n'aide les Allemands à démanteler pour de bon le réseau, déjà fragilisé.

Les trois alliés évoquèrent plusieurs possibilités.

— Un des jumeaux Lionet ? imagina Étienne.

— Ça pourrait coller. Mais dans ce cas, il y a fort à parier que les résistants qui se sont rendus chez eux récemment se seraient fait arrêter. Claire pour commencer, argumenta Peter.

— Et leur livreur et agent de liaison n'a pas été arrêté non plus, renchérit Juliette, ce qui indique que les Allemands auraient été rencardés sur notre cave après ses livraisons, donc qu'ils ignorent quelle est l'imprimerie d'origine.

— Mmm, oui, pas faux, convint Étienne. Ce qui veut dire aussi que le traître ne connaît pas l'adresse de l'imprimerie, sinon les Lionet seraient déjà entre les mains de la Gestapo.

— Ce « P » pourrait être l'initiale d'un pseudo, réfléchit Juliette.

— J'en doute, rétorqua Peter. Von Stein a forcément percé l'identité du gars. Je pense que c'est justement l'initiale de son vrai nom ou prénom.

— Ce qui rend ce traître d'autant plus difficile à démasquer avec ce seul indice. On ne connaît que peu de véritables identités, déplora Étienne.

— Tout juste, confirma Peter. Je peux faire jouer mes contacts pour en obtenir. Mais il faut qu'on réduise la liste au maximum, ça va nécessiter du temps avant d'avoir des réponses.

— Et pendant ce temps, on a tous une putain d'épée de Damoclès au-dessus de nos têtes, pesta Étienne.

Juliette voyait qu'il s'inquiétait plus pour ses camarades que pour lui-même. Les savoir en danger lui était intolérable.

— Claire, il faut que tu te caches maintenant. Si le traître te dénonce, von Stein n'aura qu'à te cueillir, continua-t-il.

Juliette attendrit son regard et posa une main sur le bras de son frère.

— Si von Stein connaissait mon identité, je ne serais sans doute pas là, le rassura-t-elle. Si je n'y retourne pas, Max, ce sera beaucoup trop suspect. Sans compter que je pourrais trouver un indice décisif.

Étienne plaça une main sur son front et expira bruyamment.

— Elle a raison, confirma Peter. On a besoin d'elle pour débusquer le traître. Max, je sais que tu ne voudras pas en entendre parler, mais nous ne pouvons exclure aucune hypothèse…

Étienne le fixa.

— Je pense à Jean, il…

— Non, c'est pas lui, le coupa Étienne.

— Quoi, Jean ? s'enquit Juliette, curieuse.

— C'est pas possible je vous dis, s'agaça Étienne.

— Son vrai prénom est Pierre, expliqua Peter.
— Et alors ? C'est sûrement pas le seul. Jean est avec moi depuis le début, il a toute ma confiance, il ne nous trahirait jamais. En plus, il connaît la véritable identité de Claire et il sait qu'elle espionne von Stein, elle se serait fait arrêter si c'était lui.
— Pas sûr. Von Stein pourrait vouloir utiliser cet avantage contre nous, ou Jean ne lui aurait pas fait part de cela, en tout cas pas encore. On ne peut pas prendre le risque.
— Je n'y crois pas, Jean tiendrait sa langue, il ne nous trahirait pas, répéta Étienne.
— Tu ne peux jamais savoir comment un homme réagirait à la torture ou à des menaces sur sa famille. Les hommes le découvrent une fois pris et les premiers sévices reçus. C'est là que tout peut changer dans leur tête, même s'ils étaient certains d'arriver à tenir, argumenta l'Anglais.
Étienne soutint son regard.
— Jean s'appelle Pierre, il ne connaît pas l'adresse de l'imprimerie, et ce sont surtout ses hommes qui se sont fait arrêter, on doit creuser. Es-tu prêt à risquer la vie de ta sœur en négligeant cette piste ?
Peter actionnait la corde sensible, dégainait l'argument fatal. Étienne baissa les yeux.
— D'accord, je vais m'assurer que c'est pas lui. Je vais lui donner rendez-vous à l'imprimerie en lui fournissant une fausse adresse. Je ne m'y rendrai pas, mais je me cacherai pour observer. Si les Boches savent qu'ils peuvent me ferrer, moi, à l'imprimerie, ils enverront du monde, et on aura la réponse.
— Malin, opina Peter. En attendant je vais activer mes contacts pour obtenir les noms des gars qui connaissaient l'adresse de la cave et qui ne sont pas encore dans les geôles ennemies.
— Et si c'est Jean ? demanda Juliette, soucieuse.
— Alors il faudra t'exfiltrer d'urgence, répondit Peter.

Mais pour l'instant, on ne change rien. Si c'est lui et que tu es encore là, c'est qu'il y a une bonne raison. Et sinon, tu ne peux pas disparaître dans la nature sans raison.

— Par contre, si tu remarques le moindre évènement ou comportement anormal, tu ne réfléchis pas, tu viens ici, ordonna Étienne.

Son frère semblait certain que Jean restait hors de cause. Juliette soupçonnait que c'était la seule raison pour laquelle il acceptait qu'elle retourne auprès de von Stein. Juliette aussi doutait fort que Jean soit le traître. Quant à Peter, il savait qu'elle possédait un avantage et il n'avait aucun scrupule à ce qu'elle risque sa vie si nécessaire.

— Autre chose, intervint Peter. Personne d'autre que nous trois ne doit connaître l'existence d'un traître, personne.

Étienne et Juliette acquiescèrent de concert.

— En attendant, ne pensez-vous pas qu'on aurait intérêt à demander aux Lionet de relancer des impressions pour nous ? proposa Juliette. Ce serait un message fort de distribuer notre tract dans cette situation.

— Narguer les Boches ? J'approuve, sourit Étienne. Tu peux prévenir les jumeaux.

Dans les jours qui suivirent, deux nouvelles arrestations furent à déplorer. L'étau se resserrait sur les CPL. Les hommes déjà arrêtés et soumis à la torture avouaient des noms et des adresses. Le réseau cessa d'utiliser toutes les anciennes planques et boîtes aux lettres, mais en installer de nouvelles, sûres et suffisamment nombreuses, prenait du temps. La communication au sein du réseau devint beaucoup moins efficace.

Les contacts de Peter ne donnaient rien de probant, le traître courait toujours. Juliette ne parvenait plus à trouver le sommeil, elle s'assoupissait et se réveillait en sueur. Malgré ce qu'elle avait dit à Étienne, loger au même endroit que von Stein l'angoissait de plus en plus. Transfiguré, l'officier était aussi distant et occupé que lorsqu'il pourchassait le groupe du musée de l'Homme. Juliette craignait que l'histoire ne se répétât, et que le sort des CPL ne soit similaire.

Si Jean était bel et bien le traître, qu'adviendrait-il d'Étienne, et de la promesse qu'elle avait faite ? Pour la première fois, le risque d'y rester tous les deux se matérialisait. Juliette pensait à ses parents.

Son angoisse atteignit son paroxysme le jour du test de Jean. Elle désespérait de savoir. La journée s'écoula dans une lenteur épuisante, chaque seconde plus menaçante que la précédente. En fin d'après-midi, Juliette décida d'aller marcher.

À peine sortie de l'appartement familial, elle tomba nez à nez avec sa mère.

— Un homme te demande à l'accueil, il dit que c'est un ami à toi.

Juliette, curieuse, rejoignit le hall.

Jean l'attendait devant le comptoir. Que pouvait-il bien faire ici ? Le jeune homme s'était laissé pousser la barbe et portait des lunettes qu'elle n'avait jamais vues. De larges cernes violacés formaient des poches sous ses yeux. Depuis combien de temps n'avait-il pas eu une bonne nuit de sommeil ? Au moins aussi longtemps qu'elle, songea Juliette.

— J'ai besoin de toi, Claire, chuchota Jean quand elle s'approcha de lui.

— Ne restons pas là, viens.

Les deux résistants sortirent de l'hôtel et s'éloignèrent dans une rue adjacente.

— Tu n'aurais jamais dû venir à l'hôtel, tu es fou ou quoi ? s'emporta Juliette.

— Je n'avais pas le choix, plus aucune boîte aux lettres n'est sûre, et j'ai besoin que tu fasses parvenir un message à Max au plus vite.

Juliette peinait à comprendre pourquoi Jean avait pris le risque de montrer son visage à *La Halte Arago,* plutôt que d'attendre leur rencontre hebdomadaire. Soit il était désespéré, soit il manigançait quelque chose. Juliette ne pouvait en aucun cas apporter le message à son frère, et s'il s'agissait d'un piège ? En revanche, elle pouvait en prendre connaissance.

— Très bien, je m'en occupe, mentit Juliette.

— Merci, répondit Jean, l'air soulagé. Et Claire, fais attention à toi. Surtout en présence de von Stein. Tout le monde doit faire profil bas, toi plus que quiconque.

Le résistant semblait très sérieux. Juliette avait envie de lui faire confiance, mais elle se rappelait les instructions de Peter : ne faire confiance à personne.

— Toi aussi Jean, fais attention, se contenta-t-elle de répondre.

Le résistant hocha la tête, l'étreignit en vitesse et, sans un mot, il s'éloigna.

Seule, Juliette déplia le message adressé à son frère.

Max, impossible de me rendre au RDV ce soir.
Demande de report, me transmettre nouvelles instructions.
Les arrestations continuent, ne suis plus en sécurité.
Si ça continue, passage en zone libre
peut-être nécessaire pour moi.
J.

Le plan d'Étienne pour tester Jean tombait à l'eau et Juliette ne pouvait pas le prévenir. Moins elle avait de contacts avec son frère, moins elle risquait d'être suivie jusqu'à sa position. Le message corroborait son intuition. Elle pressentait que Jean n'était pas le traître, mais les CPL avaient besoin de certitudes. Juliette avait besoin de certitudes ! Elle posa les mains sur son visage et poussa un cri de frustration.

Une autre idée traversa son esprit : si Jean n'était pas le traître et qu'il se faisait arrêter lui aussi ? Si l'étau se resserrait autour de lui, le réseau perdrait un pilier. Juliette n'avait aucune envie de voir cet homme qu'elle appréciait exilé ou arrêté. La course contre la montre devenait plus oppressante encore.

Le lendemain, Juliette avait donné rendez-vous à Gustave Lionet sur le parvis de Notre-Dame. Elle prit place sur un banc isolé. Les pigeons aux reflets verts et rouges s'approchèrent d'elle, ils espéraient qu'elle répandrait à picorer pour eux. Ils roucoulaient dans l'expectative, mais la jeune femme n'avait rien à leur donner.

Juliette n'était pas particulièrement pieuse. Elle croyait en Dieu, mais elle n'avait pas pour habitude d'aller à la messe ou de prier. Les occasions pour lesquelles elle en ressentait le besoin étaient rares. Avant le rendez-vous pourtant, elle avait allumé un cierge dans la cathédrale de Notre-Dame, au pied de la statue de la Vierge, drapée de son châle bleu ciel. Juliette avait prié pour ses camarades et pour son frère, afin que Marie veille sur leurs vies, une aide divine était la bienvenue.

Gustave arriva avec deux minutes d'avance. Il portait une chemise blanche légère, surmontée de bretelles noires et un pantalon trop large. Il prit place à côté d'elle.

— Comment tu vas, Claire ?

— Je vais bien, merci. Et à l'imprimerie, tout va bien ?

— Oui, pour l'instant tout va bien.

Juliette opina. Gustave savait que le réseau subissait des pertes et que la cave avait été découverte, mais il ignorait l'existence d'un traître.

— Alors, de quoi voulais-tu me parler ? s'enquit l'imprimeur.

— On aimerait reprendre l'impression du tract pour le distribuer quand même. On souhaite envoyer un message aux Boches, leur montrer que les CPL sont toujours là et continuent la lutte.

— Je m'en doutais, sourit Gustave. J'ai pris la liberté de commencer la réimpression sans vous demander l'autorisation.

Le visage de Juliette se fendit d'un sourire franc. Elle appréciait la ferveur des jumeaux.

— Vous en êtes à combien d'exemplaires ?

— On en est déjà à deux mille, ça avance vraiment bien. Notre jeune livreur a proposé de prêter main-forte, il voulait soutenir la cause dans ces moments difficiles. Et puis, ça lui fera quelques sous, le pauvre gamin a même pas de quoi s'acheter un froc !

Juliette écarquilla les yeux.

— Qu'est-ce que tu as dit ?

Gustave fronça les sourcils.

— Qu'il est très engagé pour la cause ?

— Non, après ça, pressa Juliette.

— Quoi ? Qu'il pouvait à peine s'acheter un froc ? répéta Gustave, dubitatif.

— Comment il s'appelle, ton livreur ?

— Il s'appelle Paul, pourquoi ?

19

La vérité avait frappé Juliette en un éclair. Paul le livreur, bien sûr ! Gustave lui avait dit qu'il avait eu un accrochage avec la voiture d'un officier allemand. Les frères Lionet étaient furieux qu'il ait abîmé leur camion. Paul avait dû être contrôlé et il n'avait pas pu cacher les centaines de journaux clandestins dans son fourgon. Ce pur jeu de malchance avait dû causer la perte du résistant. Et Juliette l'avait croisé dans la suite de von Stein, au *Lutetia* ! Paul était le gamin au pantalon trop court. Le capitaine ne devait avoir eu aucun mal à retourner le jeune homme pour qu'il infiltre et dénonce les autres CPL.

L'imprimerie des Lionet était donc un endroit de grand danger, sans aucun doute surveillé jour et nuit par l'Abwehr et la Gestapo. Juliette avait eu de la chance de ne pas y retourner et surtout de ne jamais y croiser Paul. Il avait vu son visage au *Lutetia*, il aurait pu la dénoncer !

Après avoir compris, Juliette n'avait pas osé avouer à Gustave que Paul était un traître. Elle avait redouté que les jumeaux ne prennent peur et ne tentent quelque chose de stupide. Elle avait préféré prévenir son frère et Peter en premier lieu. Jean étant hors de cause, Juliette l'avait convié à la réunion.

— C'est de l'excellent boulot, Claire, la félicita Peter à la fin de son récit.

Étienne, Peter et Jean l'avaient écoutée attentivement. Ils

étaient tous les quatre entassés dans le petit appartement de Montmartre.

— Je savais qu'on pouvait compter sur toi petite sœur, sourit fièrement Étienne. Ton efficacité dépasse toutes nos espérances.

— Il n'y a aucune raison de se réjouir. Ça veut dire qu'on a perdu l'imprimerie et que les frères Lionet sont condamnés, déplora Juliette.

— Pour l'imprimerie, elle est foutue en effet, confirma Étienne. Mais pour les jumeaux, pas dit, j'ai une idée.

— À quoi tu penses ? demanda Jean.

— Selon toute vraisemblance, les Boches ont laissé l'imprimerie en fonctionnement pour protéger leur indic, mais aussi pour avoir une chance de ferrer un plus gros poisson que les Lionet.

— C'est certain, acquiesça Peter.

— Je propose de leur donner exactement ce qu'ils veulent.

* * *

Juliette patientait dans la pénombre du restaurant, assise devant son piano. Elle se rendait compte à quel point jouer lui manquait. Avec tous les évènements récents, elle n'en avait pas eu le temps depuis plus d'une semaine. Quelques mois auparavant, une telle période de carence lui aurait semblé inenvisageable, voire ignoble.

Résister exigeait des sacrifices. Plus qu'elle n'aurait imaginé. Juliette les acceptait tous, ce combat était plus important que tout. Elle avait le pouvoir de sauver des vies, celle de son frère. Elle l'avait démontré. Elle voulait tenir la promesse qu'elle s'était faite : le voir dans les bras de leur mère à la fin de la guerre, quoi qu'il en coûte.

Von Stein apparut à l'heure. Elle n'avait pas eu à l'attendre longtemps. Sa présence confirmait qu'il avait reçu le message. Paul lui avait bien signalé la réunion qui aurait lieu à l'*Imprimerie des Frères Lionet*, à l'aube, en présence de chefs du réseau. Comme attendu, Wilhelm se préparait à participer à l'arrestation. Juliette n'avait pas pu s'empêcher de descendre au restaurant, pour le revoir.

— Juliette ? s'étonna-t-il en l'apercevant.

Il portait un costume brun, civil, sans doute pour passer inaperçu.

— Bonjour, Wilhelm. Une nouvelle insomnie ?

— Hélas non, mais je pourrais vous retourner la question, Juliette.

— C'est vrai. Pour ma part, je n'arrivais pas à dormir. Venir ici m'apaise.

Wilhelm s'approcha.

— C'est très étrange, dit-il. C'est la deuxième fois que je vous croise ici avant de partir pour une opération importante.

Sa voix était dénuée de suspicion. Juliette hocha la tête. Tous deux se rappelaient parfaitement cette nuit de mars. Cette fois, Juliette connaissait les plans de Wilhelm, elle savait qu'il était la proie et non le chasseur. Elle avait espéré qu'il ne participe pas à l'opération, qu'il laisse la Gestapo s'en charger, mais il était là, prêt, et elle ne pouvait rien faire pour le retenir.

Juliette n'avait pas trouvé le sommeil de la nuit. La mission à haut risque imaginée par son frère pour sauver les jumeaux Lionet la tourmentait. Elle avait passé des heures à penser aux pires scénarios. Elle avait bien tenté de dissuader les CPL, pour qu'ils trouvent une autre solution, mais ils s'étaient entêtés. Envoyer un message aux frères pour les prévenir du danger risquait une interception par Paul. Aucune alternative discrète ne semblait possible. Et puis, les CPL souhaitaient montrer leur force aux Allemands.

Juliette, dans l'incapacité évidente de participer, allait

donc attendre à *La Halte Arago*, seule, et prier pour que son frère s'en sorte vivant.

Honteuse de l'admettre, elle allait aussi prier pour que Wilhelm revienne sain et sauf. Elle tenait beaucoup à lui, elle ne pouvait l'ignorer.

— J'ai envie de croire que c'est bon signe de vous croiser ici, un présage que tout va bien se passer, comme la dernière fois, déclara l'Allemand. Vous serez mon ange gardien.

Oh oui, c'est ce que Juliette espérait de tout son cœur. Être l'ange gardien de deux ennemis que tout opposait.

— Je ne peux pas me permettre d'être en retard, continua-t-il, à bientôt Juliette.

Wilhelm se dirigea vers le hall. Juliette se força à ne pas bouger, elle se mordit la lèvre inférieure. Et s'il lui arrivait malheur ? Et si elle n'avait plus jamais l'occasion de revoir son visage, son sourire, ou d'être enveloppée par son beau regard bleu ? Et s'ils ne pouvaient plus jamais jouer ensemble ?

— Wilhelm ?

En quelques pas, elle s'approcha de lui, prit son visage entre ses mains et l'embrassa à pleine bouche. Wilhelm, d'abord surpris, ne tarda pas à l'enlacer. Il colla son corps au sien et lui rendit son baiser avec ardeur. Juliette retrouva les sensations si vives qu'elle avait ressenties lors de leur premier baiser. Un plaisir exquis, intense, mais indicible. Par peur de le perdre, elle osait lui montrer ce qu'elle ressentait.

Leurs lèvres se séparèrent.

— Revenez-moi, souffla Juliette.

* * *

Le jour se levait à peine. La fraîcheur humide du petit matin fit frissonner Étienne. Il pressa le pas. À ses côtés

Peter, Jean et Michel gardaient le silence. Tous se concentraient. Ils apercevaient l'*Imprimerie des Frères Lionet*. Tout semblait calme, mais dans l'ombre, la Gestapo guettait et préparait un coup de filet dont ils étaient la cible.

— Bonjour Messieurs, salua Henri en ouvrant la porte de l'atelier.

— Henri, répondit Étienne en lui serrant la main. Referme bien derrière nous s'il te plaît.

Les jumeaux ne savaient pas que Paul était un traître et qu'ils étaient tous en danger. Les CPL n'avaient pas risqué de leur faire parvenir l'information à l'avance.

— Où sont Gustave et le livreur ? questionna Étienne.

— Ils finissent de charger le camion avec les tracts.

— Parfait, va les chercher s'il te plaît, le temps presse.

Henri réapparut quelques instants plus tard, suivi par son frère et le jeune Paul. Le gamin portait toujours son pantalon beaucoup trop court. Il sembla surpris par le nombre de résistants présents.

— Bonjour Gustave, salua Étienne. Le camion est chargé ?

Gustave hocha la tête.

— Bien.

Étienne posa au sol la valise qu'il tenait à la main et l'ouvrit. Il en sortit une mitraillette anglaise Sten, flambant neuve. Les autres résistants l'imitèrent. Ces armes avaient été parachutées deux semaines plus tôt par Londres. Jean s'était chargé de la récupération du matériel, juste avant le début des arrestations. Elles étaient arrivées à point nommé.

Les trois imprimeurs ne cachèrent pas leur surprise.

— Qu'est-ce que vous foutez, les gars ? demanda Gustave, les sourcils froncés.

Étienne approcha d'eux et attrapa le jeune Paul par sa blouse, il le tira vers lui.

— À genoux.

Le garçon s'exécuta sans broncher. Dans ses yeux, Étienne vit qu'il avait compris.

— Gustave, Henri, je vous présente le traître que l'on cherche depuis quelques semaines et qui a aidé les Boches à décimer nos rangs.

Les jumeaux écarquillèrent les yeux.

— Tout a commencé le jour où il a eu un accident avec le camion rempli de nos tracts. C'était pas de chance gamin, mais on ne peut pas te pardonner ta traîtrise. Plusieurs de nos gars sont morts par ta faute.

Les jumeaux Lionet observaient leur livreur, ne sachant quoi penser, sous le choc.

— C'est vrai, Paul ? demanda Gustave.

Le garçon baissa les yeux.

— Vous imaginez bien que, par sa faute, vous êtes tous les deux grillés et sous surveillance, expliqua Étienne.

— Mais qu'est-ce que vous foutez là, alors ? rétorqua Henri.

— On est venus vous sauver le cul, sourit Peter.

— Et montrer à ces salopards de Boches qu'on est bien équipés, qu'on ne laisse pas tomber nos gars et qu'on ne se fait pas berner si facilement, renchérit Jean, fièrement.

— Merci, répondit Gustave en inclinant la tête. Qu'est-ce que vous voulez faire de lui ? demanda-t-il en désignant Paul.

Étienne déglutit.

— La règle est claire. Tout traître collaborant avec l'ennemi doit être éliminé, expliqua-t-il.

Paul leva les yeux vers lui, il implorait silencieusement Étienne de l'épargner.

— C'est qu'un gamin, plaida Gustave. Laissez-le là et les Boches décideront de son sort.

Peter fixa Étienne, impassible. Le résistant se rappelait les paroles de l'espion.

— Tu devras liquider le traître, Max.

— Il a pas eu de chance, c'est un gamin.

— Un gamin qui a coûté la vie à de nombreux hommes et qui a mis tout le réseau en péril. Si tu laisses passer ça, Max, ça se reproduira et on n'aura peut-être pas autant de chance. Tu n'as pas le choix, tu ne peux pas te montrer magnanime.

Étienne avait pitié du jeune Paul, mais Peter avait raison. Il n'avait pas le choix.

— Pas d'exception, déclara Étienne.

— Les Boches sont en approche, signala Peter en armant son Sten.

— On bouge, ordonna Étienne. Henri, Gustave au camion, Michel tu prends le volant. Phoenix et Jean, vous nous couvrez. Je m'occupe de lui et on dégage.

Étienne emmena Paul dans le bureau de l'imprimerie. Le jeune homme se laissa faire, docile. Il plaça une main dans sa poche. Étienne lui saisit le poignet pour l'arrêter.

— Pas de connerie, tonna-t-il.

— J'ai écrit une lettre pour ma mère, au cas où il m'arriverait malheur.

Paul sortit un bout de papier plié.

— Vous pourrez lui donner, s'il vous plaît ?

La main du garçon tremblait. Étienne acquiesça et récupéra la lettre.

— Vous pourrez lui dire que je suis mort en bon Français, s'il vous plaît, dites-lui que j'ai été juste jusqu'au bout et que j'ai donné ma vie pour mon pays. S'il vous plaît.

Les yeux du jeune homme brillaient, suppliaient. Étienne serra les dents. Il hocha la tête pour signifier son accord, incapable de parler, une épaisse indignation lui entravait la gorge. Il sortit un foulard de sa poche et banda les yeux de Paul. Le garçon se mit à trembloter. Les premiers coups de feu firent sursauter les deux hommes. Jean et Peter assuraient le comité d'accueil. Le temps pressait.

Étienne positionna Paul le long du mur. Son cœur pesait plus lourd que la pierre, il le sentait cogner dans sa poitrine, ses doigts fébriles se crispaient sur son arme. Il tremblait lui aussi. Il n'avait jamais fait quelque chose d'aussi difficile. Sa répugnance et sa détresse dépassaient tout ce qu'il avait connu. Paul n'était qu'un homme qui avait craqué, après avoir enduré les mêmes périls et les mêmes difficultés que lui. Le résistant pointa son Sten et inspira difficilement. Il ferma les yeux. La détente semblait verrouillée. Dans sa tête résonna une phrase qui prenait tout son sens : « Résister implique des sacrifices. »

Il sacrifia sa conscience, et… tira.

Il entendit le jeune homme tomber. Cet instant le hanterait le restant de ses jours.

Étienne abandonna le corps sans vie de Paul, sans réussir à le regarder. Il rejoignit ses camarades.

— L'effet de surprise a fonctionné, expliqua Peter, ils n'ont rien vu venir. On a repoussé la première vague, mais on n'a aucune chance face à la deuxième.

Étienne hocha la tête.

— Ils reviennent, s'écria Jean.

— En route ! pressa Étienne.

Les trois hommes foncèrent vers le garage. Michel et les jumeaux les attendaient dans le camion de livraison. Jean et Étienne se placèrent de chaque côté de la porte.

Une puissante explosion résonna dans l'imprimerie.

— Je crois qu'ils sont tombés sur mon piège à grenade, s'égaya Peter.

L'espion jubilait, dans son élément.

Étienne regarda Jean dans les yeux.

— À trois, dit-il. Un, deux, trois !

Les deux résistants ouvrirent le garage d'un coup. Michel fit rugir le moteur et avança le camion. Le véhicule essuya des tirs. Peter, Étienne et Jean montèrent à l'arrière. Jean frappa sur la tôle derrière la tête de Michel pour indiquer que tout le monde était à bord.

Sous le feu ennemi, le camion s'ébranla. À l'arrière, Étienne et Peter ouvrirent le feu à leur tour. Deux des Allemands, à pied et à découvert, s'effondrèrent, touchés. Les autres s'accroupirent, paniqués, et s'écartèrent sur les côtés. Parmi eux, Étienne reconnut von Stein, le salopard responsable de tout cela. Il visa l'officier, prêt à tirer.

Le feu ennemi s'intensifia. Les Boches reprirent leurs esprits et arrosèrent le camion copieusement, forçant Peter et Étienne à refermer les portes. Régler son compte à von Stein devrait attendre. Les balles déformèrent la tôle du camion, menaçant de la percer. Le bout de la rue ne devait plus être loin. Comme Étienne l'avait prédit, les Allemands n'avaient pas anticipé que les résistants puissent s'échapper en véhicule, la route n'était pas barrée. Enfin, le camion tourna et les bruits cessèrent.

Les résistants se regardèrent un instant et explosèrent de joie. Ils s'étreignirent, se tapèrent sur l'épaule. Les CPL se souviendraient longtemps du jour où ils avaient humilié l'Abwehr et la Gestapo en leur échappant avec panache.

— Messieurs, il est temps que nous distribuions notre quatrième tract, déclara Étienne, solennel.

Ils ouvrirent grand les portes du fourgon. Chacun saisit un paquet de journaux, entreposés avec eux, et le jeta dehors. Les centaines de tracts clandestins virevoltèrent dans les airs. *Vive la Liberté* s'envolait, le vent l'emportait, bienveillant. Un vent de liberté.

Dans les rues encore peu peuplées, les badauds éberlués ramassaient le journal. Quel courage animait ces hommes ! Ils défiaient les Allemands avec une telle ardeur. La France possédait encore des combattants de l'ombre sur qui compter et tant qu'ils seraient là, l'espoir demeurerait. Les habitants témoins de cette scène fantastique diffuseraient ce message.

* * *

L'attente de Juliette fut interminable. L'ignorance et l'impuissance s'avéraient être des tortures redoutables. La jeune femme savait que les nouvelles de son camp, si elle était amenée à en recevoir, arriveraient le lendemain matin, au plus tôt. Mais Wilhelm n'était pas réapparu.

Son cœur fut soulagé le soir, peu avant le dîner, lorsque quelques coups résonnèrent à la porte de l'appartement familial. Marie Hamel ouvrit.

— Capitaine von Stein, que puis-je faire pour vous ? Un problème avec votre chambre ?

— Non, pas du tout, ne vous inquiétez pas. J'aimerais m'entretenir avec votre fille si possible ?

— Juliette ? appela Mme Hamel.

La jeune femme découvrit Wilhelm dans l'embrasure, il semblait indemne. Rassurée, elle lui sourit mais il ne lui rendit pas son sourire, il l'observait l'air peiné. Juliette sortit dans le couloir et referma la porte de l'appartement.

— Que se passe-t-il ?

— C'est une longue histoire, mais la mission pour laquelle je suis parti ce matin a échoué et j'en suis responsable.

Cette nouvelle finit de réjouir Juliette. L'échec de Wilhelm signifiait la réussite des CPL. Son frère devait être en sûreté, victorieux. Et Wilhelm n'avait rien, Juliette n'aurait pas pu rêver meilleure conjoncture. Elle se contrôla pour ne pas laisser transparaître sa joie. Elle fut de courte durée.

— Je suis muté à Amsterdam, lâcha Wilhelm. Je pars demain à la première heure.

Juliette déglutit. Elle n'aurait pas cru qu'un tel aveu puisse la rendre si triste. Elle voulut se lover contre lui, sentir ses bras l'enlacer et profiter de sa chaleur réconfortante. Elle n'en fit rien. Elle se contenta de la tendresse de son regard azur. Comment avait-elle pu s'attacher autant à l'officier ?

— Je ne remettrai sans doute pas les pieds à Paris de sitôt, continua von Stein. Je voulais vous proposer de jouer ensemble ce soir au dîner, une dernière fois. Qu'en dites-vous ?

Juliette accepta son offre avec chagrin.

Le soir venu, les deux musiciens interprétèrent plusieurs compositions ensemble. Ils profitèrent de chaque note, ravis d'unir une fois de plus leurs talents, de partager leur passion.

— Ce fut un véritable plaisir Juliette, comme toujours, déclara Wilhelm, à la fin du troisième morceau.

Il expira. La déception et le regret marquaient chacun de ses traits.

— Que diriez-vous de terminer avec *Clair de lune* ? proposa Juliette.

Elle souhaitait prolonger cette dernière parenthèse. Wilhelm acquiesça, une lueur de joie dans les yeux et un sourire sur les lèvres. Il leva son violon.

La délicatesse de la composition de Debussy les emporta. Le violon et le piano se marièrent à la perfection et incarnèrent le morceau avec poésie. Les deux musiciens oublièrent tout, pour s'adresser le plus mélodieux des adieux.

* * *

Juliette s'éveilla brusquement, elle s'était assoupie. Quelle heure était-il ? 6 h 10. Non ! Elle dévala les marches jusqu'au rez-de-chaussée et sortit sur le perron. Il était parti. Elle aurait tant voulu l'étreindre une dernière fois. Elle aurait tant voulu lui dire…

Elle se revoyait au milieu de la nuit, devant la porte de la chambre de Wilhelm, prête à frapper. Ses phalanges si près du bois, son cœur si rapide. Elle ignorait combien de temps elle était restée là, transie. Dans un élan de lucidité, elle avait rebroussé chemin. Elle n'avait pas craqué, elle ne s'était pas abandonnée à lui, aussi forte qu'ait été la tentation.

Juliette pinça les lèvres. C'était mieux ainsi, le destin avait décidé pour elle. Libérée de cet attachement ridicule et insoutenable, elle pouvait désormais se dévouer corps et âme à la Résistance.

PARTIE II

20

Un an plus tard, 22 juin 1942

Juliette suait. La chaleur de ce début d'été était étouffante et le soleil frappait son crâne sans pitié. Vingt kilomètres en plein après-midi, quelle plaie ! Juliette peinait toujours à gravir la dernière côte, permettant de rallier l'entrée du village de Vaucresson, à l'ouest de Paris. Jean, déjà en haut, semblait à peine essoufflé. Juliette n'aimait pas l'activité physique, elle était une artiste, vouée à un intérieur douillet. Ses longues jambes restaient un atout négligeable dans l'effort, à son grand désarroi.

Dans le hameau, ils passèrent devant l'école. Les enfants jouaient au ballon dans la cour, heureux de profiter de la récréation, leurs rires joyeux résonnaient. Les vacances approchaient, la guerre semblait loin. Juliette enviait les habitants de ces campagnes, ils se nourrissaient mieux que les citadins, les produits de la ferme leur permettaient d'être moins dépendants des tickets de rationnement.

Juliette et Jean se rendaient chez Jacques, ami du réseau de longue date. Enfin parvenus à destination, ils posèrent leurs bicyclettes derrière la maison, comme convenu. Leur allié vint les saluer, tout sourire. Son visage jovial et bienveillant donnait du baume au cœur à Juliette. Biscotte, la jeune chienne labrador de Jacques, fit la fête aux nouveaux arrivants. Elle tirait la langue et haletait sous la chaleur. Juliette lui gratta la tête, Biscotte semblait ravie.

Hélas, les complices manquaient de temps pour discuter. Jean et Juliette rejoignirent la grange, un peu en retrait sur le terrain. Jacques, quant à lui, regagna son habitation et se plaça devant la fenêtre de la cuisine. De là, il pouvait surveiller la route et son aide était précieuse.

Juliette monta à l'étage du bâtiment. Ses yeux, adaptés à la luminosité intense de l'extérieur, mirent quelques instants à s'habituer à la pénombre. Seuls quelques fins rayons de soleil filtraient entre les planches de bois fatiguées par le temps.

La jeune femme déroula machinalement la procédure qu'elle connaissait par cœur. Elle récupéra la radio, dissimulée dans une malle, derrière une grosse botte de foin, et l'installa sur la table à disposition. Elle déroula le fil de dix mètres et l'envoya dévaler l'escalier. Troisième étape, elle relia la radio, une A MKII de neuf kilogrammes, à la batterie mise en place par Jacques pour l'alimenter. Jean lui donna les précieux quartz, qui permettaient de fixer la longueur d'onde prévue pour l'échange. Enfin, elle régla l'émetteur et le récepteur. Elle était prête à commencer. Jean lui souhaita bonne chance, puis descendit pour guetter lui aussi.

Depuis huit mois, il accompagnait Juliette à chaque transmission, assumant le rôle de « gardien ». Il portait bien son nom. Une fois son casque sur les oreilles, Juliette se déconnectait totalement du monde extérieur, vulnérable. Elle devait se concentrer pour transmettre les messages en morse avec vitesse et précision. Pendant ce temps, Jean veillait sur elle.

La jeune résistante inspira profondément et mit son casque. La liaison allait commencer. Dans le silence, elle entendait son cœur battre contre ses tempes. Elle consulta sa montre, l'aiguille des secondes défilait, imperturbable. À 15 heures précises, Juliette envoya son indicatif d'appel, à cinq reprises, à destination de la centrale en Angleterre. La réponse ne tarda pas et elle reçut très vite l'indicatif de la centrale. Top départ, la résistante entrait dans sa bulle. Sa bulle de « pianiste », comme musicienne, mais surtout comme opératrice radio clandestine. Juliette trouvait cette appellation, répandue dans la Résistance, parfaitement appropriée. Sa radio devenait son nouvel instrument. Un piano simpliste, épuré, mais tout aussi exigeant. Dextérité, mémoire affûtée, les notes en morse, dont les impulsions courtes et longues formaient les noires et les blanches, jouaient en rythme le message devenu partition. S'isoler mentalement, ne penser qu'à ses mains, aux missives. Juliette exultait dans son élément, virtuose en terrain connu.

Le chemin pour en arriver là avait été long et les disputes avec Étienne nombreuses. Le départ de Wilhelm avait profondément attristé Juliette. La jeune femme avait pris conscience de sa faiblesse. Elle avait commis l'erreur de s'attacher à lui. Par chance, son frère n'avait jamais appris sa faute, alors Juliette s'était mis en tête de se racheter, de s'investir corps et âme pour la Résistance. Elle avait continué à être agent de liaison. Elle livrait les messages codés à destination de l'opérateur. Mais l'envie d'en faire plus ne la quittait pas.

Alors, quand Peter avait proposé de former quelqu'un pour devenir radio, Juliette avait sauté sur l'occasion. Bien sûr, son frère s'y était fermement opposé. Trop risqué, trop dangereux… Quant aux autres membres du réseau, ils voyaient d'un mauvais œil qu'une femme occupe un tel poste. Juliette n'en avait cure. Elle avait appris le morse en quelques jours. Lors d'une réunion, elle avait rejoint le groupe sans invitation. La tête haute, les prenant tous de court, elle avait frappé fermement sur la table avec ses phalanges. Court, court, long… « Forme-moi Peter, je suis prête. » Son zèle avait convaincu l'espion anglais, il la forma. Juliette ne lui fit jamais regretter son choix et démontra vite ses capacités.

La jeune femme commença par être opératrice réceptrice. Elle se contentait de recevoir les messages de Londres sans jamais émettre. Ces liaisons, non détectables par les

Allemands, étaient beaucoup moins risquées que les transmissions. Quelques mois plus tard, le radio du réseau, Roch, un militaire formé en Angleterre, fut arrêté par la Gestapo, torturé et exécuté. Un coup dur pour les CPL, mais pour Juliette une évidence, elle devait le remplacer. Elle se rappelait mot pour mot la dispute qu'elle avait eue avec son frère pour le convaincre.

— Étienne, je veux le faire.

— C'est hors de question Juliette, tu as vu ce qui est arrivé à Roch, je ne te laisserai pas te faire prendre et tuer par ces barbares.

— Je suis la mieux placée pour le remplacer et tu le sais. Le réseau a besoin d'un « pianiste » opérationnel d'urgence.

— Non ! Tu ne comprends pas, Juliette ? S'il t'arrive malheur ce sera ma faute. C'est moi qui suis venu te chercher. C'est à cause de moi que tu fais tout ça. Je ne pourrai pas vivre en ayant envoyé ma petite sœur à la mort !

— Ce n'est pas à toi de prendre cette décision, Étienne, je fais mes choix toute seule. J'ai envie d'en faire plus. Toi, tu risques ta vie tous les jours, et je n'ai pas mon mot à dire. C'est vrai, c'est toi qui m'as embarquée là-dedans, c'est toi qui es venu me chercher. Mais c'est grâce à toi que j'ai ouvert les yeux, grâce à toi que j'ai envie de me battre. Tu ne peux pas m'en empêcher. Plus maintenant.

Étienne l'avait regardée droit dans les yeux. Il avait peur, mais il était tellement fier de sa sœur. Il ne pouvait rien faire pour l'en dissuader. Elle avait décidé. Il avait soupiré, impuissant.

— Juliette, je t'interdis de te faire prendre, tu m'entends ? Je te poursuivrai moi-même jusqu'en enfer si tu m'abandonnes en ce bas monde. Et c'est moi seul qui choisirai ton gardien. Je veux avoir une confiance aveugle en l'homme à qui je confierai la vie de ma sœur.

Juliette, le sourire aux lèvres, lui avait répondu :

— Alors trouve-moi le meilleur des gardiens.

Étienne avait donc choisi Jean pour protéger Juliette. Depuis, il l'accompagnait à chaque liaison, l'aidait avec le matériel, s'occupait de trouver des planques et des alliés. Les deux complices étaient devenus indissociables.

Juliette se concentra, une demi-heure intense commençait. Ses doigts frénétiques envoyaient, légèrement tremblants, les messages les uns après les autres. La jeune femme faisait preuve d'une concentration implacable, lui valant le respect de ses compagnons résistants. Mais elle travaillait toujours la boule au ventre, bien consciente de sa vulnérabilité. Sitôt que l'émission commençait, l'écoute ennemie aussi, et avec elle la traque sans relâche des voitures radiogoniométriques allemandes, capables de repérer la provenance des émissions clandestines.

À la fin des dix premières minutes, Juliette transmit la nouvelle fréquence de travail à son correspondant. Cette procédure avait pour but de perdre les Allemands en brouillant les pistes. Elle renouvela cette opération au bout de vingt minutes.

La limite du temps réglementaire de correspondance approchait lorsque Juliette échangea le signal de fin de transmission avec la centrale. En retour, elle reçut le fameux « FB » : *Fine Business*, pour conclure l'échange. La jeune femme retira son casque et expira bruyamment, soulagée d'en avoir terminé pour aujourd'hui et d'être passée, une fois de plus, entre les mailles du filet.

Jacques leur offrit un verre de cidre avant leur départ. Juliette apprécia la fraîcheur du breuvage et son bon goût de pomme acidulée. La pression, si intense lors de la correspondance, s'envolait peu à peu.

— Juliette, pour la transmission de mercredi on va avoir besoin de la radio d'ici, intervint Jean, en finissant son verre.

— Je sais. On n'a qu'à la transporter aujourd'hui et la déposer directement ?

Jean acquiesça.

Ils installèrent ensemble la radio dans le double fond d'une valise bricolée par Jacques. Ils l'arrimèrent fermement sur le vélo de Juliette. Transporter le matériel incombait au radio. Le gardien avait quant à lui la charge des quartz. Comme à son habitude, Jacques leur donna des œufs et des légumes de sa ferme avant de les laisser partir.

Ils quittèrent la propriété en fin d'après-midi. L'air était plus respirable, le soleil moins haut dans le ciel. En trois quarts d'heure, ils atteindraient les portes de Paris. Juliette laissa sa bicyclette rouler dans la descente et apprécia la fraîcheur du vent générée par sa vitesse. Sa robe légère volait comme un drapeau et frappait ses jambes par à-coups. Jean courba le dos, réduisant sa prise à l'air, il voulait la dépasser. Juliette saisit son guidon plus fermement et se mit à pédaler de plus belle. Elle gagnait du terrain sur son ami ; il jeta un œil par-dessus son épaule et accéléra le rythme. Leur folle course se poursuivit une dizaine de minutes. Les deux jeunes gens riaient de bon cœur en ralentissant, à bout de souffle.

Leur joie s'évapora en un instant. Devant eux, la Wehrmacht avait dressé un barrage et contrôlait une à une les voitures et les bicyclettes voulant regagner la capitale. Juliette regarda Jean, inquiète. Elle vit qu'il partageait sa contrariété.

— On va passer séparément, ce sera moins risqué. Montre tes papiers et ne t'inquiète pas, ils n'ont aucune raison de fouiller tes affaires en détail. Je pense que c'est juste un contrôle d'identité, chuchota Jean.

Juliette acquiesça. Ils mirent pied à terre et se placèrent dans la file d'attente, l'un derrière l'autre. Juliette peinait à reprendre son souffle. Elle inspira profondément, passa une main dans ses cheveux. Elle devait se calmer avant d'arriver devant les Boches.

Les voitures et vélos défilaient à faible allure. Le contrôle avait l'air détaillé, trop détaillé… Le tour de Jean arriva.

Le soldat allemand commença par contrôler ses papiers. Il consulta sa pièce d'identité pendant une bonne minute. Juliette se rendit compte qu'elle avait cessé de respirer lorsque l'Allemand restitua le document à Jean. Il le fouilla et trouva un tube d'aspirine dans sa poche. Jean avait pour habitude de dissimuler les quartz à l'intérieur, sous un mouchoir souillé et malodorant. « Si les Boches tombent là-dessus, ils refermeront le tube vite fait », disait-il, fier de lui.

Le stratagème fonctionna à merveille, l'Allemand prit une moue dégoûtée en découvrant le mouchoir et fit avancer Jean dans un grognement. Il indiqua à Juliette d'approcher. Elle lui tendit ses papiers. Il les lui restitua après un bref contrôle et lui demanda d'ouvrir sa valise. Juliette déglutit et s'exécuta. Elle jeta un coup d'œil à Jean, il faisait mine d'ordonner ses affaires pour l'attendre. Le soldat fouilla en vitesse entre les vêtements et les légumes offerts par Jacques et referma la valise, il la tendit à Juliette. La jeune femme s'apprêtait à la récupérer, mais le soldat la soupesa en prenant un air surpris. Il la reposa sur la table devant lui. Juliette lança un regard désemparé à Jean. L'Allemand appela son supérieur, ils échangèrent quelques mots. L'officier considéra Juliette, suspicieux : il s'apprêtait à fouiller à son tour.

Une berline noire commença à dépasser la file d'attente par la droite, interrompant le gradé. Il leva les yeux et ordonna à ses hommes de laisser passer le véhicule. Juliette gagnait deux minutes, elle espérait que l'Allemand allait abandonner son investigation. Hélas, sitôt la voiture passée, Juliette occupa de nouveau toute son attention.

La jeune femme commençait à paniquer. La pastille de cyanure, qui l'accompagnait toujours en mission, pesa d'un coup plus lourd, cachée dans son écrin métallique. Peter avait veillé à ce que tous les résistants exposés à une arrestation en reçoivent une. C'était le cas de Juliette et de Jean.

Cette pilule représentait une échappatoire ; une mort rapide et la garantie de ne pas parler sous la torture.

Juliette, le cœur déchaîné, la peur au ventre, dirigea une main fébrile vers sa poche. Elle ne vit pas la berline s'arrêter sur le bas-côté, elle ne vit pas non plus l'officier en sortir.

Elle sursauta, réprimant un cri de surprise. Wilhelm von Stein se présenta devant elle.

21

Juliette resta sous le choc un instant, incapable de détourner le regard. Wilhelm, impassible, s'adressa à son collègue, ils débattirent un instant, puis l'officier tendit à Juliette sa valise et lui indiqua de passer. La jeune femme ne demanda pas son reste et approcha de Wilhelm, toujours déconcertée par sa présence.

— Je vous ramène à Paris, Mademoiselle Hamel ? proposa-t-il poliment.

Juliette sentit sur elle le regard accusateur des Français dans la file d'attente. Elle entendait leurs murmures outrés : « Regarde celle-là, à fricoter avec un Boche, quelle honte ! » Elle frissonna. Elle haïssait les Boches plus qu'aucun d'entre eux. Ses ennemis jurés qui torturaient et fusillaient ses frères, ceux qui la traquaient sans relâche chaque fois qu'elle utilisait les ondes. Pourtant, sa curiosité lui suppliait d'accepter la proposition, en dépit des messes basses. Elle céda. Elle fit un discret signe de tête à Jean pour qu'il quitte les lieux sans elle.

Wilhelm ordonna à son chauffeur, Reiner, de s'occuper de la bicyclette et de la valise et invita Juliette à entrer dans la Traction. Il prit place à ses côtés. Ils gardèrent le silence, Reiner s'installa au volant.

— Où souhaitez-vous vous rendre, Mademoiselle ? interrogea Wilhelm.

— Au Conservatoire, s'il vous plaît.

— *Zum Konservatorium Reiner bitte*, ordonna l'officier.

— *Ja, Herr Major.*

La voiture démarra enfin.

— Toujours en études au Conservatoire, alors ? s'enquit Wilhelm au bout d'un moment.

Juliette secoua la tête.

— Non, j'ai obtenu mon diplôme l'année dernière. Je donne des cours.

— Félicitations.

En réalité, Juliette voulait regagner son logement, à deux pas du Conservatoire. Elle louait à très bon prix une petite chambre sous les combles, aux propriétaires d'un café. En échange, elle travaillait pour eux trois jours par semaine. Juliette ne voulait pas révéler son adresse au major von Stein.

— Vous êtes de passage à Paris, Herr von Stein ? demanda-t-elle, curieuse.

— Je suis de retour depuis un mois, on m'a assigné une nouvelle mission ici.

— Vos talents de traqueur de résistants sont-ils appelés en renfort à Paris ? J'imagine que vous avez fait vos preuves à Amsterdam, si j'en crois votre promotion ? Je ne me souviens pas que vous étiez major l'année dernière ?

Volontairement tranchante et provocatrice, Juliette constata, satisfaite, que ses questions décontenançaient l'officier. Il reprit vite un air neutre et se contenta d'acquiescer.

— Vous êtes perspicace, Mademoiselle.

— Eh bien, permettez-moi de vous souhaiter moins de réussite qu'à Amsterdam, *Herr Major*, insista Juliette, cinglante.

L'officier arbora un sourire triste. Juliette n'aurait pas pu envoyer de message plus clair pour affirmer leur appartenance à deux camps distincts, incompatibles. Wilhelm regardait par la fenêtre, les yeux dans le vague. Dehors, le ciel s'était assombri, de larges cumulus noirs, menaçants, coiffaient le paysage.

— Vous savez… si j'étais à leur place, je ferais exactement la même chose : je résisterais, avoua Wilhelm sans détour. Mais je ne suis pas à leur place, j'ai la mienne à tenir, pour ma patrie. Je me rappelle chacun d'entre eux, je me rappelle leur courage, leur visage, leur histoire. C'est mon fardeau, et je le porterai jusqu'à la fin de mes jours. N'importe quel homme qui aura pris part à cette guerre aura son propre fardeau, parce que c'est ce que font les guerres, elles ne cessent jamais de hanter les survivants.

Juliette repensa au soldat allemand abattu à ses pieds par Peter, le jour de son parachutage. Elle n'avait jamais oublié son visage, son expression figée, il réapparaissait parfois dans son sommeil et elle se réveillait en sueur. Wilhelm avait raison, elle aussi avait son fardeau.

La Traction entra dans Paris. Un éclair fractura le ciel devant eux. Le vrombissement sonore du tonnerre retentit dans le lointain.

— Vous ne savez pas ce que je donnerais pour que nous nous soyons rencontrés en d'autres circonstances, Juliette.

Pour la première fois, il réutilisait son prénom. La jeune femme lutta pour ne pas laisser transparaître sa peine. Elle était d'accord avec lui, plus que jamais, mais bien trop fière pour l'avouer et affronter sa vérité.

Reiner gara la voiture devant l'entrée du Conservatoire. La pluie tombait en trombes. L'impact des gouttes sur la tôle résonnait dans la berline.

— Je vous souhaite une bonne continuation, Mademoiselle Hamel. J'ai été heureux de vous revoir.

— Merci pour le trajet, Major von Stein, au revoir.

Juliette quitta la voiture et évita le regard de l'Allemand. Elle ne voulait pas croiser ces yeux d'un bleu sombre qui la perturbaient tant. En quelques instants, ses vêtements détrempés collèrent à sa peau. Elle observa la berline s'éloigner et ferma les yeux. Elle soupira.

Trois coups brefs frappés à sa porte éveillèrent Juliette. Elle consulta sa montre, elle avait dormi deux heures, après son retour. La jeune femme se frotta les yeux et se dirigea vers l'entrée. Jean pénétra dans la chambre et la prit dans ses bras.

— Dieu merci, tu es là, dit-il.

Juliette, surprise, ne bougea pas. Elle aperçut Étienne dans l'encadrement de la porte. Il entra et referma derrière lui. Jean la lâcha et elle embrassa son frère. Les trois résistants prirent place autour de la table ronde, au milieu de la pièce.

— C'est passé bien trop près cette fois-ci, Claire. Il faut qu'on soit plus prudents, on ne peut pas risquer de se retrouver à nouveau dans une telle situation, s'alarma Jean.

Juliette acquiesça, ils l'avaient échappé belle. Sans l'arrivée de Wilhelm, les Allemands auraient trouvé la radio.

— Jean m'a raconté ce qu'il s'est passé tout à l'heure. Il a raison, il va falloir rediscuter du convoyage du matériel, vous ne pouvez pas reprendre de tels risques, ajouta Étienne.

Juliette sentait son inquiétude. Avec l'expansion du réseau, il ne dormait pas beaucoup, engagé plus que jamais. Chaque fois qu'un débat ou qu'une décision portaient sur Juliette, il était d'autant plus prudent, son jugement parfois biaisé. Juliette ne lui en voulait pas, mais elle ne trouvait pas son comportement sain. Il se devait de prendre du recul, lui plus que quiconque.

— Alors comme ça, von Stein est de retour à Paris ? questionna Étienne.

— Je confirme, il n'est pas simplement de passage, il a été réaffecté ici.

— Tu as pu avoir des informations sur la raison de son retour ?

— Non. Tout ce que je sais, c'est qu'il a été performant aux Pays-Bas et qu'il n'a pas changé de vocation.

— Ce salopard est là pour nous, c'est certain, pesta Jean.

— Sans aucun doute, opina Étienne, l'air songeur. Claire, tu penses que tu pourrais renouveler ton espionnage ? S'il est là pour nous, nous aurons besoin de notre ange gardien.

— Ce n'est pas une bonne idée, réfuta Jean. Claire est déjà une pianiste très occupée, et elle ne peut pas risquer d'être dévoilée par ce nazi.

— Certes, mais elle nous a sauvé la mise il y a un an, rappela Étienne.

— On ne peut pas lui demander ça. Mets-toi à sa place Max, ça t'amuserait de passer du temps avec ce sale Boche ?

L'attitude de Jean surprenait Juliette, il s'inquiétait beaucoup trop pour elle. À dire vrai, la jeune femme s'attendait à la proposition de son frère, il ne faisait que confirmer ses craintes : il comptait sur elle. Juliette savait qu'il s'agissait d'une opportunité en or, il fallait être fou pour ne pas le réaliser. Mais sa dernière entrevue avec von Stein n'avait pas été très amicale et elle n'avait aucune envie de le revoir. Elle avait enfin trouvé sa place dans le réseau et racheté ses erreurs passées. Elle craignait d'affronter ses vieux démons, après avoir lutté si fort pour les abattre.

— Jean a raison, pianiste et espionne, ça fera beaucoup. Et puis, je ne connais pas von Stein plus que ça. Je n'ai pas de bonnes raisons pour me rapprocher de lui, mentit-elle. Les conditions sont moins propices qu'il y a deux ans.

Jean afficha un air satisfait.

— Je te demande de bien y réfléchir, Claire. Tu sais le bénéfice que ton action pourrait apporter au réseau, tous les gars que tu pourrais sauver, comme la dernière fois. J'ai conscience de ce que je te demande, mais je dois aussi penser au réseau dans son ensemble. Des pianistes ça se forme, des combattants, des agents de liaison, ça se trouve. En revanche, des informations qui viennent directement de la valise d'un haut gradé de l'Abwehr, c'est beaucoup plus rare.

— Qu'est-ce que tu veux, Max ? Qu'elle aille les récupérer sur l'oreiller, tes informations ? railla Jean, furieux.

Étienne bondit vers Jean avec une vivacité insoupçonnée et l'agrippa fermement par le col.

— Est-ce que tu insinues que je voudrais prostituer ma propre sœur ? Lui demander d'être souillée par ce barbare, dans mon intérêt personnel ? C'est ça que tu insinues, Jean ? siffla Étienne.

Son visage était à quelques centimètres de celui de son acolyte. Juliette n'avait encore jamais vu son frère perdre son sang-froid de la sorte. Il ne quittait pas son ami des yeux. Jean soutint son regard pendant quelques instants puis baissa la tête.

— Non, bien sûr Max, c'est pas ce que j'ai voulu dire.

— Ça suffit tous les deux, arrêtez votre combat de coqs ridicule. Vous savez très bien que c'est moi qui aurai le dernier mot. Je vous remercie de vous soucier de ma vertu, mais elle ne vous concerne pas !

Étienne lâcha prise. Jean tira sur sa veste pour la rajuster. Tous deux se fusillèrent du regard.

— Excuse-nous Claire, je crois qu'il y a eu méprise en effet, répliqua Étienne.

— Oui, pardon Claire.

— Je vais réfléchir à tout ça, j'ai besoin d'un peu de temps pour moi, si vous voulez bien me laisser seule maintenant.

Les garçons quittèrent les lieux. Juliette s'assit mollement sur son lit et passa les mains sur son visage. Espionner Wilhelm, ou ne pas espionner Wilhelm ? Pourquoi diable fallait-il qu'il soit de retour !

Les jours qui suivirent furent un calvaire pour Juliette, elle peinait à raisonner, à se décider. Ses options étaient pourtant limpides. Refuser d'espionner Wilhelm, au risque de manquer des informations décisives et de condamner son frère et les CPL, ou bien prendre sur elle, assumer ses responsabilités et cesser d'être une sentimentale égoïste.

Son frère comptait sur elle et elle refusait de le décevoir, mais elle craignait de passer de nouveau du temps seule à seul avec Wilhelm. Qu'importe, il le fallait, le groupe avait besoin de son ange gardien.

Déterminée, Juliette saisit une feuille de papier, sa plume et son encre. Elle commença à composer une lettre, d'une écriture appliquée.

Wilhelm,

Je vous écris cette lettre dans le but de m'excuser auprès de vous pour mes paroles sur le trajet vers Paris. J'ai été moi aussi heureuse de vous revoir en vérité. Vous avez fait remarquer, à juste titre, que les circonstances de notre rencontre n'étaient pas des meilleures, mais je crains que la guerre ne dure encore et encore.

Même si nous ne pouvons ignorer qu'une amitié entre nous sera décriée, je suis fatiguée de cette haine omniprésente, apeurée devant ce fossé si profond qui sépare nos vies, cantonnées sur deux rives distinctes.

Je garde un très bon souvenir de notre collaboration musicale. Vous êtes un violoniste talentueux. Avec cette guerre, depuis ma sortie du conservatoire, je ne prends guère plus le temps de jouer, j'oublie presque cette sensation aérienne, ce sentiment de sérénité, cette allégresse qui me fait frissonner lorsque je pose mes doigts sur un piano. Je refuse de laisser la guerre me prendre cela. Alors, si le cœur vous en dit, je souhaiterais vous proposer de répéter ensemble de temps à autre, de nous offrir des moments de trêve, rien qu'à nous.

Je vous attendrai au conservatoire vendredi à 16 heures, en espérant vous y voir.

Amicalement,

Juliette

22

Assise sur un banc, un roman entre les mains, Juliette observait la devanture de l'hôtel *Lutetia* depuis plus d'une heure. Elle attendait, attentive aux mouvements. Les allées et venues des membres de l'Abwehr étaient incessantes, le lieu bouillonnait, sous tension permanente. Juliette souriait, les Alliés et les résistants devaient donner du fil à retordre aux services de renseignements germaniques.

Après un énième coup d'œil, elle repéra enfin un frêle soldat aux petites lunettes rondes : Reiner. Juliette traversa le boulevard Raspail d'un pas vif, elle parvint à intercepter le jeune Allemand, juste avant qu'il ne prenne place dans sa Citroën Traction noire.

— Reiner, appela-t-elle.

L'Allemand, interpellé, mit quelques instants avant de la reconnaître.

— Vous parlez français, Reiner ?

— Un peu, répondit-il avec un fort accent.

— Pourriez-vous donner cela au major von Stein ? dit Juliette en tendant sa lettre au soldat.

Reiner récupéra la missive, il semblait troublé par la demande, mais il acquiesça.

— Merci beaucoup Reiner, au revoir.

Juliette s'éloigna sans regarder derrière elle. Maintenant, elle n'avait plus qu'à croiser les doigts pour que Wilhelm vienne au rendez-vous.

Personne. 16 h 52 et toujours personne. Juliette soupira de déception. Elle avait vraiment cru que sa lettre pourrait le convaincre. Comment allait-elle s'y prendre pour l'approcher ? Elle l'avait sans doute blessé plus qu'elle ne le pensait.

La musicienne se rendit dans la salle de piano du rez-de-chaussée. Une tristesse inattendue, sincère, gagna ses sens ; cette vieille amie, elle la reconnaissait. Oubliée un an plus tôt, elle revenait plus intense que jamais.

La gorge sèche, Juliette entama *Clair de lune*, plongeant avec sa peine dans les méandres de ses sentiments. Les premières notes soulagèrent son cœur. Elle se laissa porter, vida son esprit.

Soudain, le son languissant d'un violon vint accompagner son piano. L'instrument joignit ses suppliques mélodieuses aux siennes. Le musicien poussa la porte, continuant d'interpréter le morceau avec Juliette, leurs talents unis. Yeux dans les yeux. Wilhelm.

— J'ai beaucoup hésité pour vous rejoindre, Juliette, avoua-t-il à la fin du morceau. Votre lettre m'a pris au dépourvu. J'avais abandonné l'idée de vous revoir après notre entrevue, votre proposition m'a semblé irréelle. Moi aussi j'aimerais passer du temps en votre compagnie, nous offrir des moments de trêve comme vous le dites. Mais la situation n'a pas changé. Je suis toujours l'homme caché sous un uniforme allemand, qui n'a pas le droit de vous fréquenter. Vous êtes toujours la Française amoureuse de son pays, méprisée par ses compatriotes au moindre contact avec un « Boche ». Je suis et je resterai l'envahisseur à vos yeux, quoi qu'il arrive. Alors, malgré tout le plaisir que j'ai pris aujourd'hui à partager ce moment avec vous, je viens vous faire mes adieux, voir votre visage une dernière fois.

Juliette sentait son cœur cogner dans sa poitrine. Elle regarda Wilhelm ranger son violon et se diriger vers la porte. Il luttait pour garder un air impassible, mais elle sentait sa tristesse. La jeune femme ne put se résoudre à le laisser partir. Pas comme ça. Il avait raison, la situation n'avait pas changé, mais elle refusait d'y penser. Le présent leur appartenait.

Sans réfléchir, elle se leva, attrapa la main libre du major et l'embrassa avec ardeur, avide de sentir ses lèvres sur les siennes, si inexorablement sous son emprise que c'en était douloureux. Wilhelm ne résista pas, comme s'il avait secrètement espéré que Juliette le retienne. Il lâcha son violon pour l'enlacer, pressa son corps contre le sien. La jeune femme approfondit leur baiser, sa langue chercha celle de Wilhelm et à son contact, elle frissonna de plaisir.

Le souffle court, ils se fixèrent, front contre front. Les iris bleus de Wilhelm flamboyaient. La prudence, la résignation et la tristesse qu'ils exprimaient tantôt avaient laissé place à un désir brûlant, incontrôlable. Le même désir intense consumait Juliette, à fleur de peau.

— Viens, suis-moi, souffla-t-elle.

La lumière chaude du soleil couchant éclairait la pièce d'une teinte chaleureuse. Une traînée de vêtements épars pavait le chemin entre la porte et le lit. Wilhelm caressait la joue de Juliette avec douceur. Ils étaient collés l'un contre l'autre dans le petit lit de la jeune femme. Allongée sur le côté, Juliette respirait calmement, les yeux plongés dans ceux de son amant.

Ce n'était pas sa première expérience. Durant sa formation de radio, elle avait partagé la couche de Peter à plusieurs reprises. Sans aucune complication, elle avait eu envie de découvrir son corps, d'éviter de mourir ignorante, au cas où elle se ferait arrêter. L'espion anglais était loin d'être désagréable à regarder et ne s'était pas gêné pour lui faire des avances explicites. Mais faire l'amour avec Wilhelm avait chamboulé ses connaissances.

Elle ignorait jusqu'à ce jour que tant de tendresse pouvait

être partagée entre deux êtres humains. Elle avait découvert une amplitude de frissons, de sensations, d'une intensité insoupçonnée. Décomplexée, elle était partie à la découverte de l'anatomie de Wilhelm, naturellement. Elle avait écouté son corps, libre. Elle n'avait plus qu'une idée en tête : recommencer. Encore et encore. Un tel potentiel de plaisir l'enivrait.

— Tu es si belle Juliette, chuchota Wilhelm.

Il la dévorait du regard, caressait sa gorge, sa poitrine. Il passa son pouce sur le téton de Juliette, l'appendice se durcit dans un frisson. La jeune femme s'esclaffa et embrassa l'Allemand en le chevauchant.

— Vous me tutoyez maintenant, Herr von Stein ?

— Pardonnez-moi Mademoiselle, je ne souhaitais pas vous offenser, ironisa-t-il en se redressant.

Juliette saisit son visage entre ses mains et l'embrassa avec passion.

— Tu n'as pas essayé de me retrouver en revenant à Paris ? questionna-t-elle.

— Si, admit Wilhelm. Je suis retourné à *La Halte Arago*. Ton père m'a dit que tu n'y habitais plus. Je n'ai pas osé lui demander où tu étais, il n'avait pas l'air de vouloir m'en dire plus. J'ai aussi demandé au Conservatoire, mais ils ne te trouvaient pas sur les listes d'élèves. Je me suis dit que tu avais peut-être quitté la ville pour entamer ta carrière, ou que tu t'étais mariée, raconta-t-il.

Juliette n'en revenait pas, il l'avait cherchée. Une année d'absence et il n'avait jamais cessé de l'aimer. Sa gorge se noua. Elle non plus n'avait jamais cessé de penser à lui. En décidant de le revoir, elle avait accepté sa faiblesse, prête à se rendre, incapable de combattre ses sentiments, ressuscités à la seconde où elle avait revu son visage. Mais elle gardait en tête son objectif. Elle n'était pas retournée le chercher pour vivre une histoire d'amour, mais bel et bien pour l'espionner, profiter de son affection à son égard et se servir de lui. L'ampleur de sa trahison prenait son cœur en étau. Dans ses bras, conquise, elle prit conscience de la difficulté de son entreprise.

* * *

L'espionnage de Juliette avait repris, elle avait informé Étienne de sa décision. Commença alors son calvaire, un tiraillement sans fin. La jeune femme partageait une complicité grandissante avec Wilhelm, croquant la vie sans concession. Les deux amants se retrouvaient dès que possible, s'aimaient, se découvraient, embarqués par l'excitation des débuts. Ils avaient repris des répétitions ensemble, la musique étant le ciment de leur attachement depuis toujours.

Plus Juliette se rapprochait de Wilhelm, plus elle s'éloignait de son frère. Alors, sans faillir, elle profitait des moments d'inattention ou d'inconscience de Wilhelm pour fouiller ses affaires, et le temps qu'elle ne passait pas en sa compagnie, elle reprenait sa peau de pianiste, aux côtés de Jean. Prise au piège entre deux hommes, elle passait ses jours à trahir l'un et ses nuits à trahir l'autre.

Après deux semaines épuisantes, Juliette reçut une convocation pour une réunion avec Étienne. Il était temps de faire un premier bilan de ses découvertes. Juliette se rendit au lieu de rendez-vous, une planque qu'elle ne connaissait pas. Elle frappa trois courts et deux longs à la porte en bois d'une petite maison, enfoncée dans une allée. Un jeune résistant roux, le visage constellé de taches de rousseur, lui ouvrit.

— Bonsoir Anselme, dit Juliette.

— Bonsoir Claire. Les gars sont en bas, ils t'attendent.

Juliette parcourut le couloir étroit jusqu'à la dernière pièce. L'espace de quelques mètres carrés ne contenait qu'une étagère vide, elle dissimulait un escalier qui descendait à la cave. Sitôt Juliette passée, Anselme déplaça le meuble devant l'ouverture.

En bas, Étienne, Peter, Jean et Michel, épaule contre épaule, attendaient la jeune femme. L'espace exigu sentait l'humidité. Juliette les salua un à un, s'attardant un peu avec son frère. Tous prirent place autour de la petite table ronde, Étienne prit la parole.

— Messieurs, Claire, comme vous le savez tous maintenant, le major von Stein est de retour à Paris. Phoenix et moi-même avons convoqué cette réunion aujourd'hui pour vous signaler que Claire a déjà repris contact avec lui dans l'optique de pouvoir l'espionner pour le compte du réseau.

— Quoi ? Claire, tu as déjà repris contact avec lui ? Je ne comprends pas, je croyais que tu ne voulais plus faire ça ? s'emporta Jean.

— Ma décision est prise Jean, c'est important pour le réseau. On ne sait pas encore pourquoi il est revenu, mais il est fort probable que l'on soit dans sa ligne de mire. Nous sommes les plus actifs et de loin. Avec la volonté de Max d'unifier les réseaux, les Allemands mettent forcément les moyens pour nous abattre.

— Je confirme que von Stein a été excellent à Amsterdam, révéla Peter. J'ai eu des retours de mes services, il a débusqué un de nos agents sur place. Ne vous méprenez pas, il est une véritable menace. Claire a raison, s'ils l'ont fait venir ici, ce n'est pas un hasard.

— Très bien, j'entends ce que tu dis Phoenix, mais Claire est pianiste, c'est très risqué de la charger de cet espionnage, plaida Jean.

— Je suis d'accord avec toi Jean, confirma Étienne. J'y ai beaucoup réfléchi et ça ne me plaît vraiment pas d'exposer Claire comme ça. J'ai donc pensé à une alternative simple : assassiner von Stein.

Le sang de Juliette ne fit qu'un tour. Elle écarquilla les yeux, Étienne continua.

— Je sais qu'on ne pratique pas les attaques sur les Allemands, pour éviter l'exécution d'otages, mais je suis prêt à déroger à la règle pour cette fois, s'il en va de l'existence du réseau.

— C'est une solution, acquiesça Peter.

— Quoi ? fulmina Juliette. Mais je ne suis pas du tout d'accord ! Je ne vois pas pourquoi on sacrifierait des compatriotes uniquement dans le but d'éliminer une menace potentielle. On ne sait pas encore avec certitude pourquoi von Stein est de retour, il est possible qu'il fasse du renseignement sur les forces alliées. On ne peut pas prendre la décision de le tuer avant même d'avoir eu ces infos, d'autant que ça nous intéresse et que ça intéressera sûrement Londres.

— Au moins si on le descend, on évite les problèmes. Je suis avec vous messieurs, je peux organiser le plan d'attaque et presser moi-même la détente s'il le faut, proposa Jean.

Juliette paniquait, ses mains devenaient moites. Son frère la prenait de court, elle ne s'attendait pas le moins du monde à une telle proposition. Elle devait absolument les convaincre que Wilhelm leur était plus utile vivant que mort.

— Pas si vite Jean, temporisa Michel, qui avait gardé le silence jusque-là. Je suis quand même de l'avis de Claire, l'idée de sacrifier des innocents sans véritable fondement ne m'enchante pas.

Juliette avait au moins un allié autour de la table. Elle ne voulait pas paraître trop encline à sauver Wilhelm, pour ne pas trahir son attachement à son égard, elle cherchait des arguments objectifs pour les convaincre.

— Écoutez, si ce n'est pas von Stein qui nous traque, ce sera quelqu'un d'autre. Il n'est pas le seul officier allemand compétent en la matière, nous en savons quelque chose. En revanche, il est sûrement le seul que nous pourrons approcher, ce qui nous donne un avantage précieux, argua Juliette.

— Certes, mais nous ne pouvons pas perdre notre pianiste, décréta Étienne.

— Prenons au moins le temps de faire le point sur ce que j'ai trouvé ces derniers jours, je n'ai pas traduit ce que j'ai relevé, si on constate que je peux trouver des infos intéressantes, ça vaut le coup de creuser un peu, non ? Max, ne laisse pas ton affect envers moi obscurcir ton jugement, tu ne peux pas te permettre ce luxe, jugea Juliette, en fixant son aîné droit dans les yeux.

— Claire a raison, je vais faire le point avec elle, affirma Peter.

Juliette respira mieux, elle avait gagné du temps.

— Si effectivement on a quelque chose qui vaut le coup, je propose de la laisser continuer. Je me chargerai moi-même de la former à l'espionnage et de lui donner toutes les clefs pour réussir avec un minimum de risques.

Jean sembla frustré par cette proposition, mais il n'osa pas contredire Peter. Étienne quant à lui restait visiblement partagé.

— C'est d'accord Phoenix, je compte sur toi, accepta-t-il en fixant l'espion droit dans les yeux.

Peter lui adressa un signe de tête entendu. Étienne, Jean et Michel quittèrent la cave après quelques salutations. Une fois les trois hommes partis, Peter se tourna vers Juliette.

— Claire, je sais que tu couches avec von Stein, déclara-t-il sans détour.

Juliette resta muette un instant, prise au dépourvu.

— Quoi, mais… mais qu'est-ce que tu racontes ? bégaya-t-elle.

— Tu as toujours assez mal menti, l'infirmière, mais là tu te surpasses, sourit l'espion. Je me fiche que tu couches avec lui. En vérité, ça m'arrange, ton potentiel d'espionne est bien plus intéressant si tu l'as séduit. Pour tout te dire, je suis assez contre l'idée de descendre von Stein, je suis d'accord avec toi, il nous est bien plus utile vivant. En revanche, j'étais curieux de voir ta réaction lorsque Max ferait cette suggestion.

L'Anglais parlait à quelques centimètres de Juliette, son regard rivé au sien. Il poursuivit.

— N'aie crainte, je n'en toucherai pas un mot aux autres, je préfère qu'on travaille discrètement tous les deux, et je ne veux pas que ton frère se charge de descendre von Stein lui-même s'il apprend que vous couchez ensemble. Mais n'oublie pas dans quel camp tu es, Claire. Je t'ai à l'œil. Je sais que tu en pinces pour lui, dit-il avec assurance. Je n'ai pas de problème avec ça, tant que tu n'essaies pas de me cacher des choses, tu comprends ?

Juliette acquiesça, sans même tenter de nier les faits. Peter n'était pas un espion au service de Sa Majesté pour rien. Il avait un coup d'avance sur elle, sur tout le monde.

— Je n'oublie pas dans quel camp je suis. Mon objectif reste le même, déclara Juliette avec force.

— Très bien, alors ne perds pas cet objectif de vue, c'est tout.

Il éloigna son visage.

— Maintenant que nous avons établi les règles de base, montre-moi ce que tu as trouvé pendant que ton beau Prussien se reposait après l'effort.

Les deux comparses consultèrent les notes de Juliette en détail. Chaque fois, ils ne disposaient que de bribes d'informations, ils devaient faire des suppositions, recouper les idées. La plupart des données se révélèrent sans importance : des bulletins météo, l'attribution de grades à certains soldats, un communiqué d'Hitler sur la situation des forces allemandes en Russie.

Finalement, ils tombèrent sur les mots « *Peilung Autos* ». Peter fronça les sourcils.

— Quoi ? Qu'est-ce que ça signifie ? pressa Juliette.

— Ça veut dire : « voitures goniométriques ». D'après tes notes, ils vont recevoir trois gonios.

Juliette s'adossa à sa chaise, ses épaules s'affaissèrent.

— Ce qui veut dire que non seulement il est là pour nous, mais surtout que Wilhelm traque les pianistes, c'est-à-dire moi, souffla-t-elle.

Peter acquiesça.

— C'est probable. Dans tous les cas, on doit en savoir plus. Claire ? dit-il en approchant son visage du sien. J'ai fait de toi une pianiste formidable, maintenant, je vais faire de toi une espionne redoutable.

23

13 juillet 1942

Au *Repaire des Artistes*, les clients du café profitaient du soleil en terrasse. L'été radieux donnait du baume au cœur des Parisiens. Les enfants jouaient dans la rue, les dames se faisaient plus coquettes, les amoureux se promenaient en bord de Seine, comme si le beau temps éloignait la guerre.

Juliette apporta un verre de bordeaux à un homme au ventre rond et à la tignasse blanche, puis retourna derrière le bar pour noter la commande. Plusieurs mois déjà qu'elle travaillait pour René et Lucienne Joly, les propriétaires du café, situé au pied du Conservatoire.

Avant d'y travailler, Juliette avait fréquenté l'établissement comme cliente pendant des années. Quand elle étudiait encore au Conservatoire, elle aimait se prélasser en terrasse, manger un morceau et étudier ses partitions. L'établissement restait un point de rencontre privilégié des étudiants et professeurs. Il ressemblait bel et bien à un repaire des artistes.

Un jour, la jeune femme avait vu une annonce à l'entrée du café : « Cherche serveur », elle y avait répondu sans hésitation. C'est ainsi qu'elle avait quitté *La Halte Arago*, décidée à voler de ses propres ailes.

Juliette souriait, d'humeur joyeuse. Elle repensait à sa nuit aux côtés de Wilhelm. Elle ignorait comment, mais leurs rapports intimes devenaient toujours plus intenses et fusionnels. Les sensations qu'elle découvrait, le potentiel de son corps la fascinaient chaque fois un peu plus. Elle y pensait plus qu'elle n'aurait osé l'avouer.

Mme Joly, quinquagénaire enrobée, rejoignit Juliette derrière le bar, chargée d'un plateau. Coquette, elle arborait des cheveux courts et bouclés soigneusement coiffés, ses joues rosées agrémentées de poudre et ses lèvres peintes de rouge. Ses yeux et son sourire lui donnaient un air jovial et réconfortant.

— Quel est donc ce sourire niais sur tes lèvres ? demanda Lucienne, suspicieuse.

Juliette s'esclaffa.

— Rien…

— Je ne suis pas née de la dernière pluie ma chère. Je sais reconnaître une femme amoureuse quand j'en vois une. Comment s'appelle ce garçon ? questionna la gérante, tout sourire. Notre petite Juliette se serait-elle trouvé un prétendant ?

Les Joly n'avaient jamais eu d'enfants. Lucienne se comportait comme une seconde mère pour Juliette. Au fil des mois, les deux femmes étaient devenues très complices. Juliette adorait le franc-parler de sa patronne qui n'hésitait pas à tenir tête aux clients ou à son mari.

— Je ne sais pas, c'est compliqué, répondit-elle.

— Compliqué ? Et pourquoi ça ?

— Il n'est pas français, lâcha Juliette.

— Comment ça il n'est pas français ?

Juliette sentit l'inquiétude sous-jacente de Lucienne.

— Il est espagnol, s'empressa-t-elle de mentir, de ma promotion au Conservatoire. Et il va sans doute retourner vivre en Espagne, je ne sais pas.

— Oh mais ce n'est rien, ça ! s'écria Mme Joly en agitant la main. Qu'est-ce qui peut bien t'inquiéter pour le moment ? Arrête donc de te poser trop de questions ! Tu n'imagines pas ce que je donnerais pour avoir ton âge de nouveau. Je serais beaucoup moins sage ! Oh ma Juliette, fais-moi confiance. Profite de chaque seconde comme s'il s'agissait de la dernière à passer ensemble. La vie est courte, j'en sais quelque chose à mon âge, et ça ne vaut pas le coup de la gâcher.

Les paroles de Mme Joly atténuèrent la culpabilité de Juliette. Elle n'oserait jamais avouer la vérité à Lucienne, mais elle avait le sentiment que la gérante pourrait comprendre.

Juliette termina son service à 15 heures, puis marcha jusqu'à chez elle. Elle prit le temps d'apprécier la chaleur du soleil sur sa peau.

Une berline noire stationnait devant son immeuble. Wilhelm, habillé en civil, patientait assis sur le capot, un livre à la main. Il sourit à son arrivée.

— Qu'est-ce que tu fais là ? demanda Juliette, surprise par sa présence.

— Bonjour à toi aussi, Juliette.

— Bonjour, répondit-elle avec douceur.

— Figure-toi que j'ai pris une permission, et j'aimerais profiter de cette opportunité pour t'enlever et t'emmener quelque part. Mais sans te dire où, expliqua l'Allemand, enjoué.

— Mmm, et combien de temps durerait cette séquestration ?

— Une nuit et un jour.

— Tout ce temps sans se quitter et sans possibilité de fuite ?

Juliette plaça une main sur son menton, jouant l'indécise.

— Avez-vous des recommandations sur les affaires à emporter, Herr von Stein ?

— Un costume de bain et un chapeau, un grand chapeau, répondit-il, un sourire ravi sur les lèvres.

Juliette, gagnée par l'excitation, rassembla quelques affaires. Elle possédait un costume de bain, mais pas de chapeau. Qu'importe, elle en trouverait un sur place. Elle comptait bien profiter pleinement de cette escapade inattendue. Les paroles de Mme Joly résonnaient dans sa tête.

Les deux amants prirent la route vers le nord. Les immeubles et habitations laissèrent place aux champs de blé et à la verdure. Juliette ignorait tout des plans de Wilhelm, mais elle était si heureuse de le suivre. Déjà, elle vivait une parenthèse inespérée, une trêve dans son quotidien surchargé. Ni espionnage, ni transmission pendant vingt-quatre heures : un rêve éveillé.

Juliette laissa sa main en dehors de la voiture, l'air frais caressait sa peau. Elle ne pouvait s'empêcher de sourire. Elle alluma la radio, puis tourna la molette pour balayer les fréquences. Des crépitements difformes s'échappèrent quelques notes, lointaines, puis de plus en plus nettes. Juliette reconnut *La Java bleue*, elle monta le son. Wilhelm lui adressa un sourire et balança sa tête de gauche à droite, en rythme. Juliette accompagna Fréhel sur les refrains, chantant à tue-tête.

La campagne verdoyante défilait à mesure qu'ils avançaient. Ils firent une halte dans un village après deux heures. Ils se désaltérèrent et soulagèrent leurs vessies dans le café de la minuscule place centrale. Les quelques habitants qu'ils croisèrent leur jetèrent des regards curieux, peu habitués à voir des étrangers arriver en voiture dans leur bourg. Les amants décidèrent de reprendre la route sans s'attarder.

— Tu me laisses conduire ? demanda Juliette.

Wilhelm la fixa, amusé.

— Tu sais conduire ?

— Pourquoi je ne saurais pas ? Parce que je suis une femme ?

Wilhelm baissa la tête en souriant.

— Plus rien ne devrait me surprendre à votre sujet, Mademoiselle Hamel. Je t'en prie.

Il lui tendit la clef. Juliette s'installa au volant et fit démarrer la Traction. Elle sortit du village et reprit la route principale, à l'aise. Elle avait appris à conduire grâce à la Résistance. Cette compétence, très utile, était inculquée sans distinction à tous les membres du réseau.

Juliette conduisit une heure, suivant les indications de Wilhelm. Puis, au détour d'un virage, elle s'engagea sur un chemin de terre, le long d'un bois. Les irrégularités du terrain secouèrent la Citroën.

— Euh, je ne crois pas que ce soit par là, indiqua Wilhelm en arquant un sourcil.

Juliette stoppa la Traction après une centaine de mètres et coupa le moteur. Elle regarda l'Allemand dans les yeux.

— J'ai un peu chaud, feignit-elle en déboutonnant son chemisier.

L'officier lorgna sa poitrine. Juliette retira son soutien-gorge, et laissa apparaître ses seins.

— Je suis celui censé organiser les surprises aujourd'hui, s'offusqua Wilhelm, incapable de détourner son regard.

— Oh, mais ce n'est qu'une ruse pour amadouer mon ravisseur, le mettre en confiance pour mieux lui échapper plus tard, expliqua Juliette en chevauchant son amant.

Wilhelm l'embrassa avec fougue. Il posa ses mains sur sa poitrine.

— Je crois bien que la manœuvre va fonctionner, je suis incapable de te résister, concéda-t-il.

Ils partageaient la même excitation impatiente. Leurs gestes se firent plus rapides, leurs baisers plus sauvages. D'un coup, Wilhelm prit le visage de Juliette entre ses mains et plongea son regard dans le sien, cessant tout mouvement.

— Je t'aime tellement, Juliette. Je ne sais pas comment c'est possible, mais chaque minute passée à tes côtés, j'ai l'impression de t'aimer plus encore.

Ils s'embrassèrent avec passion. Dans une étreinte fusionnelle, ils partagèrent sueur et râles, plaisir et fantasmes.

La nuit tombait lorsqu'ils arrivèrent à destination. Juliette reconnut sans peine la côte calcaire d'Étretat. Wilhelm gara la voiture sur le front de mer puis ils avancèrent jusqu'à l'eau, pieds nus sur la plage. L'Allemand se plaça derrière Juliette et l'enlaça, son large torse tout contre son dos. La mer léchait leurs chevilles. Le ciel arborait des nuances orangées, le disque solaire se reflétait sur la Manche et éclairait les falaises blanches qui se coloraient à leur tour. Les vagues colportaient les galets, qui frottaient les uns contre les autres dans une mélodie minérale. Ils échangèrent caresses et baisers en observant le soleil rouge disparaître derrière l'horizon.

Les deux amants prirent une chambre dans un bel hôtel du front de mer, *Les Galets Bleus*. Ils mangèrent une délicieuse cocotte de moules marinières cuites au vin blanc. Pour digérer, ils se baladèrent main dans la main, les pieds dans l'eau, jusqu'aux abords de la falaise majestueuse. Seule la lune les éclairait. Juliette retira ses vêtements à la hâte et courut à l'eau. Le froid la saisit d'un coup, elle cria de surprise.

— Pas besoin de maillot de bain finalement, rit-elle en se mettant sur le dos.

Wilhelm l'observait, amusé.

— Rejoins-moi, elle est bonne !

Wilhelm se dénuda lui aussi et avança dans la Manche, il frissonna. Juliette s'approcha de lui.

— Non, non, je sais ce que tu veux fai…

Juliette lui sauta au cou, sans lui laisser le temps de terminer sa phrase. Il perdit l'équilibre et s'immergea malgré lui. Juliette riait.

— Elle est froide, se plaignit Wilhelm en ressortant la tête.

La jeune femme noua ses jambes autour de la taille de l'Allemand et passa ses bras derrière sa nuque. Elle l'embrassa.

Sitôt de retour dans leur chambre d'hôtel, ils firent l'amour deux fois, puis ils s'endormirent enlacés et épuisés.

Les rayons du soleil, déjà haut dans le ciel, éveillèrent Juliette. Elle était seule dans le grand lit. Elle releva la tête, Wilhelm lisait *Les Fleurs du mal.*

Il leva les yeux et la fixa avec tendresse. Il lut à haute voix :

— « *Elle se répand dans ma vie*
Comme un air imprégné de sel,
Et dans mon âme inassouvie
Verse le goût de l'éternel.
Comment, amour incorruptible,
T'exprimer avec vérité ?
Grain de musc qui gis, invisible,
Au fond de mon éternité[1] *!* »

— « Hymne ». J'adore ce poème. Baudelaire exprime le côté irréversible, inéluctable de l'amour, et l'incapacité de le définir simplement.

— Baudelaire a raison. On ressent tellement d'émotions à la fois que ça en devient difficile à exprimer, acquiesça Wilhelm.

Il posa son livre et rejoignit Juliette sur le lit, elle se blottit contre lui.

— J'ai demandé à la réception qu'ils apportent le petit déjeuner dans la chambre. Et après, que dirais-tu de monter en haut de la falaise ? proposa l'Allemand.

— Ça me semble un excellent programme.

Juliette fit sa toilette et revêtit une robe légère, jaune pâle. Elle s'installa ensuite avec Wilhelm sur le balcon. Le marché battait son plein sur le front de mer. Vendeurs de poissons, de fruits et légumes, fromagers et bouchers scandaient les mérites de leurs produits. Les habitants se pressaient nombreux aux étals, tendant leurs tickets de rationnement aux

1. Charles Baudelaire, « Hymne », extrait des *Fleurs du mal.*

commerçants, accompagnés de quelques billets sous le manteau pour acheter un peu de supplément. Juliette observait la cohue en dégustant une tartine exquise.

Au cours de la nuit, la marée basse avait révélé une multitude de rochers et de trous d'eau. L'emblématique arche blanche était au sec pour quelques heures, puis la Manche viendrait de nouveau éroder ses fondations. Les goélands profitaient de l'espace libre pour pêcher les petits poissons, piégés, et les coquillages. Les volatiles virevoltaient dans les airs, ils criaient, se chamaillaient et accomplissaient des pirouettes, portés par le vent.

— Juliette, tu te rappelles quand tu m'as demandé quel était mon rêve, pour après ? Tu m'as dit que je devrais songer à devenir violoniste.

Juliette haussa les sourcils. Elle s'en rappelait très bien, ils avaient eu cette conversation pendant leur préparation du concert de Noël 1940.

— Bien sûr, pourquoi ?

— Je n'ai pas cessé d'y penser. Ce jour-là, tu m'as fait prendre conscience que je ne m'étais jamais posé la question ! Je n'avais aucune idée de ce que je souhaitais faire après, quand je serai en mesure de quitter l'armée. C'est comme si j'étais le spectateur de ma propre vie. C'est grâce à toi que j'y ai réfléchi. À vrai dire, j'y ai réfléchi pendant des mois.

La sincérité de Wilhelm touchait Juliette. Elle ne s'était pas rendu compte qu'elle avait déclenché chez lui ce questionnement.

— As-tu trouvé des réponses ?

— Je crois, oui, sourit Wilhelm. Grâce à ma plus jeune sœur, Franziska. Nous nous écrivons beaucoup. L'autre jour, elle me demandait quand j'allais rentrer en permission, car elle avait hâte de me montrer ses progrès au violon. C'est moi qui l'ai initiée à la musique, je lui ai offert un violon pour Noël une année, elle me le réclamait depuis des mois. Nous avons passé des heures à jouer ensemble, elle était si avide d'apprendre, si contente de progresser. Quand j'y repense, je me rappelle à quel point j'étais heureux de partager ma passion avec elle. Je ne m'en lassais pas.

— Je n'en doute pas, tu n'es pas du genre à te lasser de musique.

— C'est ce que je veux faire après : enseigner le violon. Ce que j'aime le plus dans la musique, c'est la partager.

— C'est un très beau rêve, Wilhelm, s'égaya Juliette. Et je suis sûre que tu seras fier des progrès de ta sœur, quand tu la reverras. Depuis combien de temps n'es-tu pas rentré chez toi ?

Le sourire de Wilhelm mourut sur ses lèvres.

— Depuis la mobilisation générale en Allemagne, en août 1938, ça fait bientôt quatre ans. J'espère y retourner à Noël cette année.

Juliette resta sans voix. Quatre ans ! Elle voyait dans les yeux de Wilhelm que sa famille lui manquait terriblement…

La Manche remontait à mesure que Juliette et Wilhelm gravissaient la falaise. Essoufflée, la jeune femme atteignit le plateau derrière son amant. Une rafale de vent salé rafraîchit son corps. La lumière du soleil brillait sur la mer, l'herbe fraîche et bien verte à ses pieds chatouillait ses chevilles. Le célèbre pic de calcaire semblait avoir poussé des fonds marins, prêt à s'échapper vers le ciel. Juliette prit une profonde inspiration. Dans ce décor brut et puissant, elle entrevit une idée, ou plutôt une perspective. Pour la première fois, elle osa s'imaginer avec Wilhelm après la guerre.

La facilité déconcertante avec laquelle elle pensa à un avenir avec lui l'effraya. Jusqu'à présent, elle s'était toujours interdit d'y réfléchir, mais cette escapade en sa compagnie imposait une évidence. Sa naïveté la glaça. Ignorer à ce point la réalité en disait long sur sa bêtise. Rêver d'avenir ! La guerre annihilait le concept même de futur. Juliette se faisait du mal pour rien. Mme Joly disait vrai, chaque seconde comptait, pis, chaque seconde était un sursis inestimable. Chaque baiser, chaque regard, chaque caresse ne tenaient que sur le voile du mensonge, et plus ils continuaient, plus ils s'aimaient, plus la chute serait violente. Juliette se rappelait les paroles de Peter. « N'oublie pas dans quel camp tu es. » Elle comprenait ses craintes, elle jouait un jeu dangereux.

Une atmosphère silencieuse régna sur le chemin du retour. Aucun des amants ne souhaitait voir leur parenthèse se fermer, mais ils ne pouvaient pas échapper à la guerre. Ils repassèrent près du lieu où ils avaient fait l'amour sur le trajet aller, des frissons nostalgiques parcoururent l'échine de Juliette.

Bientôt, les toits de Paris apparurent à l'horizon.

Wilhelm arrêta la Citroën devant l'immeuble de Juliette.

— J'espère que cette surprise t'a plu, Juliette.

— C'était magique Wilhelm, mais bien trop court si tu veux mon avis…

— Un jour, je t'emmènerai sur la Côte d'Azur. Il paraît que c'est magnifique là-bas.

Juliette afficha un sourire forcé.

— Pourquoi pas, dit-elle simplement. Tu restes ici cette nuit ?

— Je dois passer au *Lutetia* d'abord, je te rejoindrai plus tard.

Juliette hocha la tête.

Wilhelm réapparut à 23 heures. Il l'embrassa en entrant dans l'appartement.

— Désolé de revenir si tard, mes services ont fait une découverte importante pendant mon absence, j'avais beaucoup de choses à discuter avec eux.

Juliette profita de cette révélation pour engager la discussion.

— Finalement, tu as bien fait de t'absenter si tes services fonctionnent sans toi, s'amusa-t-elle, naturelle.

— En fait, ils ont suivi mes instructions et ça a porté ses fruits, expliqua Wilhelm en s'asseyant sur une chaise.

— Tu veux un verre d'eau ?

— Avec plaisir.

Juliette sortit un verre et y versa de l'eau. Elle jeta un regard par-dessus son épaule, Wilhelm se déchaussait. La jeune femme s'apprêtait à reprendre sa peau de résistante et à fermer leur douce parenthèse. Elle aurait tant souhaité la prolonger, rien qu'un peu, mais elle devait le trahir, encore. Le cœur lourd, elle récupéra discrètement un petit sachet dissimulé derrière des conserves et saupoudra son contenu dans l'eau. La poudre disparut, dissoute. Juliette tendit le breuvage à Wilhelm. Il avala le contenu du verre en quelques gorgées et le reposa sur la table. Elle le chevaucha et posa ses lèvres sur les siennes, il répondit à ce baiser.

— Tu m'as manqué, susurra Juliette à son oreille.

Elle l'attira sur le lit et le poussa à plat dos, pour l'enjamber de nouveau. Elle vit l'Allemand cligner des yeux plusieurs fois, puis fermer les paupières. Elle n'osa pas bouger pendant deux minutes. D'après Peter, l'effet du somnifère était très rapide et durait quelques heures.

Juliette se releva.

— Wilhelm ? appela-t-elle, timide.

Aucune réponse. Elle le secoua doucement, puis plus fort. Elle pinça son avant-bras. Aucune réaction.

Rassurée, elle se rua sur la mallette du jeune major. Elle déversa son contenu sur la table, sortit son carnet et commença à prendre des notes. La plupart des documents ne s'avéraient pas récents, elle en reconnut certains et les écarta. Elle suivait les conseils de Peter. Il lui avait expliqué la structure des phrases en allemand, par exemple que le verbe se trouvait à la fin, il lui avait appris quels mots pouvaient être les plus susceptibles de contenir de l'information. La jeune femme se sentait plus efficace qu'auparavant, et elle avait du temps devant elle, pour une fois. Elle passa une heure à tout éplucher. Peut-être avait-elle récupéré la fameuse découverte dont Wilhelm parlait plus tôt. Elle lui jeta un regard, il ronflait toujours sur le lit près d'elle.

Juliette ramassa les feuillets pour les réordonner. Elle tira sur un document et la mallette en cuir tomba au sol. En la ramassant, un carnet à la couverture verte s'échappa d'une doublure que Juliette n'avait jamais remarquée. Intriguée, elle récupéra l'objet et l'ouvrit. Des notes manuscrites couvraient les pages. Le carnet personnel de Wilhelm ! Les premières pages dataient de 1940, une vraie mine d'or. Juliette était surexcitée. Elle avança jusqu'à la dernière page annotée, elle datait du jour même. La résistante resta bouche bée en découvrant son contenu. À la fin de la note, entouré et écrit en gros, un prénom : « CLAIRE ».

24

Juliette convoqua une réunion de crise dès le lendemain. Elle reçut une réponse et se rendit le soir même dans la planque de la cave, qu'elle avait déjà fréquentée. Elle fut accueillie par Étienne, Jean et Michel.

— Où est Peter ? demanda-t-elle après de brèves salutations.

— Il intervient dans un maquis dans le Vexin, il ne sera pas là cette semaine, expliqua Étienne.

— C'est bien dommage, rétorqua Juliette. On va devoir trouver un traducteur à sa place dans ce cas, c'est urgent.

— Je connais un gars, révéla Michel. Je peux le contacter et le faire venir à nous en deux, trois jours, je pense.

Juliette acquiesça.

— On s'en contentera, merci Michel.

— Alors, tu veux bien nous dire ce qu'il y a de si urgent ? pressa Jean.

Juliette exposa ses découvertes. Elle avoua au groupe que le major avait connaissance de son pseudo.

— On a donc la confirmation formelle que cette enflure nous traque personnellement, qu'il te traque toi, Claire ! fulmina Jean.

Contre toute attente, Étienne resta assez calme à cette annonce.

— Très bien, il a ton pseudo et alors ? Il a sûrement le mien aussi et celui d'autres CPL, mais c'est bien à ça que nos noms de résistants servent. Ça ne veut en aucun cas dire qu'il est très avancé quant à ta véritable identité. Il nous traque, formidable, alors jouons notre atout à fond ! Grâce à toi Claire, on peut garder une longueur d'avance sur lui.

— C'est bien la raison pour laquelle nous devons traduire au plus vite ce que j'ai trouvé ! Pour avoir un peu plus de compréhension sur son état d'avancement.

— On fait tous comme si tout était normal, mais sommes-nous vraiment conscients des risques que tu prends, Claire, à être à la fois pianiste et espionne ? s'emporta Jean.

— On ne serait pas là à discuter si von Stein avait découvert l'identité de Claire, rétorqua Michel.

— Sans doute pas, effectivement, confirma Étienne. Quand est prévue la prochaine liaison avec Londres, Claire ?

— Mardi.

— Hmm, donc après-demain. Soit, alors vous la conservez, mais on n'en programme pas d'autres tant que nous n'aurons pas traduit le reste. Pendant ce temps, tu fais comme si de rien n'était vis-à-vis de von Stein, proposa Étienne. Est-ce que ça te paraît bien, Claire ?

— Oui, ça me paraît être un bon compromis. Jean tu me suis ?

— Bien sûr que je te suis Claire, se résigna-t-il dans un soupir.

— Parfait. Michel, tu nous diras dès que tu réussis à contacter ton traducteur ?

— Je vais faire au plus vite, confirma-t-il.

Le mardi suivant, Juliette ne travaillait ni au café, ni au Conservatoire. La transmission devait avoir lieu depuis la ferme de Jacques, à partir de 22 heures. Elle décida d'aller passer la fin d'après-midi avec leur allié et ami. Jean la rejoindrait un peu avant l'heure dite.

Elle arriva chez Jacques à 18 h 30. Le sexagénaire parut

heureux de la voir. À peine Juliette eut-elle posé pied à terre que Biscotte accourut. La chienne aboyait joyeusement et remuait la queue.

— Moi aussi je suis contente de te voir, ma Biscotte.

Juliette caressa la tête de la chienne en fête.

— Bonjour Claire, salua Jacques, souriant, qu'est-ce qui t'amène ici de si bonne heure ?

— J'avais envie de profiter de la campagne, je me suis dit que je pourrais t'aider un peu et dîner avec toi avant le rendez-vous.

— Avec plaisir ! J'allais justement chercher les œufs de la ponte du jour.

Juliette suivit le fermier jusqu'au poulailler, Biscotte se frottait contre ses jambes, réclamant caresses et attention. Elle ramassa un morceau de bois et le lança au loin. Biscotte partit à toute vitesse chercher l'objet, les oreilles en arrière et la langue au vent. La chienne revint vers Juliette la tête haute, le bâton entre les dents, et le déposa aux pieds de la jeune femme.

— Ha, ha, tu risques de te lasser avant elle à ce jeu-là, plaisanta Jacques.

Juliette gratta Biscotte sous le menton et rejoignit Jacques dans le poulailler. La résistante aida le fermier à ramasser les œufs.

— On va pouvoir se faire une bonne omelette ce soir, dit-il, enjoué.

Ils allèrent ensuite nourrir les lapins. Juliette resta un instant à s'émerveiller devant une lapine et ses deux petits, duveteuses boules de poils que la jeune femme voulait cajoler. Jacques lui dit qu'il n'était pas conseillé de s'attacher à des animaux destinés à terminer en civet. Juliette, horrifiée, s'empressa de sortir du bâtiment, mais elle remarqua une moto garée non loin des cages.

— Cet engin fonctionne ? demanda-t-elle, curieuse.

— Un peu, oui ! Je ne l'utilise pas beaucoup, comme

l'essence devient rare, mais c'est une belle machine. J'ai de la chance que les Allemands ne s'y soient pas encore intéressés… Tu voudrais l'essayer ?

— Moi ? Tu es sérieux ?

— Et pourquoi pas ? Je suis sûr que tu vas adorer.

Le fermier sortit la moto sur le chemin devant la maison. Juliette, un peu hésitante, enfourcha le bolide. Jacques lui expliqua les commandes, où placer ses pieds et ses mains, puis il lui demanda d'actionner le starter. Le moteur démarra du premier coup. Juliette sentait les vibrations se propager dans son corps.

— Vas-y, tourne ton poignet, relâche doucement le frein et lève tes pieds du sol.

Juliette fut précautionneuse, mais elle relâcha le frein trop vite et la moto fit un bond, elle manqua de tomber en arrière et reposa ses pieds au sol.

— Essaie encore, l'encouragea Jacques.

La jeune résistante fit un deuxième essai et parvint à avancer en ligne droite sur quelques mètres. Elle réalisa plusieurs allers-retours sur le chemin et se sentit rapidement plus à l'aise.

— Je savais que ça te plairait, se félicita Jacques. Va faire un tour sur la route si tu veux.

Juliette accepta de bonne grâce et s'engagea sur le bitume. Elle prit plus de vitesse et sentit son cœur s'accélérer, grisée par ces nouvelles sensations. Ses yeux se remplirent de larmes sous l'effet du vent. Ses vêtements claquaient dans l'air, ses cheveux volaient au-dessus de ses épaules. Elle atteignit le village et ralentit l'allure pour faire demi-tour. Elle partit d'un rire joyeux, incontrôlé, couvert par le son du moteur.

À son retour à la ferme, Jacques l'attendait en compagnie de Jean. Son gardien ouvrit grand les yeux en la voyant revenir sur la moto.

— Alors ? s'enquit Jacques.

— Incroyable ! s'enthousiasma Juliette, encore assourdie par le vent et les vrombissements du bolide.

— Qu'est-ce que c'est que ça ? demanda Jean interloqué. Tu as perdu la tête, Claire ? On doit absolument éviter d'attirer l'attention sur nous ! pesta-t-il.

— Oh, ne sois pas rabat-joie, Jeannot, s'agaça Jacques.

Le fermier aimait affubler le résistant de ce sobriquet.

— Il a raison, Jacques, concéda Juliette. Mais, je n'ai croisé personne et j'ai fait demi-tour avant le village.

Jean se détendit un peu et Jacques dissimula la moto dans le bâtiment des lapins.

Les trois résistants préparèrent une succulente omelette aux pommes de terre, qu'ils dégustèrent avec un verre de vin. Après le dîner, Jean et Juliette allèrent se préparer pour la transmission. Le gardien souhaita bonne chance à la pianiste et la liaison débuta.

Juliette transmit les messages, imperturbable, changea la fréquence toutes les dix minutes et suivit scrupuleusement le protocole de sécurité.

La fin de la communication approchait. Soudain, on lui arracha son casque des oreilles. Sans même qu'elle ait le temps de réagir, Jean arracha tous les fils de la batterie. La radio se coupa.

— Les Boches sont là, déclara-t-il, blême.

Juliette, en état de choc, ne montra aucune émotion. Jean attrapa la radio et la dissimula dans la malle puis replaça le ballot de paille.

— Claire, viens, ordonna-t-il en lui attrapant le bras.

Ils dévalèrent l'escalier. Au même moment, Jacques entra dans la grange.

— Ils se doutent que ça vient d'ici, ils viennent de descendre des voitures et sont en approche, révéla-t-il.

— Merde, c'est pas possible, comment ont-ils réussi à nous trouver si vite ? On a commencé y'a vingt minutes.

Qu'est-ce qu'on va faire maintenant ? On est faits comme des rats, désespéra Jean.

— Pas dit, contesta le fermier.

Juliette, de nouveau concentrée sur les évènements, fixa leur ami avec espoir. Jacques se dirigea sous l'escalier et déplaça deux ballots de paille. Il tapota du poing sur le bois du mur de la grange, jusqu'à ce qu'un son creux lui réponde. Il tira fermement sur une planche et parvint à la décrocher, révélant un espace étroit.

— Cachez-vous, il n'y a pas de temps à perdre.

Juliette approcha de la cachette. Elle comprit vite qu'il n'y avait pas de place pour trois.

— Et toi, Jacques ?

— Moi, je vais faire en sorte qu'ils ne vous cherchent pas en leur donnant ce qu'ils veulent : attraper un pianiste. Jean, donne-moi tes quartz, Claire, quelques messages codés s'il te plaît.

— Non, c'est hors de question Jacques, si tu restes ce sera la torture et la peine de mort, c'est garanti, protesta Juliette.

— On va se tasser, viens avec nous, renchérit Jean.

Jacques secoua la tête.

— S'ils ne trouvent personne, ils vont retourner toute la maison et la grange jusqu'à nous déloger, et ce sera la torture et la mort pour tous les trois. Je suis un vieil homme, qui a bien vécu et qui n'a rien à perdre. Vous deux, vous avez toute la vie devant vous, alors rentrez dans ce trou avant que je vous botte les fesses.

Le cœur lourd et les yeux chargés de larmes, Juliette s'engouffra dans la cachette, suivie de Jean. Jacques s'attarda un instant avant de les rendre invisibles.

— Claire, juste une chose, promets-moi de revenir chercher Biscotte, elle t'aime beaucoup et je sais que tu sauras lui trouver une nouvelle maison.

— Tu as ma parole Jacques, acquiesça Juliette, réprimant un sanglot.

Jacques afficha son contentement et replaça la lame de bois, les plongeant dans le noir. Entre les planches, les deux résistants distinguaient bien l'intérieur du bâtiment. Ils virent Jacques se cacher sommairement derrière des sacs de jute.

Dissimulés, ils entendirent les Allemands approcher avant de les voir. Trois soldats armés firent irruption dans la grange. Ils commencèrent à inspecter les lieux. Jacques quitta sa cachette, les contourna le long de la paroi en bois et se dirigea vers la porte. Ses mouvements alertèrent les soldats, ils le braquèrent, lui ordonnant de s'arrêter. Jacques continua sa course. Un soldat fit feu. Juliette sursauta d'effroi mais la balle l'avait manqué, il parvint à sortir.

Espoir éphémère. Un instant plus tard, il réapparut, marchant à reculons, les mains en l'air. Un officier de la Gestapo, vêtu de noir, le maintenait en joue avec un pistolet. L'individu, massif, la casquette surmontée d'une tête de mort vissée sur la tête, alerta ses collègues occupés à fouiller les alentours. Il ordonna à Jacques de se mettre à genoux, mains sur la tête.

Le cœur de Juliette s'emballa dans une stupeur amère : Wilhelm fit son apparition. Le doute s'envolait, son amant était bel et bien à l'origine de leur traque, associé avec la Gestapo. La gorge de Juliette gonfla de déception et de dégoût. Elle avala sa tristesse en silence. Jean se tourna vers elle et articula en silence le nom « von Stein » en le pointant du pouce. Juliette acquiesça doucement, elle baissa les yeux.

Les Allemands fouillèrent Jacques, ils découvrirent les quartz et les messages.

— Nom ? tonna l'officier de la Gestapo à l'intention de Jacques.

— Antoine, répondit-il sans hésitation.

— Alors, où se trouve cette radio, Antoine ?

Silence. La dizaine de soldats présents s'attelèrent aux recherches. Après quelques minutes, deux d'entre eux revinrent avec batterie et radio.

— Mmh, c'est du bon matériel, constata Wilhelm. Sans aucun doute parachuté par les Britanniques. Cela confirme que l'on a bien affaire au réseau des CPL.

Le jeune major semblait réfléchir, s'adressant plus à lui-même qu'à son collègue. Il s'accroupit face à Jacques, yeux dans les yeux.

— Où est Claire ? questionna-t-il sans détour.

Jacques conserva une expression indifférente. Wilhelm reprit.

— Je vois clair dans ton jeu, je sais que tu n'es pas pianiste. Vous n'avez qu'un seul pianiste et il s'agit d'une femme qui répond au pseudonyme de Claire. Je suppose donc que tu es son gardien et que tu lui as permis de s'enfuir en nous distrayant.

Il se releva.

— *Oberst*[1] Hartmann, je vais encore avoir besoin de vos services, on doit trouver la pianiste, cet homme n'est qu'un gardien. Nous devons mettre en place des barrages routiers dans un rayon de vingt kilomètres, fouiller toutes les maisons, tous les bois des environs. Nous cherchons une femme seule, vraisemblablement sans moyen de transport motorisé, sinon, nous l'aurions repérée en arrivant. Elle ne doit pas être loin.

Il énonçait ces indications en français. Juliette supposait qu'il cherchait à déstabiliser Jacques. L'*oberst* Hartmann lança ses ordres, en allemand cette fois. Ses hommes s'activèrent. La grange se vida de ses occupants. Wilhelm attrapa Jacques par le bras et l'invita à se relever. L'*oberst* de la Gestapo s'approcha d'eux.

1. Haut gradé allemand, équivalent de colonel.

— Je vais prendre cet homme en charge à partir de maintenant, dit-il tout sourire en saisissant Jacques. Nous avons plein de choses à nous dire.

Wilhelm fixa son supérieur et sembla protester. Les deux hommes discutèrent quelques minutes et l'imposant *oberst* haussa le ton. Finalement, Wilhelm salua son supérieur avec respect et lui laissa la charge de Jacques. Les trois hommes disparurent et le calme revint dans la grange. Juliette, la gorge serrée et les yeux gonflés, dit adieu à son ami. Elle savait qu'elle ne le reverrait jamais. Sa culpabilité l'étouffait. Coupable de ne pas avoir su empêcher son arrestation. Coupable d'être amoureuse de l'homme qui causait sa perte. Coupable de le laisser se sacrifier pour elle. Coupable de tout. Juliette n'avait jamais ressenti pareille colère. Dans un silence de mort, elle rumina sa haine.

Les deux résistants restèrent cachés plusieurs heures. Ils décidèrent de quitter les lieux juste avant le lever du jour, afin de profiter de l'obscurité pour gagner les bois et s'éloigner le plus possible. Ils regagnèrent l'extérieur prudemment, ravis de se dégourdir enfin les jambes. Les genoux de Juliette semblaient presque figés et ses premiers pas la firent grimacer de douleur. Jean tendit l'oreille pour détecter la moindre présence germanique alentour. Rien. Les deux alliés parcoururent l'herbage au pas de course et atteignirent l'orée de la forêt de Malmaison. Leur objectif était simple : parvenir jusqu'à la Seine et la traverser afin d'être du bon côté de son lit pour regagner Paris. Emprunter un pont serait exclu, il serait forcément barré par la Wehrmacht. Juliette ne pouvait pas risquer de croiser la route de Wilhelm.

Les résistants progressèrent vers le nord pendant une heure, sans encombre. Ils repérèrent un groupe de soldats, mais parvinrent à se dissimuler. Les hommes passèrent à une centaine de mètres, sans les remarquer. Les deux fugitifs prirent la direction de l'est afin de se rapprocher de la Seine. À la lisière de la forêt, ils constatèrent que la Wehrmacht patrouillait sans relâche sur les routes. Ils décidèrent d'attendre la nuit pour tenter une percée. Harassés par la nuit sans sommeil, ils prirent le temps de dormir un peu, chacun leur tour.

La nuit tombait quand Jean secoua Juliette gentiment. La jeune femme se sentait au plus mal, harcelée par ses idées noires, sa tristesse, fatiguée au point qu'elle aurait pu dormir une journée entière. Son dos et ses pieds lui suppliaient de rester allongée, mais le sacrifice de Jacques ne pouvait pas être vain. Juliette se releva et suivit son gardien. Ils profitèrent du reste de luminosité pour atteindre la limite des arbres, aux abords de la route. Ils attendirent le noir complet pour la traverser.

Ils évitèrent de trop s'approcher des maisons et des fermes alentour et continuèrent à progresser vers le fleuve. La Seine n'était plus qu'à une centaine de mètres, ils seraient bientôt tirés d'affaire. Ils pourraient monter dans un bus et rejoindre Paris au petit matin.

Soudain, Juliette se figea, des véhicules approchaient. Les deux alliés se trouvaient à découvert dans un champ. Sans perdre une seconde, ils coururent se mettre à l'abri derrière la maison la plus proche. Ils parvinrent à se cacher avant que les phares des voitures ne les éclairent. L'une d'elles s'arrêta non loin de la maison. Leur crainte se confirma : il s'agissait d'un véhicule allemand, transportant des militaires. Les hommes débarquèrent et avancèrent vers la bâtisse, plongée dans la pénombre. Jean fixa Juliette. Il sentit que les forces de la jeune femme la quittaient.

— On y est presque, chuchota-t-il en posant une main sur son épaule. Courons jusqu'à la Seine avant que ceux-là ne nous repèrent. Si on est assez rapides, ils ne s'apercevront de rien.

Juliette hocha la tête mécaniquement. Jean jeta un coup d'œil au coin du mur, les soldats approchaient.

— Prête ? demanda-t-il.

Juliette n'eut pas l'occasion de répondre. La porte de la maison s'ouvrit derrière eux.

25

— Entrez, chuchota la propriétaire de la maison aux fugitifs. Je n'irais pas vers la Seine si j'étais vous, les Boches patrouillent sur les berges depuis hier.

La sexagénaire agita sa main ridée et s'écarta pour ouvrir le passage. Juliette et Jean échangèrent un regard entendu et acceptèrent l'invitation de bonne grâce. La vieille dame ferma à clef derrière eux.

Ils longèrent un couloir et entrèrent dans la pièce principale. L'odeur de soupe bien chaude fit saliver Juliette, son estomac gargouilla avidement. Un feu de cheminée et des bougies éclairaient la pièce d'une teinte chaleureuse. Une table massive meublait le centre de la cuisine. Un bol fumant de soupe, à moitié vide, occupait le bout. L'habitante semblait vivre seule. Sans un mot, elle servit deux bols supplémentaires et les disposa sur la table, à côté du sien.

— Asseyez-vous, et mangez, vous avez l'air d'en avoir bien besoin, dit-elle.

Les résistants s'exécutèrent. Ils eurent à peine le temps d'avaler une cuillerée, des coups résonnèrent à la porte d'entrée. La vieille dame ouvrit sans tarder. Un officier de la Wehrmacht entra dans la maison, suivi de trois autres soldats. Sans explication, il les envoya fouiller les autres pièces de la bâtisse.

— Nous cherchons une criminelle. Une femme seule, coupable d'activités de résistance contre le IIIe Reich, affirma l'officier avec un fort accent. Avez-vous remarqué quelqu'un dans les parages ?

— Non, Monsieur, rien vu autour de chez moi, répondit la propriétaire.

Elle se tourna vers Jean.

— Charles, t'as vu que'q'chose en rentrant les poules ? lui demanda-t-elle d'un ton naturel.

Il secoua la tête.

— Vous êtes les seuls occupants de la maison ? questionna l'officier.

— Oui, moi-même, mon fils et ma belle-fille.

Les trois soldats revinrent bredouilles de leur inspection.

— Si vous observez quoi que ce soit d'anormal, informez l'autorité locale au plus vite, ordonna l'Allemand.

— J'y manquerai pas, Monsieur l'officier.

L'escouade quitta la maison, et le calme revint. Leur bienfaitrice reprit place à table pour terminer son repas.

— Merci, dit Juliette.

La femme leva les yeux.

— Pas de quoi les jeunes. Vous allez où comme ça ?

— On doit passer la Seine et rejoindre Paris, répondit Jean.

— Vous y arriverez pas à pied, ça grouille de Boches aux alentours, affirma la sexagénaire.

— Il faut que nous trouvions une solution, soupira Jean.

— Je vous aiderai à passer demain, j'ai une idée. D'ici là, mangez et prenez une bonne nuit de sommeil, ordonna la vieille dame en se resservant un bol de soupe.

Juliette observait par le trou percé dans la paroi du tonneau à l'intérieur duquel elle était dissimulée. Elle ne distinguait que les autres barils dans le chariot. Jean se trouvait dans celui à sa droite. La jeune femme sentait les mouvements du véhicule la chahuter. Elle entendait les fers des chevaux frapper l'asphalte de leur trot régulier.

La calèche ralentit l'allure, ils venaient d'atteindre le pont, et son barrage.

— *Ausweis*, demanda un soldat à l'extérieur.

Silence.

— Quel est votre chargement ? demanda-t-il, avec un accent à couper au couteau.

— Tonneaux de cidre, répondit Robert, le propriétaire du chariot.

Après quelques instants, Juliette sentit le véhicule pencher vers l'arrière, le garde montait à bord. La résistante aperçut sa silhouette, il ouvrit un baril, puis un deuxième. Juliette retint son souffle. Heureusement, il ne mena pas sa vérification sur tous les tonneaux et redescendit dans un saut.

Robert ne reprit pas la route pour autant.

Après quelques instants, plusieurs soldats montèrent à bord. Le cœur de Juliette s'accéléra. Elle posa une main sur sa bouche pour étouffer sa respiration. Les Allemands déchargèrent un des tonneaux sur la route.

— Profitez-en bien messieurs, lança Robert. Salopards, ajouta-t-il dans sa barbe.

Juliette respira mieux, les Allemands s'étaient contentés de prélever un tonneau. Le chariot s'ébranla, le trot des chevaux reprit.

Ils avaient passé la Seine.

Ils atteignirent Paris en fin de matinée, exténués par leur cavale. Ils convoquèrent une réunion de crise pour informer le réseau des évènements survenus, sans prendre le temps de se reposer. Étienne confirma les craintes de Juliette : les informations qu'elle avait trouvées dans le carnet de Wilhelm quelques jours plus tôt, traduites par le contact de Michel, indiquaient bien que le major était sur le point de localiser un lieu d'émission. Il s'agissait de la ferme de Jacques. Si Peter avait été présent pour traduire, l'arrestation aurait pu être évitée. Ce constat accabla Juliette. Par précaution, le réseau décida d'interrompre les transmissions à court terme et de renouveler toutes les planques.

Les jours suivants, Juliette se laissa ronger par sa tristesse et sa colère. La nuit, elle ne parvenait pas à trouver le sommeil, bien qu'elle fût épuisée. Elle revoyait Jacques se faire emmener, elle l'imaginait dans une geôle allemande, seul, torturé par la Gestapo. Jean tenta de la consoler, mais elle souhaitait rester seule.

Elle reçut la visite de Wilhelm, il frappa le code à sa porte une fin d'après-midi. Son cœur se serra. Elle ne répondit pas, incapable de le voir, submergée par son chagrin. Il glissa un mot sous la porte. Elle voulut lui hurler de la laisser tranquille, de ne plus jamais revenir. Elle regrettait presque qu'il ne l'ait pas attrapée, elle. Tout aurait enfin été terminé. Elle ne lut pas la note, mais la chiffonna et la mit dans son poêle. Comment pouvait-elle être tombée amoureuse d'un homme qui tuait ses amis ? Elle se dégoûtait, elle ne méritait pas le sacrifice de Jacques.

Comme promis, Juliette retourna chercher Biscotte. Elle avait pris le bus et arriva à la ferme abandonnée en fin de matinée. Jacques avait disparu depuis une semaine. Juliette aurait aimé venir plus tôt, mais elle avait dû attendre que les Allemands quittent le périmètre.

Juliette avança vers la maison, une boule se forma dans sa gorge.

— Biscotte ? appela-t-elle.

Pas un bruit. Juliette pénétra dans la maison, elle mit une main devant sa bouche. L'intérieur était saccagé, de nombreux objets jonchaient le sol : de la vaisselle cassée, des chaises renversées, des restes de nourriture. La Gestapo et les pilleurs s'en étaient donné à cœur joie. Juliette remarqua la laisse de Biscotte accrochée sur le portemanteau et s'en empara.

— Biscotte ?

La chienne ne donnait aucun signe de vie, Juliette

s'inquiétait. Elle inspecta la maison et ressortit bredouille. Elle se demandait si la faim n'avait pas forcé l'animal à quitter les lieux.

— Biscotte, où es-tu ma belle ?

La jeune femme posa ses mains sur son visage. La gorge serrée, elle s'agenouilla au sol et éclata en sanglots. Les larmes chaudes coulaient sur ses joues. La culpabilité l'étouffait, elle voulait hurler, mais le nœud dans sa trachée l'en empêchait.

— Pardonne-moi Jacques, je ne peux même pas tenir ma promesse, hoqueta-t-elle, désespérée.

Soudain, elle sentit une texture humide et froide. La résistante ouvrit les yeux. Biscotte, l'air triste, posait son museau sur sa main. Juliette regarda le labrador dans les yeux et enlaça son col. La jeune chienne lécha son oreille affectueusement. Juliette pleura de plus belle, et serra fort l'animal contre elle.

Elle donna à Biscotte le beau morceau de poulet qu'elle lui avait apporté. Le labrador goba la viande en quelques instants.

— Viens ma jolie, je vais te trouver une nouvelle maison.

Biscotte tirait sur sa laisse, excitée. Elle reniflait les murs, les poteaux, le trottoir, tout ce qui se trouvait à portée de museau. Elle agitait la queue sans arrêt. La jeune chienne, habituée à la campagne, évoluait dans un univers olfactif et sonore inédit. À deux reprises, ils croisèrent un autre chien ; Biscotte, curieuse, jaugea ses congénères avec attention.

Le bras de Juliette était douloureux quand elle atteignit *Le Repaire des Artistes*.

— Biscotte, calme-toi, lança-t-elle, amusée.

Lucienne Joly sortit de son café tout sourire.

— Alors, tu as adopté un chien, Juliette ?

Les deux femmes s'embrassèrent.

— Je te présente Biscotte, expliqua Juliette. Un petit labrador de deux ans.

— Oh, c'est une gentille fille ça, complimenta Mme Joly en caressant la chienne sur le crâne.

Biscotte aboya, amicale.

— Lucienne, j'ai besoin de ton aide, avoua Juliette plus sérieuse.

Mme Joly fronça les sourcils.

— Je ne peux pas te donner les détails, mais cette chienne compte beaucoup pour moi, et je ne suis pas en mesure de la garder pour l'instant. Elle a besoin d'une maison. Alors, je me suis dit que peut-être, vous pourriez vous en occuper avec René ? Ça me permettrait de la voir aussi.

Mme Joly fixa Juliette, elle sentit sa peine.

— N'en dis pas plus ma jolie, on va la garder. Et si René n'est pas d'accord, tu peux compter sur moi pour le convaincre !

Juliette prit Lucienne dans ses bras.

— Merci.

Biscotte serait bien chez les Joly ; Juliette regagna son domicile, soulagée. En entrant dans son appartement, elle sursauta. Peter, assis les pieds sur la table et sa fiole de whisky à la main, la salua.

— Comment es-tu entré ici ? questionna Juliette, agacée. Peu importe, sors de chez moi Peter, je n'ai pas envie de te voir.

— Je venais traduire ce que tu as récupéré depuis ton retour à Paris. Il faut que l'on sache où en est von Stein, expliqua l'espion, sans tenir compte de sa demande.

— Je ne l'ai pas revu depuis mon retour, je n'ai rien à traduire, va-t'en, répéta Juliette.

Peter baissa les yeux, il semblait exaspéré. Il se mit debout.

— Comment ça ? Tu veux dire que tu n'as pas donné de nouvelles à von Stein depuis plus d'une semaine ? Tu te moques de moi, Claire ? Que comptes-tu lui dire pour ne pas paraître suspecte ?

— Je ne veux plus entendre parler de lui, répliqua Juliette.

— Claire, tu crois vraiment que je vais laisser ta sensiblerie tout foutre par terre ? Tu te crois dans un jeu, tu as l'illusion d'avoir le choix ? Je t'avais mise en garde sur tes sentiments, je t'avais conseillé de maintenir une distance émotionnelle. Tu n'en as pas tenu compte, eh bien maintenant tu assumes !

— Va te faire foutre, Peter ! explosa Juliette. Je ne suis pas ta marionnette et je ne vais certainement pas recevoir d'ordre de toi. Où étais-tu il y a une semaine ? Jacques est mort par ta faute ! Tu n'étais pas là quand on avait le plus besoin de toi, alors cesse tes leçons de morale et laisse-moi tranquille !

Peter réagit à peine à sa tirade et se rassit, l'air détaché.

— Très bien, tu refuses donc de te remettre avec ton Prussien ?

— Von Stein n'est plus personne pour moi, répondit-elle avec dédain.

— D'accord, je comprends. Plan B dans ce cas, je m'occupe de lui.

Sur ces mots, l'espion quitta sa chaise et se dirigea vers la porte. Juliette se rua sur lui. Elle le saisit fermement par le col.

— Si tu touches à un cheveu de Wilhelm, je te tue, menaça-t-elle.

Peter afficha un sourire satisfait.

— Tu vois que ça n'est pas si dur d'admettre que tu tiens encore à lui.

Juliette lâcha prise, épuisée par les manipulations de Peter. Elle s'assit sur son lit et laissa retomber ses épaules. Peter lui tendit sa fiole, elle avala une bonne rasade de whisky. L'alcool embrasa sa gorge.

— Tu sais que tu gagnerais à contenir tes émotions et prendre du recul, l'infirmière ? sourit l'Anglais. Je comprends ta peine, Claire. Contrairement à ce que tu crois, je sais qu'on a merdé pour Jacques et j'en prends ma part de responsabilité. Mais ne laisse pas ta culpabilité obscurcir ton jugement. *Primo*, on sait depuis le début que von Stein traque des résistants, ne fais pas mine de découvrir tout à coup sa vocation, tu t'es attachée à lui malgré cela.

— J'ai enfin ouvert les yeux, voilà tout. Une part de moi se disait qu'il était quelqu'un de bien, mais je me voilais la face, je me trouvais des excuses, admit Juliette, les larmes aux yeux. Il n'est qu'un nazi comme les autres.

— Ce qui m'amène à mon *secundo* : von Stein s'est fait doubler par la Gestapo, révéla Peter.

Juliette haussa les sourcils.

— Quoi ? Qu'est-ce que tu racontes ?

— Il a sollicité leur aide pour l'arrestation, faute de moyens suffisants, et pensait récupérer les prisonniers. Ce qui aurait tout changé pour Jacques, l'Abwehr ne traite pas les résistants de la même manière que la Gestapo. Le problème, c'est que les rapports entre l'Abwehr et les SS sont particulièrement tendus. Les hauts responsables de l'Abwehr sont des antinazis avérés qui souhaitent garder leur autonomie vis-à-vis du IIIe Reich. La Gestapo soupçonne l'Abwehr, à juste titre, de conspirer contre Hitler. Je te confirme que plusieurs agents de l'unité sont en lien avec nos services[1].

Juliette déglutit, bouche bée.

— Je ne comprends pas, les dirigeants de l'Abwehr veulent que l'Allemagne perde la guerre ?

— Pas vraiment. Pour la plupart, ce sont des hommes issus de l'aristocratie germanique. Ils font partie d'un groupe

1. Authentique.

appelé *Schwarze Kapelle*, l'Orchestre noir[1]. Nous pensons qu'ils souhaitent conserver la domination de l'Allemagne sur l'Europe mise en place par Hitler, mais qu'ils ont peur que les immenses ambitions du Führer ne finissent par ruiner et condamner leur pays. Ils chercheraient donc à l'abattre pour s'emparer du pouvoir. Ce qui explique que parfois leurs objectifs sont les mêmes que les nôtres, même si nous ignorons leur véritable plan.

— Pourquoi tu me racontes tout cela, quel rapport avec Wilhelm ? s'enquit Juliette, déconcertée.

— Ton Prussien appartient à l'Abwehr, il a forcément eu vent de la tendance de son unité. Vu sa déconvenue récente face à la Gestapo, je soupçonne qu'il soit proche de l'idéologie conspiratrice. Londres prend ce sujet très au sérieux, et tu dois continuer de l'espionner pour découvrir si c'est vrai. Tu auras peut-être l'opportunité de trouver des informations sur les véritables intentions de l'Abwehr, ce qui serait très utile.

— Sauf que Wilhelm continue de me traquer, de tous nous traquer, déplora-t-elle.

— Comme je te l'ai dit, l'Abwehr ne remet pas en cause la domination de l'Europe, la Résistance reste un problème pour eux, mais raison de plus pour ne pas lâcher. Tu as bien vu que ce que tu trouves est capital.

— À condition de l'utiliser ! s'emporta Juliette.

— J'ai mis en place un nouveau réseau de boîtes aux lettres dédiées. Traducteurs dispo à toute heure, traductions cryptées, lisibles uniquement par Maxence lui-même. Le sujet devient très sensible, on ne peut prendre aucun risque. Seuls Maxence et toi êtes au courant de ce que je viens de te raconter.

1. Organisation regroupant des officiers allemands hostiles à Hitler, dont l'amiral Canaris, à la tête de l'Abwehr de 1935 à 1944. Il sera pendu pour trahison en avril 1945 au camp de Flossenbürg.

— Je ne sais pas si je vais réussir à pardonner à Wilhelm, soupira Juliette.

— Personne ne te le demande, Claire. Toi seule décides de la sentimentalité que tu associes à cet homme. Mais te servir de votre lien pour faire progresser les Alliés n'est-il pas la meilleure manière de rendre justice à Jacques ?

— Tu dis ça pour me déculpabiliser, mais je sais que mes sentiments à son égard te dégoûtent.

Peter fixa Juliette dans les yeux.

— Pas du tout, Claire. La puissance de tes émotions, l'intensité, la passion avec laquelle tu vis me laissent plutôt admiratif. Il s'agit de ta plus grande force. J'ai appris à rester impassible en toutes circonstances, et j'ai oublié ce que c'est de vivre comme ça…

26

5 août 1942

Juliette quitta son appartement pour se rendre à *La Halte Arago*. Elle n'y avait pas mis les pieds depuis plus de deux semaines. Elle avait laissé ses parents sans nouvelles, trop occupée par sa tristesse et sa culpabilité. Sa mère devait s'inquiéter. Quand la jeune femme avait déménagé, Marie lui avait fait promettre de venir leur rendre visite au moins une fois par semaine. « Tu es le seul enfant qu'il me reste, alors ne m'abandonne pas, d'accord ? » avait-elle lâché, les larmes aux yeux. « Et puis, ça va nous manquer de t'entendre au piano, on s'y est habitués avec ton père. »

Jusqu'à ce jour, Juliette avait tenu promesse et rendu à sa famille une visite hebdomadaire. Elle aidait ses parents, qui croulaient sous le travail à l'hôtel. Elle écoutait son père se plaindre de l'occupant, elle allait se balader avec sa mère. Et bien sûr, elle prenait toujours le temps d'interpréter une composition pour eux. Dans ces moments trop courts, elle retrouvait son plus fidèle ami, son confident, son compagnon. Son précieux piano n'avait jamais quitté le restaurant, mais les parents Hamel en réservaient l'utilisation exclusive à Juliette. Une pancarte, spécialement commandée par M. Hamel, indiquait « Ne pas toucher », pour dissuader les curieux. L'homme ne se privait pas de pointer du doigt l'écriteau aux officiers qui ne semblaient pas comprendre le français.

Juliette plissa les yeux, le soleil brillait et la chaleur

l'étouffait déjà. Elle approcha de son vélo mais n'eut pas le temps de le détacher.

— Mademoiselle Hamel ? appela une voix derrière elle.

L'accent était reconnaissable, la jeune femme se retourna doucement. Elle mit quelques secondes à reconnaître Reiner, le chauffeur et aide de camp de Wilhelm. Que pouvait-il bien faire là ? Il ne portait pas son uniforme, mais un costume civil. La sueur perlait à son front, il semblait avoir couru.

— Avez-vous quelques minutes pour, hmm, parler ? articula-t-il.

— Le major von Stein n'est pas avec vous ? interrogea Juliette, inquiète.

— *Nein.*

— Suivez-moi.

Elle le guida vers un banc, à l'abri des peupliers dans la rue adjacente. À l'ombre, une brise rafraîchissante atténuait la chaleur. Les deux jeunes gens s'assirent côte à côte et Juliette se tourna vers Reiner, curieuse de l'entendre.

— Je connais Wilhelm depuis longtemps, vous savez. Nous avons été dans le même pensionnat. Au début, je détestais cet endroit, des enfants plus grands m'embêtaient sans arrêt. Ils m'enfermaient dans les placards, m'y laissaient parfois des heures entières, dans le noir et le silence complets.

Juliette fixait le jeune soldat avec attention. Elle ne comprenait pas sa démarche, mais sa sincérité la touchait. Il affichait une moue concentrée, appliqué à parler distinctement.

— Et puis un jour, Wilhelm a été témoin de leurs actes. Il y a tout de suite mis fin. Il est devenu mon ami et mon protecteur, nous étions inséparables. Plus tard, il est parti à l'académie militaire et j'ai entamé des études de lettres. Nous n'avons jamais perdu contact et aujourd'hui encore, il veille sur moi. C'est grâce à lui que je ne suis pas sur le front à me battre, un fusil entre les mains. Quand la guerre a commencé, il m'a recruté comme aide de camp. Il sait très bien que la guerre, ce n'est pas pour moi.

— Pourquoi est-ce que vous me racontez tout cela, Reiner ?

— C'était pour vous montrer que je dois beaucoup au major. Et aujourd'hui, je voudrais lui rendre la pareille. Il vous respecte trop, et il n'osera pas vous importuner plus longtemps, mais je voulais vous dire qu'il ne va pas bien depuis que vous avez décidé de ne plus le voir, expliqua Reiner avec franchise.

Juliette fronça les sourcils. Elle n'avait jamais annoncé à Wilhelm qu'elle ne voulait plus le voir. Elle s'était contentée de ne plus lui donner de nouvelles pour prendre le temps de réfléchir. Elle se demandait comment il avait pu arriver à cette conclusion.

— Je ne comprends pas.

— *Ach so*. Le major voulait vous voir après son absence. Mais vous n'étiez pas là. Alors il a écrit une lettre. Pas de réponse. Il ne savait pas où vous étiez. Il trouvait cela, hmm, comment dit-on ?

Il plaça une main sur son menton et leva les yeux au ciel.

— Ah, *ja* : bizarre. C'était bizarre. Et puis je l'ai conduit ici de nouveau, il voulait vous dire au revoir. Nous vous avons vue rentrer chez vous. Le major est monté vous trouver, mais il est revenu après quelques minutes, vous ne répondiez pas. Il était très triste. Comme à Amsterdam.

Juliette était perdue, Reiner évoquait une absence de Wilhelm, un au revoir.

— Dire au revoir ?

— Oui, avant de partir, comme il l'a expliqué dans sa lettre, clarifia Reiner.

La lettre ! Juliette l'avait complètement oubliée. Elle pensait que Wilhelm voulait simplement lui donner rendez-vous pour la voir. Elle était loin d'imaginer qu'il souhaitait l'informer qu'il quittait Paris.

— Vous savez, il voulait prévenir, mais il a été très occupé, tout est allé si vite. D'abord, il avait sa mission importante, qui s'est mal passée, ça l'a occupé plus longtemps que prévu, puis il a reçu la visite de son supérieur à Paris, et ensuite son déplacement à Berlin. C'est pour cela qu'il n'a pas pu vous voir plus tôt, et ensuite il n'en avait plus le temps.

Juliette commençait à comprendre. La « mission » évoquée par Reiner devait être la descente à la ferme de Jacques. Wilhelm avait donc été retenu hors de Paris par la chasse à l'homme dont elle et Jean étaient les proies. Ces évènements avaient provoqué la visite du supérieur de Wilhelm à Paris et maintenant la sienne à Berlin. Juliette se rappelait les paroles de Peter. Y avait-il un lien avec la *Schwarze Kapelle* ?

— C'est un malentendu Reiner, je n'ai pas eu le temps de lire cette lettre. À vrai dire, j'ai eu un décès dans ma famille, j'ai moi-même été absente de Paris et j'avais besoin d'être seule. Je ne suis pas fâchée contre Wilhelm. Il restera longtemps à Berlin ?

— Mes condoléances, dit le jeune homme en baissant la tête. Wilhelm restera un mois à Berlin.

Juliette accusa le coup, une évidence lui apparaissait : il lui manquait. Elle voulait le serrer dans ses bras, sentir son odeur, plonger son regard dans le sien.

— Alors, faites-lui parvenir un message pour moi. Dites-lui que tout va bien et que j'attends son retour.

Reiner afficha un sourire franc.

27

2 septembre 1942

La salle était bondée, tous attendaient les premières notes. Juliette plaça ses doigts sur l'ivoire et inspira. Elle avait accepté de donner une nouvelle représentation à *La Halte Arago*. Le colonel Stöffel avait insisté pendant des mois auprès d'elle et de ses parents. Il avait répété inlassablement à quel point ces concerts lui manquaient. Juliette n'avait pas joué ici pour l'occupant depuis son déménagement. Elle avait accepté pour ses parents ; l'entendre jouer leur procurait une joie manifeste et les occasions étaient peu nombreuses.

La musicienne interpréta la *Lettre à Élise* de Beethoven, puis la *Marche turque* de Mozart. Elle appréciait ce grand classique. Ses doigts virevoltaient, légers et précis. Elle se souvenait de la difficulté d'apprentissage de cette composition lorsqu'elle était jeune pianiste. Désormais, elle n'avait même plus besoin de partition. Juliette termina par le deuxième nocturne de Chopin. Son auditoire observait un silence religieux, bercé par les notes douces et gracieuses.

La jeune musicienne releva les yeux. Elle porta son regard vers ses parents, assis au bar. Ils lui sourirent, heureux, fiers de son talent. Puis Juliette le remarqua. Wilhelm, adossé au mur près de la porte, l'observait. Elle ne savait pas depuis combien de temps. Il inclina la tête pour la saluer. Juliette voulut lui répondre, elle entama *Clair de lune*. Leur hymne. Dans leur langage secret, elle exprimait sa joie de le revoir. Wilhelm savait qu'elle ne s'adressait qu'à lui.

L'Allemand disparut après la fin du morceau, un sourire discret sur les lèvres. Juliette dit au revoir à ses parents et prit congé. Dehors, elle apprécia la fraîcheur de la soirée, un répit après la journée brûlante. Elle regagna son appartement.

Le signe qu'elle attendait ne tarda pas. Trois coups brefs, puis trois coups longs. En trois enjambées, elle ouvrit la porte. Deux sourires. Un baiser. Assujettis à leur désir ardent, les deux amants s'enivrèrent de caresses, d'odeurs et de regards. Ils consommèrent ce plaisir si longtemps perdu, de nouveau assumé.

Juliette, le souffle court et les cheveux en bataille, roula sur le côté. Wilhelm, allongé sur le dos, respirait fort. Il se leva et se servit un verre d'eau, il l'avala en quelques gorgées. Il en apporta un à Juliette, elle se redressa et apprécia le breuvage.

— Tu m'avais manqué, Juliette, avoua Wilhelm.

— Tu m'avais manqué aussi, admit-elle, sincère.

— Je suis désolé de ne pas t'avoir mise au courant plus tôt pour Berlin, mais tout est allé très vite.

Juliette posa une main sur son bras. Il la fixa.

— Si j'ai été si distante, c'est parce que j'ai perdu une personne chère. J'ai eu du mal à faire mon deuil et j'avais besoin d'être seule.

— Toutes mes condoléances, je ne savais pas, déplora Wilhelm en baissant les yeux.

— Je vais mieux maintenant, la tristesse est passée. Je n'ai pas lu ta lettre, je l'avais oubliée. J'ignorais ce que tu étais devenu jusqu'à ce que Reiner vienne me parler.

Wilhelm esquissa un sourire.

— Il m'a écrit le jour même. Il disait que tu allais bien et que tu attendais mon retour à Paris. J'ai eu du mal à y croire, je pensais que tu ne voulais plus me revoir.

Juliette embrassa Wilhelm. Elle appuya ce baiser, le prolongea.

— C'est impossible, ça.

Wilhelm caressa sa joue avec tendresse.

— Qu'as-tu fait alors pendant un mois à Berlin ? s'enquit Juliette, l'air désintéressée.

— Je devais discuter d'affaires importantes avec ma hiérarchie.

Juliette pensa immédiatement à la *Schwarze Kapelle*. Se pouvait-il que Wilhelm ait intégré le groupe ? Qu'il se soit rendu à Berlin pour préparer une mission ? La seule manière d'en avoir le cœur net était de recueillir des informations, de fouiller le carnet vert, afin d'identifier un document, une note, quoi que ce soit le reliant au réseau dissident. Une voix en elle voulait prouver que l'Allemand s'éloignait de son rôle de traqueur de résistants et réalisait la folie de son Führer. Honnête avec elle-même, Juliette savait qu'un tel constat permettrait d'alléger sa conscience, toujours torturée.

— J'en ai aussi profité pour rendre visite à ma famille, ajouta l'Allemand. Ma petite sœur, Franziska, a tellement progressé au violon, c'est incroyable. Je lui ai dit que je voulais enseigner la musique et elle m'a dit que je ferais un excellent professeur.

Wilhelm rayonnait de joie, Juliette l'avait rarement vu si enjoué. Elle était heureuse pour lui, heureuse qu'il ait un but, qu'il s'autorise à faire un choix pour lui-même, mais combien de temps encore devrait-il attendre pour avoir le droit de vivre son rêve ? Combien de résistants à traquer ? Combien de mois sans revoir sa famille ? Combien de manipulations par la femme qu'il aimait ? Juliette réalisa que, comme elle, Wilhelm était prisonnier de cette guerre. Bien qu'il appartienne au camp des occupants, il n'était pas plus libre qu'elle.

— Je suis d'accord avec ta sœur, tu feras un excellent professeur, Wilhelm, l'encouragea-t-elle malgré tout.

Les semaines qui suivirent, Juliette s'acharna à la tâche. Dès qu'une opportunité se présentait, elle consultait les dernières pages du carnet vert de Wilhelm et inspectait la doublure dissimulée de sa mallette. Elle transmettait toutes ses notes au réseau de traducteurs mis en place par Peter. Elle aurait aimé les faire traduire par l'Anglais directement, mais il s'était absenté un mois pour une mission extérieure au réseau. Son frère recevait lui-même les résultats, mais chaque fois, la réponse s'avérait décevante. Transports de matériel, recrutements, repas officiels. Rien qui ne concerne les CPL et rien sur la *Schwarze Kapelle.*

Juliette commençait à désespérer. Étienne partageait ses craintes.

— Je pense qu'il a perdu l'enquête sur notre réseau. C'est la Gestapo qui nous traque maintenant, disait-il.

Cette explication semblait plausible, mais dans ce cas, sur quoi travaillait Wilhelm ? Juliette le savait très occupé, il paraissait fatigué, obnubilé par ses activités depuis son retour, parfois même distant, ce qui n'aidait pas la jeune femme. Elle devait persévérer.

Un soir, son amant frappa tard chez elle. Elle ne l'avait pas vu depuis trois jours. En entrant, il l'embrassa furtivement et s'assit sur le lit, l'air épuisé.

— Je suis désolé Juliette, je suis très fatigué ce soir, avoua-t-il.

— Je comprends, ne t'inquiète pas. Repose-toi.

Elle vint l'embrasser avec tendresse. Wilhelm s'allongea et quelques minutes plus tard, il dormait.

Juliette ne perdit pas une seconde, elle ouvrit la mallette en cuir. Son instinct lui donna raison, elle trouva un communiqué dissimulé dans la doublure. Elle prit des notes en vitesse et replaça le feuillet.

Dès le lendemain, son frère convoqua une réunion : la traduction avait donné quelque chose d'intéressant. La note s'avéra être une confirmation de la réception d'un stock d'armes dans un dépôt près de Moisselles. L'officier signataire de la lettre demandait en outre des renforts de toute urgence pour garder les lieux, car une épidémie avait apparemment mis hors service la plupart de ses hommes. Juliette ne s'attendait pas du tout à une découverte de cet ordre et fut déçue. En revanche, son frère, Michel et Jean y virent une opportunité parfaite pour voler des armes, denrées plus précieuses que l'or pour un groupe de résistants. Ils en avaient cruellement besoin pour gagner en puissance, les largages alliés étaient encore trop rares. Tout le monde convergea sur ce constat, même Jean qui d'habitude préconisait la prudence et s'opposait à ce genre d'opération coup de poing.

Le groupe dut agir vite pour préparer cette mission. Ils devaient frapper avant que les renforts attendus par le dépôt allemand n'arrivent. Ils parvinrent à mobiliser suffisamment de ressources pour être prêts à agir deux jours plus tard, le 27 septembre.

Juliette proposa de demander aux Alliés de mettre en place une diversion qui attirerait les troupes allemandes proches de Moisselles loin du dépôt, ralentissant leur intervention lors de l'attaque. Étienne accueillit l'idée avec ferveur, fier de l'intelligence de sa sœur. Fidèle à elle-même, Juliette s'inquiétait déjà pour lui. Une fois encore, il allait mettre sa vie en danger, à cause d'elle. Trop occupée à vouloir démontrer l'appartenance de Wilhelm à la *Schwarze Kapelle*, elle avait provoqué une opération des plus risquées. Elle devait donc préparer une diversion efficace, et prier.

Hélas, la résistante ne se doutait pas que le sort avait scellé leur destin un mois plus tôt.

28

Un mois plus tôt, 2 septembre 1942

Abasourdi, Jean descendit la cage d'escalier. Il vivait un cauchemar. Il arrivait à peine à y croire et pourtant… Ses yeux et ses oreilles ne l'avaient pas trompé. La traîtrise à laquelle il venait d'assister dépassait l'entendement. La déception et la tristesse saignaient son cœur.

Il sortit sa fiole de cognac de sa poche et avala l'alcool par grandes gorgées, jusqu'à la dernière goutte. Il souhaitait anesthésier sa douleur, enivrer son corps pour oublier, tout oublier.

Il respirait mal, la gorge gonflée. Il posa sa main sur le mur, incapable de crier, incapable de pleurer. Comment pouvait-elle lui faire ça ? Comment osait-elle pareille trahison ?

Sa tristesse se mua en colère, plus douloureuse encore. Sa tête tournait, les images lui revenaient par bribes. Son regard, ses yeux bleus brillants d'amour. Mais pas pour lui.

Jean s'adossa contre le mur. Il laissait l'alcool envahir son corps, brouiller sa vue. Il sentait la haine dans son cœur s'intensifier. Il serrait ses poings si fort que ses ongles s'enfonçaient dans la chair de ses mains.

Il perdit la notion du temps.

— Monsieur ?

Jean leva les yeux, il peinait à focaliser son regard, ses pupilles dilatées par l'alcool.

— Monsieur, rentrez chez vous. Le couvre-feu a débuté, si vous restez là, vous allez finir la nuit en prison.

Jean cessa de respirer, c'était lui ! Von Stein, il le reconnaissait. Il se releva péniblement et serra la mâchoire.

— Alors, c'était bien ? Tu t'es bien amusé, sale Boche ?

L'Allemand fronça les sourcils.

— Surveillez votre langage, et rentrez chez vous, je ne le répéterai pas.

— Elle est si belle Juliette, si envoûtante. C'est si difficile de ne pas tomber sous son charme.

Von Stein s'approcha.

— Qui êtes-vous ?

Jean fixa son ennemi droit dans les yeux.

— Tu crois qu'elle t'appartient, pas vrai ? chuchota-t-il en approchant sa bouche de l'oreille de l'Allemand. Tu crois qu'elle t'aime ? T'a-t-elle parlé de son secret ? T'a-t-elle expliqué pourquoi elle s'intéresse tant à toi, sale enflure ? Sacrée Claire, elle est douée. Je suis aussi con que toi, elle nous a bien bernés tous les deux !

Von Stein se décomposa.

Jean, fier de lui, tituba et perdit l'équilibre. Il ferma les yeux. Le sol paraissait confortable. Il perdit connaissance.

Quand il reprit ses esprits, une douleur sourde barrait son front. Dans la pénombre, il distinguait des barreaux de fer. Il mit une main sur sa tête et grogna. Il remarqua von Stein, l'Allemand l'observait, l'air impassible. Tout lui revint en mémoire et un désespoir infini le paralysa.

Dans un élan désespéré, Jean chercha la petite boîte en métal contenant la pastille de cyanure qu'il gardait sur lui à tout instant. Rien. Von Stein l'avait dépouillé de toutes ses affaires. Jean pesta de rage. Comment avait-il pu en arriver là ? La réponse était simple : à cause de Juliette.

— Quoi, qu'est-ce que tu regardes ? hurla Jean.

Sans un mot, von Stein l'abandonna dans le noir pendant de longues heures.

* * *

La petite fille chiffonnait nerveusement le pan de sa robe. Wilhelm lui faisait peur, il n'avait aucun mal à sentir le malaise de l'enfant, arrachée quelques heures plus tôt à sa maison. Ses joues tendres portaient encore les traces de ses larmes.

— Où est partie ma maman ? demanda-t-elle, presque inaudible.

La gorge de Wilhelm se serra. Il ne pouvait lui répondre, sinon par un mensonge. Impossible de lui garantir que sa mère reviendrait, tout dépendait du succès de son plan. Jean allait-il craquer ? Il le fallait. Wilhelm ne pouvait pas échouer.

L'officier s'approcha de l'enfant et s'agenouilla à sa hauteur.

— Tu vas rester ici encore un peu, Margot, d'accord ? Ta maman ne peut pas te rejoindre pour l'instant. Tiens, prends ces crayons de couleur. Tu sais dessiner ?

La fillette acquiesça, les yeux baissés. Elle n'osait pas le regarder. Wilhelm passa une main sur son front. La petite lui rappelait tant Franziska, sa plus jeune sœur, au même âge. Les mêmes couettes blondes, le même visage innocent.

Innocente, Margot l'était. Wilhelm se servait de l'enfant comme d'un instrument ; la clef qui devait lui permettre d'atteindre les CPL. Guidé par sa colère, il devenait capable du pire, mais l'effroi de ce constat ne l'arrêtait pas. La trahison de Juliette le hantait jour et nuit. Elle ne l'avait jamais aimé. La femme dont il était fou n'était qu'une manipulatrice, elle avait roulé son amour dans la poussière, utilisé sa solitude pour mieux se servir de lui. Nuire à Margot n'inspirait à Wilhelm que dégoût et peine, mais son cœur, submergé par la douleur, ne distinguait plus rien. Il ne réclamait que vengeance, coûte que coûte.

— Allez, fais un joli dessin, et sois sage.

Wilhelm quitta le bureau et se rendit au sous-sol. Il s'arrêta devant la porte de la salle d'interrogatoire. La main sur la poignée, il prit une longue inspiration. Il entra. L'espace de quelques mètres carrés ne contenait qu'une table et deux chaises. Jean, assis sur l'une d'elles, leva les yeux vers lui, un air de défiance dans le regard. Un garde, armé d'un MP40, le surveillait. Wilhelm s'assit face à Jean.

— Tu te crois tout-puissant parce que tu me tiens par les couilles, pas vrai ? le provoqua Jean. Tu peux me faire subir ce que tu veux, von Stein. Tu peux bien me torturer à mort et en apprécier chaque foutue seconde, mais je ne balancerai jamais mes compagnons. Jamais.

Jean le fixait, le menton levé. Wilhelm savait qu'il disait vrai. Les tortures physiques étaient loin d'être les plus efficaces. Wilhelm ne comptait pas en user, il allait faire subir bien pire à ce pauvre homme : exploiter sa faiblesse, le faire ployer et le rendre docile et obéissant comme un chien.

Wilhelm ouvrit une chemise documentaire et en sortit une photo qu'il présenta à Jean. Le résistant ne parvint pas à dissimuler son désarroi, ses mains s'humidifièrent.

— Très jolie petite fille que vous avez là, Monsieur Latour.

— Ce n'est pas ma fille, je n'ai pas d'enfant, mentit-il.

— Inutile de nier Jean, ou devrais-je dire Pierre ? Grâce à votre carte de travailleur, j'ai localisé votre entreprise et j'ai rendu visite à votre patron. Il vous a dépeint comme un employé modèle, discret et efficace. Votre seule particularité : chaque mois, vous lui demandez que la moitié de votre salaire soit envoyée à la même adresse…

Jean blêmissait à mesure que l'officier parlait.

— L'adresse de votre sœur. Je l'ai arrêtée, elle est dans la cellule d'à côté, continua Wilhelm.

Jean écarquilla les yeux de stupeur.

— Ne lui faites pas de mal, je vous en prie. Elle n'a rien à voir dans cette histoire.

— Je ne lui ai pas fait de mal. Je me suis contenté de lui poser des questions. Je lui ai dit que si elle me racontait tout à votre sujet, elle serait relâchée, et qu'elle aurait une chance de récupérer Margot.

— Où est ma fille ? Qu'avez-vous fait, espèce de salopard ? explosa Jean en se levant.

Le soldat le fit se rasseoir avec fermeté.

— Elle va bien, le rassura Wilhelm. Elle fait du coloriage à l'étage. Mais son avenir dépend entièrement de vous.

Des larmes perlèrent dans les yeux de Jean. La gorge de Wilhelm s'assécha. Il n'en laissa rien paraître, il devait garder un air indifférent et abattre ses cartes, une à une, sans faillir.

— Triste histoire en vérité, continua-t-il. Votre sœur m'a tout raconté, la conception de cette enfant hors mariage, alors que vous étiez très jeune, le décès de la mère de la tuberculose peu après la naissance de la petite. Ça a dû être très dur. Je comprends pourquoi vous vous sentiez incapable d'élever seul votre fille. C'est tout à votre honneur d'avoir confié l'enfant à votre sœur et son mari. Au moins, Margot a une famille.

— Pitié, laissez-les partir. Ne faites pas de mal à ma fille, je vous en prie.

Les lèvres de Jean tremblaient. Wilhelm se pencha en avant.

— Croyez-moi, je n'ai aucune envie de faire incarcérer et juger votre sœur pour aide à la Résistance, ni d'envoyer votre fille à l'orphelinat. Mais je n'hésiterai pas à le faire si vous ne me donnez pas ce que je veux.

— Je ferai tout ce que vous voudrez, soupira Jean.

Wilhelm ne montra rien de son soulagement. Aurait-il vraiment été capable d'arracher Margot à sa mère si Jean n'avait pas cédé ?

— Vous allez m'aider à faire tomber Juliette Hamel et tout le réseau CPL.

29

26 septembre 1942

La nuit sans lune enveloppa Juliette quand elle quitta son appartement. La jeune femme avait rendez-vous avec Londres à 23 heures précises. L'échange avait pour but de confirmer la diversion qui faciliterait l'attaque de l'entrepôt prévue à l'aube. La planque avenue Niel se trouvait à trois kilomètres. Elle faisait partie des nouveaux lieux d'émission mis en place par Jean depuis la découverte de la ferme de Jacques. Juliette s'y rendit à pied. Elle croisa quelques rares passants, encore dans les rues à cette heure tardive.

La cachette se situait au dernier niveau d'un immeuble de quatre étages, une ancienne chambre de domestique sous les toits. La concierge, tante d'un membre du réseau, avait accepté d'y héberger un poste radio. L'espace se composait d'une table et de trois chaises au centre, seul espace où Juliette pouvait tenir debout. Sous les appentis s'entassait un amoncellement d'objets abandonnés au fil des ans par les divers occupants de la bâtisse. La poussière les recouvrait d'un film grisâtre et duveteux. L'unique fenêtre offrait une belle vue sur les toits alentour. Juliette n'y prêta pas attention. Elle commença à installer son matériel, répétant une routine gestuelle bien huilée. Radio, fil, branchement. Seuls les quartz et les messages codés manquaient, Jean assurait leur transport.

Le jeune résistant se présenta à 22 h 30. Il ne prit pas la peine d'enlever son blouson et se précipita vers la fenêtre sans dire un mot. Il semblait observer la rue en contrebas.

— Bonsoir à toi aussi, Jean, dit Juliette un peu vexée.

Il se tourna vers elle, déstabilisé.

— Oui, pardon, Claire, bonsoir, répondit-il simplement, toujours occupé à observer par la fenêtre.

— Tout va bien ?

— Euh, oui, oui, tout va bien, bredouilla-t-il, j'ai eu l'impression d'être suivi, mais je pense que je suis un peu parano.

Juliette ne chercha pas à en savoir davantage, elle devait se concentrer et vider son esprit avant la liaison.

— As-tu les quartz ?

Jean se détourna de la fenêtre et lui tendit les précieux objets accompagnés des messages. Il enleva enfin sa veste et commença sa vigie, déjà sur le qui-vive. Juliette s'installa. Elle observa les missives codées. Formées d'une succession de lettres sans signification apparente, elles résultaient de la procédure de cryptage appelée « double transposition ». Juliette connaissait bien cette méthode, l'ayant déjà mise en œuvre. Le message en clair était dans un premier temps codé grâce à une phrase ou une citation, connue de l'expéditeur et du destinataire. Les lettres obtenues étaient ensuite réparties par groupes de cinq et transposées une seconde fois *via* une deuxième citation. Cette procédure s'avérait longue et complexe. Juliette se rappelait la concentration nécessaire, la moindre erreur rendait le message entier indéchiffrable.

Jean se mit à taper du talon sur le sol. Ce bruit l'agaçait, Juliette souhaitait le calme.

— Jean !

Le jeune homme sortit de sa torpeur.

— Pardon, Claire.

Son comportement interpella la pianiste. Il était d'habitude serein et professionnel, Juliette ne comprenait pas son attitude troublée. Ils travaillaient main dans la main depuis plusieurs mois, Juliette le connaissait bien. Il choisissait mal son moment, mais elle décida de crever l'abcès.

Elle s'approcha de son gardien et posa la main sur son épaule. Il sursauta, lui lança un bref regard et s'éloigna vers la porte. Il hésita un instant et prit la parole.

— Claire, tu sais que je t'aime bien ?

La jeune femme, désarçonnée, prit un moment pour répondre.

— Évidemment, quelle question !

— Non, mais que je t'aime vraiment bien ?

Les soupçons de Juliette s'avéraient fondés, les sentiments de Jean à son égard dépassaient bel et bien l'amitié. Elle attendrit son regard. Elle adorait Jean, mais elle était folle amoureuse de Wilhelm, elle ne pouvait pas lui laisser de faux espoirs.

— Oui, je m'en doutais. Écoute Jean, je t'aime comme un frère, mais rien de plus. Désolée.

Le garçon parut déçu. Il déglutit, l'air sombre.

— Il fallait que je vérifie.

— Qu'est-ce que tu veux dire Jean, que se passe-t-il ?

— Tu sais, la période après l'arrestation de Jacques a été très difficile pour moi aussi. Tu avais besoin d'être seule, et j'ai respecté ton choix, mais tu me manquais beaucoup. On avait traversé tellement de choses ensemble. Environ un mois après notre cavale, je suis venu jusque chez toi, bien décidé à t'avouer mes sentiments. En arrivant au coin de la rue, c'est là que je l'ai vu. Von Stein. Il était habillé en civil, mais je l'ai reconnu. Il descendait de sa berline noire, il est entré dans ton immeuble.

Juliette déglutit. Jean continua.

— Je ne comprenais pas ce qu'il pouvait bien faire là, tout seul. J'ai imaginé qu'il venait t'arrêter. Alors je l'ai suivi, pour te protéger. Je me suis dit que tous les deux on arriverait à le neutraliser. Il a frappé à ta porte avec un petit code. Ça m'a surpris. J'étais prêt à bondir. Tu as ouvert la porte. Ton regard, Claire… Ça faisait si longtemps que j'attendais que tu me regardes avec ces yeux-là. Tu lui as sauté au cou avec une telle excitation, ça m'a brisé le cœur. En un instant, tout s'est effondré. J'étais sidéré, incapable de bouger. Je l'ai écouté te prendre, je t'ai entendue jouir.

La voix de Jean se fit plus grave sous la colère, ses yeux rougirent. Juliette, prise au dépourvu par de telles révélations, ne savait pas quoi faire. Quoi dire ?

— Ce… ce n'est pas ce que tu crois Jean, bafouilla-t-elle sans conviction. Je… je fais tout ça pour le réseau. Je l'espionne pour nous protéger.

— Arrête de mentir, Claire ! tonna Jean. Tu nous as toujours baladés. On a tous été naïfs de croire que tu arrivais à récupérer des infos aussi pertinentes sans écarter les cuisses. On aurait dû deviner que c'était louche. Mais Étienne te faisait confiance, il se voilait la face, il ne pouvait pas voir l'évidence. Que crois-tu qu'il aurait fait, s'il avait su que tu te faisais sauter par von Stein ? Que sa petite sainte-nitouche de sœur est une pute à Boches !

Juliette frémit face à son ton violent, empli de haine. Il continua, pour l'achever.

— Se faire sauter passe encore, mais tomber amoureuse de lui…

Sa phrase resta en suspens. Ses lèvres tremblaient et ses yeux brillants de larmes fusillaient Juliette.

— Tu nous as tous trahis ! hurla-t-il. J'étais abattu, en colère, désespéré. J'ai bu, beaucoup… J'étais à moitié inconscient en bas de chez toi quand il est redescendu. J'ai pété un plomb, il était là, face à moi. Il croyait te posséder, alors je lui ai tout balancé.

La jeune femme écarquilla les yeux, incrédule.

— Qu'est-ce que tu racontes ? Qu'est-ce que tu as fait ? cria-t-elle, menaçante.

Le résistant baissa les yeux, son ton changea.

— Il sait, Juliette. Il sait que Claire, c'est toi.

La jeune femme resta bouche bée. Elle voulut l'étriper.

— Depuis quand ? hurla-t-elle, hors d'elle.

— Assez longtemps, lâcha Jean en éclatant en sanglots. Ce jour-là, il m'a arrêté et il s'est engagé dans la faille. Je n'ai pas eu le choix, j'ai travaillé pour lui. Il menaçait ma famille. Je l'ai aidé à remonter toute la chaîne, et à tendre un piège : l'attaque de l'entrepôt prévue demain. Le réseau tombe.

— Pauvre fou, tu nous as tous condamnés ! explosa Juliette en se ruant sur son allié d'hier.

Elle le poussa contre le mur avec violence. Impossible. Un vrai cauchemar.

— Comment as-tu pu faire ça ? Comment as-tu pu nous trahir ainsi ?

— Je n'ai pas réfléchi, tout est allé si vite, sanglota Jean en tombant à genoux. Maintenant, j'ai rempli ma part du contrat, ma famille ne risque plus rien.

Juliette ne bougea plus, incapable de raisonner. Jean releva les yeux, une lueur nouvelle les illumina.

— Mais attends, les CPL, ton frère, tu peux encore les aider ! Claire, tu es leur seule chance ! Von Stein sera là d'une minute à l'autre, il vient t'arrêter et demain ce sera le tour de Max et des autres. Tu dois t'enfuir par les toits et les empêcher de se jeter dans la gueule du loup.

Jean se releva avec vivacité et se dirigea vers la fenêtre, il l'ouvrit en grand. Pour la première fois depuis un mois, il avait l'opportunité de ne plus être le traître, il pouvait leur envoyer leur ange gardien.

— Claire, ils sont sûrement déjà en bas, il faut que tu partes tout de suite.

Il tira la jeune femme par le bras. Trop d'informations. Juliette, sous le choc, commençait à mesurer la gravité de la situation. Le château de cartes s'effondrait. Les paroles de Jean trouvèrent écho dans un martèlement sonore dans l'escalier. Les Allemands arrivaient. Wilhelm arrivait.

— Je suis tellement désolé.

D'un geste rapide, Jean subtilisa la petite boîte en métal

de la poche de Juliette. Elle écarquilla les yeux, le résistant récupéra la pastille de cyanure dans sa main.

— Jean, non !

Trop tard, il avala le cachet. Un remords abyssal emplissait ses yeux, ils imploraient son pardon.

— Sauve-toi Claire, sauve-toi.

La jeune femme observa impuissante son camarade s'effondrer. Le silence l'enveloppa. Elle ne sentit plus son cœur marteler sa poitrine. Elle n'entendit pas le fracas de la porte, enfoncée par Wilhelm. Leurs regards se croisèrent une fraction de seconde, infinie, qui ramena Juliette aux vivants. Elle fit volte-face et sauta par la fenêtre restée béante. Un coup de feu raviva son ouïe.

— Non, je la veux vivante ! cria Wilhelm. Passez par en bas, je la suis.

Juliette courait, ses pas résonnaient sur les tuiles. Une seule chose comptait. Sauver son frère. Lui permettre de fuir de Paris. Vivre ou mourir, aucune importance, il suffisait de vivre assez longtemps.

Wilhelm gagnait du terrain. La course périlleuse propulsait l'adrénaline dans ses veines. La rage au ventre, il devait attraper Juliette à tout prix, et enfin il pourrait la confronter. Elle se servait de lui depuis trop longtemps. La colère et la douleur l'étouffaient depuis trop longtemps. La résistante sauta d'un toit à l'autre avec une agilité impressionnante. Sa réception acrobatique la déséquilibra, mais elle se remit en marche. Wilhelm sauta à son tour. Plus lourd que la jeune femme, les tuiles cédèrent sous son poids. Il se sentit partir, s'affala sur le côté et dériva inévitablement vers le vide.

— Wilhelm !

Juliette stoppa sa course. Alertée par le bruit, elle avait assisté démunie à la chute de son amant. Des larmes inondèrent ses joues. Elle se rua vers le rebord du toit, prête à voir le corps de l'homme qu'elle aimait quatre étages plus bas. Elle retint son souffle, au bord du désespoir.

Vivant. Il avait atterri sur un échafaudage au troisième niveau. Il reprenait ses esprits, assis, en massant son épaule.

— Wilhelm, tu vas bien ?

L'Allemand leva la tête vers elle.

— J'ai cru que je t'avais perdu, je…, sanglota Juliette.

Elle ferma les yeux. Elle brûlait d'envie de le rejoindre, de l'enlacer. Impossible. Un mur se dressait entre leurs deux mondes. Le voile de l'insouciance laissait place à la solitude et à la douleur.

— Je t'aime, Wilhelm. Adieu…

Elle l'embrassa d'un dernier regard et reprit son chemin.

Elle ne pouvait pas retourner chez elle, trop dangereux. Elle ne savait pas du tout où trouver son frère et il serait bientôt l'heure du couvre-feu. Elle devait agir vite.

La résistante parvint à descendre des toits en s'aidant d'une gouttière puis de balcons successifs. Dans les rues, elle restait vulnérable. Les Allemands, en alerte, devaient la rechercher dans tout le quartier. Elle réfléchissait tout en s'éloignant. Elle ne pouvait pas être prise, la vie de son frère et de ses camarades reposait sur ses épaules. En grande partie responsable de la situation, Juliette ne se pardonnerait jamais d'échouer.

La jeune femme tenta d'ouvrir la porte de plusieurs résidences. Ses efforts payèrent, elle accéda à une cour intérieure. *Pense comme Peter*, se dit-elle. Elle se mit dans la peau de l'espion anglais pour trouver des idées. Son regard se posa sur une moto, stationnée à quelques pas. Sans hésitation, elle enfourcha le bolide et actionna le starter. À sa grande satisfaction, le moteur rugit instantanément. La lumière de la maison devant elle éclaira la cour. Le bruit avait alerté les propriétaires de la moto. Juliette enclencha une vitesse et vrilla son poignet pour accélérer. La roue arrière dérapa dans les graviers, les propulsant à grande vitesse contre le mur de la bâtisse. La moto bondit vers l'avant et Juliette s'agrippa au guidon pour ne pas être éjectée. Elle se rappela les conseils de Jacques pour piloter ces engins. Gagnant en assurance, elle s'éloigna dans les rues désertes.

Le cerveau de Juliette bouillonnait. Malgré tous ses efforts, elle n'avait trouvé aucun moyen de contacter son frère. D'après Jean le réseau tombait, rejoindre une planque lui semblait trop risqué, l'armée allemande pourrait la surveiller. L'attaque de l'entrepôt, situé à trente kilomètres au nord de Paris, était programmée à 5 heures du matin, avant le lever du jour. Étienne et son groupe se trouvaient sans doute aux abords de la zone. Une seule solution s'offrait à Juliette : les rejoindre sur place au moment de l'attaque et espérer les avertir à temps.

30

Juliette arriva aux abords de Moisselles après une heure de trajet. Elle avait évité les routes principales, et ainsi les barrages allemands. La résistante abandonna la moto un kilomètre avant la ville pour continuer à pied. Elle massa ses mains douloureuses, engourdies par le froid.

L'entrepôt ciblé par le réseau se trouvait trois kilomètres à l'est en direction du Mesnil-Aubry. Désemparée, Juliette n'avait aucune information sur le plan établi par son frère et ses camarades. Elle supposait que le groupe logeait à Moisselles, ou dans une ferme des environs pour la nuit, et se rendrait à l'entrepôt à l'heure prévue.

Juliette ne voyait qu'une seule option pour les intercepter : approcher du lieu de l'attaque et attendre leur arrivée. La jeune femme se demandait si les soldats de l'Abwehr chargés de l'arrestation se trouvaient déjà en embuscade. Wilhelm était-il dans les parages ? Juliette risquait, elle aussi, de se jeter dans la gueule du loup, mais elle n'imaginait pas d'alternative. La peur serrait son cœur, la culpabilité l'étouffait. Ses faiblesses coûtaient cher au réseau.

Juliette progressa à travers champs. Après une demi-heure d'efforts, elle localisa l'entrepôt. Elle décida de s'approcher le plus possible pour entreprendre un repérage. Une haute clôture, coiffée de barbelés acérés, délimitait le périmètre. Un portail grillagé constituait le seul accès. Deux hauts miradors l'entouraient ; leurs projecteurs, en cercles éblouissants, balayaient le sol lentement. Depuis le portail courait une artère principale bordée de trois hangars de stockage de chaque côté. Espacés de dix mètres, des lampadaires éclairaient le passage. Aucune autre construction aux alentours, idéal pour tendre un piège, les assaillants ne pourraient pas aller bien loin. Un sous-bois, à cent mètres du grillage ouest, formait la seule couverture viable. Juliette se dissimula derrière les premiers arbres. Sa montre affichait 2 h 20. Elle devait patienter.

Pendant l'attente interminable, la résistante rumina ses idées noires. Elle pensait à Wilhelm. Depuis combien de temps savait-il qu'elle jouait un double jeu ? Leurs derniers moments ensemble n'étaient qu'une pièce de théâtre, un acte de Wilhelm pour la piéger et se venger. Qu'avait-il ressenti en apprenant la vérité ? Il devait croire que Juliette s'était servie de lui depuis le début, simulant en permanence. S'il savait à quel point elle l'aimait… Il lui manquait déjà.

Les heures passèrent. Juliette luttait contre le sommeil. Elle somnolait, son corps basculait en arrière, et elle s'éveillait dans un sursaut. Le calme, si apaisant, ne présageait rien des évènements à venir.

L'heure critique approchait. Juliette mobilisa ses forces. Le vent se levait, faisant fléchir les branches en souplesse. Au loin, Juliette vit apparaître deux phares éclairant la route de leur lueur jaunâtre. Elle retint son souffle. Ami ou ennemi ? Le véhicule, un camion de transport avec une bâche sombre à l'arrière, se dirigeait vers le portail et ses miradors. Il accéléra d'un coup, son moteur donnait toute sa puissance. Les projecteurs allemands se braquèrent sur le camion. Le véhicule ne ralentit pas. Il éventra le portail sous le feu ennemi. Une alarme stridente résonna. Juliette maudit son frère d'avoir choisi une approche si brutale. Impuissante, elle n'avait rien pu faire. L'alarme avertissait sans doute l'Abwehr de l'arrivée du groupe.

Juliette quitta sa cachette et courut à toutes jambes vers l'entrée du périmètre sécurisé. Les coups de feu rugissaient entre les deux camps. Les lumières des miradors s'éteignirent l'une après l'autre. Les résistants bien armés étaient parvenus à les neutraliser. Le silence retomba. Plus d'alarme, plus un coup de feu. Beaucoup trop facile…

Juliette arriva derrière le camion.

— Maxence ? appela-t-elle.

— Qui va là ?

Un résistant la braqua, l'air menaçant. Elle ne voyait pas son visage, caché par son fusil.

— C'est Claire, ne tire pas ! répondit-elle en levant les mains.

— Claire ? Mais qu'est-ce que tu fais là ?

— Anselme ? Anselme, où sont les autres ?

Le résistant, perdu, baissa son arme.

— Anselme, c'est un piège ! Il faut prévenir les autres et quitter cet endroit, les Allemands arrivent ! pressa-t-elle en s'approchant du rouquin.

— Quoi, mais qu'est-ce que tu racontes ? demanda Anselme, déconcerté.

Pas le temps d'en dire plus, les paroles de Juliette prirent vie. Le rouquin aperçut des véhicules se dirigeant vers eux.

— Ils sont là, souffla Juliette. Vite ! Viens, on doit trouver les autres et partir d'ici ! cria-t-elle en avançant dans l'allée principale.

— On n'a aucune chance Claire, l'arrêta Anselme. Je vais les ralentir. Vas-y, fonce et ne perds pas de temps !

— Anselme, non, c'est hors de question !

Le jeune homme la regarda dans les yeux, déterminé. Sans dire un mot, il monta à bord du camion et entreprit une marche arrière. Juliette l'abandonna, le cœur lourd. Réprimant sa tristesse, elle fit volte-face et fonça.

— Max ! hurla-t-elle. Max, où es-tu ?

Deux résistants sortirent d'un bâtiment et menacèrent Juliette avec leurs Sten anglais. Il s'agissait de Michel, et d'un jeune homme, maigre comme un lévrier, prénommé Pierre.

— C'est Claire ! s'étonna Michel.

— Venez tout de suite, c'est un piège, les Allemands sont là, il faut partir ! Où est Max ?

Des coups de feu retentirent, sortant les hommes de leur torpeur, les incitant à écouter la jeune femme. Anselme occupait les Allemands, mais pour combien de temps ?

— Par là, indiqua Michel en pointant un hangar du doigt.

Ils coururent tous les trois vers le bâtiment.

— Putain, c'est vide, jura un homme à l'intérieur. Tu entends ça ? Qu'est-ce que c'est que ce bordel ?

Juliette et les deux résistants entrèrent. Étienne se trouvait au milieu du bâtiment, entouré de caisses éventrées, un pied-de-biche à la main.

— Les Boches sont là ! cria Pierre, nerveux.

Les trois hommes dans l'entrepôt, Étienne, un résistant trapu et un autre, petit et fin, les fixèrent, interloqués.

— Claire ? dit Étienne en découvrant sa sœur.

Juliette se précipita vers son frère et le serra dans ses bras un court instant.

— Max, Jean est mort. Cette attaque est un piège, l'Abwehr est dehors. Ils ont failli m'arrêter à Paris. Je me suis enfuie et je suis venue ici pour vous prévenir. Il faut quitter cet endroit tout de suite.

Étienne accusa le coup, il regarda sa petite sœur, l'air grave. Dehors, la fusillade avait cessé.

— Où est Anselme ? demanda-t-il.

Juliette baissa les yeux.

— Allons-y, pas de temps à perdre, ordonna Étienne au groupe de résistants apeurés.

Tous se ressaisirent et suivirent le frère et la sœur à l'extérieur. Sitôt sortis, ils entendirent une balle fuser au-dessus de leurs têtes et se ficher dans le bois. Ils se baissèrent. Un groupe de soldats avançait dans leur direction à une cinquantaine de mètres. Les cinq résistants longèrent le hangar et prirent à droite dans une artère secondaire entre deux entrepôts, hors de la ligne de tir. Étienne dégoupilla une grenade et l'envoya dans l'allée principale. Les Allemands crièrent et se dispersèrent. L'explosion ralentit leur progression et projeta des mottes de terre dans les airs.

Les résistants progressèrent les uns derrière les autres. Ils atteignirent le grillage à l'extrémité. Michel envoya son blouson de cuir sur les barbelés, couvrant le sommet de la clôture. Sans tarder, il se mit en position pour faire la courte échelle à ses camarades.

Étienne et le résistant trapu s'agenouillèrent à couvert et commencèrent à tirer sur les soldats qui avançaient dans le couloir formé par les murs des entrepôts. L'un d'eux, touché en pleine poitrine, s'effondra dans un bruit sourd. Les Allemands cessèrent leur progression et firent feu à leur tour. Deux résistants avaient réussi à passer de l'autre côté de la clôture. Le tireur aux côtés d'Étienne passa à son tour. Étienne envoya une seconde grenade pour forcer les Allemands à battre en retraite.

— Michel, vas-y, dit-il en prenant la place de son collègue pour la courte échelle.

Michel prit son élan et sauta. Il retomba lourdement de l'autre côté, dans un cri de douleur. Sa main dégoulinait de sang, un barbelé avait traversé la veste.

— Courez les gars, ne restez pas là. On suivra avec Claire, dégagez ! On se retrouve où vous savez, ordonna Étienne.

Les quatre camarades d'Étienne semblèrent hésiter à les laisser derrière. Les coups de feu reprirent de plus belle. Ils cédèrent et s'éloignèrent dans la nuit.

— À ton tour Juliette, pressa Étienne en reprenant position.

Juliette s'apprêtait à passer. Son frère hurla de douleur, touché au bras. La jeune femme, horrifiée, le tira à couvert. Il plaqua sa main sur son épaule blessée et grimaça.

— Juliette, va-t'en, ne reste pas là, implora son frère.

La jeune femme secoua la tête vigoureusement. Elle attrapa la sacoche d'Étienne. Il restait une grenade. Sans hésiter, elle la dégoupilla et la jeta sur les Allemands qui approchaient inexorablement, refermant le piège.

— Allez, grand frère, allons-y !

Elle aida son aîné à se redresser, mais il l'attira tout à coup derrière lui en pointant son arme de poing. Wilhelm avançait le long du grillage, pistolet à la main. Les deux hommes se mirent en joue, prêts à presser la détente. Juliette, en détresse, ne perdit pas une seconde et se plaça devant son frère ; lui tournant le dos, elle fixa Wilhelm droit dans les yeux.

— Juliette, qu'est-ce que tu fais ? cria Étienne incrédule.

— Baissez vos armes ! Il est hors de question que je vous laisse vous entre-tuer, déclara-t-elle fermement.

Le regard intense de Wilhelm sonda Juliette.

L'officier rangea son arme. Il approcha et passa sa main tiède sur la joue de Juliette. Étienne observa la scène, incapable de bouger.

Wilhelm se mit le long de la clôture, en position.

— Va-t'en, Juliette. Il ne faut pas qu'ils te voient. Ton frère ne pourra pas te suivre, il va être arrêté ce soir, mais je le ferai sortir, je te le promets. Va te cacher chez toi et ne sors pas, je t'y retrouverai ce soir.

— Vas-y Juliette, pressa Étienne.

Le jeune résistant peinait à comprendre la tournure des évènements, mais Juliette détenait l'opportunité de fuir, c'est tout ce qui comptait pour lui. Il la poussa vers von Stein. L'Allemand la propulsa par-dessus les barbelés. La jeune femme retomba de l'autre côté, indemne. Elle jeta un dernier regard aux deux hommes. Dévastée d'abandonner

Étienne, son cœur s'emplit d'espoir en observant l'amour qui émanait des yeux de Wilhelm. Il comprenait tout, il pardonnait tout. Juliette avait réussi à les sauver tous les deux. Tout les opposait mais l'amour qu'ils lui portaient les unissait. Invincible.

31

Juliette regagna Paris grâce à la moto dérobée la veille. Une femme en pantalon, chevauchant un bolide en pleine journée dans la capitale, serait pour le moins surprenante. Pour éviter d'attirer l'attention, la jeune femme abandonna la moto en périphérie et rejoignit le métro à pied. Elle atteignit son appartement peu avant 8 heures. Elle se sentait sale et engourdie. Elle fit chauffer de l'eau pour se préparer un bon bain. Elle se frotta énergiquement et termina son palet de savon. Sa toilette la relaxa. Exténuée, elle se glissa dans son lit à demi nue et sombra dans un sommeil profond.

Juliette émergea, la nuit tombait. Elle se sentait beaucoup mieux. Les gargouillements bruyants de son ventre l'alertèrent, elle n'avait pas mangé depuis près de vingt-quatre heures. La jeune femme alimenta le poêle à charbon pour réchauffer la pièce et termina de s'habiller. Elle mangea les quelques conserves qui traînaient sur ses étagères presque vides.

Répondre à ses besoins vitaux avait dispensé Juliette de s'inquiéter pour son frère. Quand elle fut lavée, nourrie et reposée, les pensées de la jeune femme se réveillèrent. Elle tenta de lire, en vain. Elle avait hâte que Wilhelm la rejoigne. Tiendrait-il parole ? Allait-il l'arrêter finalement ? Juliette chassa cette idée.

Trois courts, trois longs. Les coups à la porte en bois résonnèrent dans l'appartement. Le cœur de Juliette s'emballa, elle déglutit en ouvrant. Wilhelm portait son uniforme, sa casquette lui donnait l'air sévère. Elle s'écarta pour le laisser entrer. Pas un mot. La jeune femme n'osait pas briser la glace, alourdie de tant de non-dits, mais elle brûlait d'avoir des nouvelles de son frère.

— Ton frère est détenu par l'Abwehr au Mont-Valérien, déclara Wilhelm. La Gestapo a demandé son transfert pour l'interroger. Je ne vais pas m'y opposer.

Juliette écarquilla les yeux, Wilhelm leva la main.

— Je ne vais pas m'y opposer, reprit-il, car son transfert sera l'occasion rêvée de le libérer. Si votre groupe attaque le convoi, ils pourront le récupérer. Ce genre d'évasion a déjà eu lieu et je ne serai pas soupçonné. Je vais avoir besoin de toi pour transmettre les informations à propos de l'itinéraire du convoi et de la marche à suivre à tes amis résistants, pour que tout se déroule sans incident. Étienne m'a dit où tu pourras les trouver. Tout est noté ici.

Il déposa une enveloppe sur la table.

— Lis cette lettre et brûle-la, indiqua-t-il. J'ai expliqué tout mon plan à Étienne. Il a demandé une seule chose : tu ne dois pas participer à l'opération, et je suis totalement d'accord avec lui. Je serai également intransigeant sur un autre point : aucun Allemand ne doit mourir, cela évitera l'exécution d'otages en représailles et je n'enverrai pas mes hommes à la mort.

Juliette acquiesça sans broncher.

— Tout est entre tes mains, continua-t-il. Ce ne sera sans doute pas simple de convaincre tes alliés de me faire confiance. Pour t'y aider, voici les dossiers que j'ai sur eux, tu pourras les leur remettre de ma part comme gage de ma bonne foi.

Wilhelm déposa sa mallette noire sur la table et en sortit les documents.

— Ils peuvent les brûler. Je n'ai parlé de mes découvertes à personne. Sans ces documents, l'armée allemande n'a rien sur eux, ils redeviennent anonymes. Il y a celui d'Étienne et le tien aussi.

— Wilhelm, je... je ne sais pas comment te remercier pour ce que tu fais pour nous.

— Je le fais uniquement pour toi, Juliette. Ce n'est pas par bonté d'âme, mais parce que je suis faible. Faible de t'aimer. Je ne laisserai pas mon armée mettre la main sur toi. Je veux te savoir à l'abri au plus vite, mais je sais que tu n'abandonneras jamais ton frère. Une fois Étienne libre, il te contactera en déposant un message à *La Halte*, il m'a dit que tu saurais où. Tu dois me promettre de partir vers l'Angleterre après ça.

Juliette acquiesça. Le ton sec de Wilhelm l'attristait. Les larmes commencèrent à couler sur ses joues. Un fossé les séparait de nouveau. Elle tenta de s'approcher de l'Allemand, mais il s'écarta.

— Wilhelm, sache que... sache que je t'aime, de tout mon cœur. N'aie jamais aucun doute.

Wilhelm évita le regard de Juliette. Il voulait lui cacher ce qu'il ressentait à entendre ces mots-là sortir de sa bouche : un mélange inextricable de pur bonheur et de détresse profonde. Il devait faire taire son cœur et la quitter, maintenant, avant qu'il n'en soit plus capable. Loin de Paris, loin de lui, elle serait en sécurité.

— J'ai compris, Juliette. Je comprends tes choix, ma colère est passée. Mais ne rends pas les choses plus difficiles qu'elles ne le sont déjà. Je ne t'oublierai jamais, j'ai passé l'été le plus fabuleux de ma vie à tes côtés, mais l'heure du réveil a sonné. Nous n'avions aucune chance... Adieu, Juliette.

L'officier récupéra ses affaires. Juliette le voyait lutter pour garder son attitude froide et distante, mais ils ne pouvaient pas se séparer comme cela, pas après tous ces moments vécus. Désemparée, elle lui sauta au cou.

Wilhelm apprécia ce contact, l'odeur de ses cheveux, la

douceur de son étreinte, mais il serra la mâchoire, s'interdisant de l'enlacer. Il lui saisit les épaules et l'écarta. Elle pleurait, ses yeux exprimaient amour et regrets. Il mobilisa toute sa volonté, lui jeta un dernier regard et la quitta.

Le lendemain, Juliette n'eut pas le temps de se préoccuper de son cœur brisé. La jeune femme devait remplir sa part du contrat pour sauver son frère. Conformément aux indications de Wilhelm, elle rejoignit une usine abandonnée à Bagnolet, supposée être la cachette de dernier recours des CPL. Une ancienne briqueterie qui employait jusqu'à cinquante personnes au début du siècle. L'extrémité de la haute cheminée du bâtiment principal, tournant jadis en continu, était couverte de suie. L'usine, elle-même fabriquée en briques rouges, mesurait une centaine de mètres de long. La végétation alentour montait bien au-dessus du sol. Les fenêtres étaient régulièrement espacées et brisées depuis des décennies pour la plupart. L'épaisse chaîne de fer barrant auparavant l'entrée pendait vers le sol, fracturée par des pilleurs en quête de matériel à revendre.

Juliette s'introduisit à l'intérieur. Des détritus et matériaux en tout genre jonchaient le sol. La fiente des pigeons ayant élu domicile dans la charpente métallique recouvrait les fours. La jeune femme marcha sur du verre qui craqua sous son pied.

— Ne bouge pas !

Juliette se retourna vers la voix. Elle reconnut un des résistants présents au cours de l'attaque de l'entrepôt deux nuits plus tôt. Maigrichon, les oreilles décollées, plus jeune que Juliette. Pierre.

— C'est Claire, dit-elle en levant les mains en l'air.

— Ah, Claire pardon. Bon Dieu, on se demandait où vous étiez passés avec Max, depuis hier matin !

— Maxence n'est pas avec moi, où sont les autres ? Je dois vous parler.

Pierre guida la jeune femme dans la briqueterie. Ils atteignirent un espace entre deux fours. Les trois autres résistants rescapés du piège du dépôt fumaient autour d'un feu. Quelques matelas crasseux étaient disposés en cercle autour du foyer. Une casserole reposait sur une grille au-dessus des flammes, l'odeur agréable de soupe atteignit les narines de Juliette. Michel afficha un grand sourire en la voyant apparaître.

— Vous voilà enfin, on commençait à s'inquiéter, dit-il.

— Ne te réjouis pas trop vite Michel, Max a été pris, révéla Juliette en s'approchant du feu.

La nouvelle attrista le groupe. Ils gardèrent le silence un instant.

— Je suis désolé, souffla Michel, on ne peut plus rien pour lui...

— N'en sois pas si sûr. J'ai une solution pour le récupérer et j'ai besoin de votre aide.

L'expression de Michel changea, soudain pleine d'espoir.

— Ça ne va pas vous plaire, messieurs, continua Juliette. Il s'agit de le libérer au cours de son transfert entre le Mont-Valérien et les locaux de la Gestapo, qui aura lieu demain. Je connais l'itinéraire, le nombre de gardes sera limité.

— Comment sais-tu tout ça ? demanda Pierre, suspicieux.

— Parce que von Stein me l'a dit, rétorqua Juliette sans détour. Il fera partie du convoi et va nous laisser récupérer Max.

Les résistants mirent un peu de temps à réagir à ses paroles, tant ces révélations semblaient incroyables.

— Quoi ? Je ne sais pas ce que tu cherches à faire, mais tu crois vraiment nous faire avaler un truc pareil ? s'emporta Michel tout à coup.

— Oui, répondit simplement Juliette.

— T'es tombée sur la tête, tu délires complètement, s'emporta le résistant trapu.

Une barbe fournie et mal entretenue couvrait le bas de son visage. Juliette ne connaissait pas son prénom.

— Il est temps que vous sachiez que Max est mon grand frère.

Les résistants l'observaient, incrédules. Juliette continua.

— Von Stein et moi avons été... proches. Jugez-moi tant que vous voudrez, je m'en moque. Von Stein sait que je n'abandonnerai pas mon frère, alors il m'aide à le libérer, en mémoire de notre passé.

— Ah oui ? Et qu'est-ce qu'il y gagne ? demanda Michel, menaçant.

— Il a déjà gagné. Le réseau est tombé. Une fois Maxence libre, nous devrons partir pour l'Angleterre.

— Et tu crois qu'on va te croire, salope ? Qu'on va se jeter dans la gueule du loup et se faire prendre comme des cons ? éclata le trapu, mauvais.

— Von Stein savait que vous diriez ça, rétorqua Juliette, indifférente. Mais réfléchis un peu, c'est lui qui m'a dit où vous trouver. S'il avait voulu vous arrêter, vous seriez déjà tous en cellule. En gage de sa bonne foi, il m'a demandé de vous donner ça.

Juliette jeta les dossiers aux pieds des quatre résistants. Ils les consultèrent, déconfits. Chacun trouva son pseudo, sa véritable identité, ses déplacements, son historique dans la Résistance. Ils restèrent tous bouche bée, feuilletant leurs fiches en silence. Michel constata que les rapports sur Juliette et Étienne se trouvaient aussi au sol. Juliette les ramassa et les jeta au feu.

— Je vous conseille de faire de même. Une fois qu'ils seront partis en fumée, von Stein n'aura plus rien sur vous. Ça, c'est ce que vous avez à y gagner.

Le dernier résistant, qui n'avait toujours pas pris la parole, fixa Juliette de ses yeux verts. Son visage fin rendait son nez trop large. Juliette lui donnait 35 ans, au vu des rides au coin de ses yeux et sur son front. La jeune femme mit un instant à se souvenir de son prénom : Antoine.

— Les gars, je pense que Claire n'aurait aucun intérêt à nous dire qu'elle couchait avec von Stein si le reste de son histoire n'était pas vrai. Par ailleurs, je pense que si l'un d'entre nous était à sa place, Maxence n'aurait pas hésité une seule seconde à aller le chercher. Alors s'il y a une petite chance de le récupérer, je veux la prendre, déclara-t-il.

Michel acquiesça. Pierre et le résistant barbu semblaient toujours hostiles envers Juliette.

— Vas-y Claire, explique-nous le plan, demanda Michel en se rasseyant.

* * *

Wilhelm entra dans la prison du fort au Mont-Valérien, où Étienne était retenu depuis son arrestation. D'épaisses portes en bois fermaient les cellules, espacées de deux mètres. Une trappe métallique permettait d'observer les détenus à l'intérieur. La geôle d'Étienne se trouvait au premier étage. Wilhelm traversa la coursive suivi par un homme de troupe. Le soldat déverrouilla la porte qui grinça sur ses gonds en s'ouvrant.

Le jeune résistant, allongé sur son lit rouillé, regardait le plafond, l'air indifférent. Il tourna à peine la tête vers les militaires. Le garde l'attrapa par le bras et le menotta. Étienne grimaça de douleur, son épaule blessée le faisait souffrir. Wilhelm laissa sortir le duo et les suivit jusqu'au camion de transport à l'extérieur.

Wilhelm fit monter Étienne à l'arrière et s'installa avec lui. Le soldat de l'Abwehr prit place à l'avant, à côté du chauffeur. Une moto avec un side-car escortait le transfert. Wilhelm avait monté cette escouade limitée de quatre soldats en plus de lui-même. Le camion prit la direction de la rue des Saussaies, siège de la Gestapo, en passant par le bois de Boulogne. L'officier consulta sa montre, le compte à rebours commençait.

— Je ne sais pas si je dois te haïr ou te remercier, von Stein, dit Étienne.

— Tu y réfléchiras quand tu seras libre, rétorqua Wilhelm, l'air détaché.

— Tu dois sacrément l'aimer pour faire ce que tu fais... Tout est de ma faute tu sais, je n'aurais jamais dû impliquer Juliette. Elle menait sa vie tranquille avant que je vienne la chercher.

— Elle a fait ses propres choix, elle n'a pas eu besoin de toi, ni de moi d'ailleurs.

— Si j'avais su...

Wilhelm consulta de nouveau sa montre. Bientôt le moment. Le klaxon du side-car résonna à l'extérieur. Pile à l'heure. Le camion s'arrêta au milieu de la route. Le major sortit pour comprendre le problème. Il savait déjà que la moto venait de tomber en panne, il avait lui-même saboté le moteur. Il réprimanda ses hommes avec autorité et ordonna au chauffeur du camion de reprendre la route, abandonnant le side-car, exactement comme prévu. L'aiguille des secondes continuait sa course invariable. Le véhicule passa la place de l'Étoile puis remonta l'avenue de Friedland et le boulevard Haussmann avant de tourner rue d'Argenson.

Le camion pila. Les deux hommes à l'arrière furent projetés vers la porte. Wilhelm se stabilisa et rattrapa Étienne, handicapé par ses mains attachées dans le dos. Des éclats de voix leur parvinrent depuis l'habitacle du camion. Von Stein dégaina son arme et sortit, deux résistants le mirent en joue sans attendre.

— C'est moi, von Stein, ne tirez pas, expliqua-t-il.

— Maxence, tu es là ? demanda un résistant barbu.

Wilhelm le reconnut, Roger Lebon de son vrai nom.

— Oui, je suis là, répondit Étienne en sortant du camion à son tour.

L'officier avait saboté le fusil du soldat de l'Abwehr assis à l'avant du camion, afin qu'il ne puisse pas abattre les résistants. Deux d'entre eux se chargeaient de tenir les occupants de l'habitacle en joue. Tout se déroulait comme prévu.

— Pas de temps à perdre, pressa Wilhelm en s'approchant de Roger, cogne-moi un bon coup pour faire vrai et partez tous d'ici.

— Oh oui, ça va faire vrai, sourit le résistant, enchanté.

Il envoya la crosse de son fusil dans le visage de Wilhelm. L'Allemand sentit sa pommette craquer sous l'impact. Il s'effondra, sonné.

— Embarquez-les, ordonna Michel à ses compagnons.

Roger traîna Wilhelm vers le camion utilisé par les résistants pour barrer la route. Michel agrippa Étienne pour l'emmener aussi.

— Quoi ? Mais qu'est-ce que vous foutez ? s'indigna Étienne.

— On n'a pas encore décidé de ce qu'on allait faire de vous, mais on ne va certainement pas laisser von Stein nous balader plus longtemps. Quant à toi, s'il t'a retourné, ça me brise le cœur, mais je te tuerai de mes propres mains, menaça Michel en jetant Étienne dans le fourgon.

Pierre et Antoine enfermèrent les deux soldats allemands à l'arrière du véhicule de transfert et prirent position à l'avant de leur camion. Ils mirent les gaz vers l'usine de Bagnolet. Wilhelm, à demi inconscient, gisait aux pieds de Roger.

Il reprenait ses esprits lorsque le groupe atteignit la briqueterie désaffectée. Sa pommette avait enflé et son œil droit voyait flou.

— Écoutez-moi, vous ne pouvez pas me retenir ici, vous êtes tous en danger, dit Wilhelm.

— Ta gueule, sinon je t'assomme, menaça Lebon.

Le barbu conduisit l'officier dans l'ancien bureau du directeur et l'attacha à un radiateur en fonte poussiéreux.

— Bande de fous, vous compromettez tout mon plan. Plus personne ne va vous couvrir, pesta Wilhelm.

— Ta gueule ! S'il n'y avait eu que moi tu serais déjà mort. Tu as fait arrêter je sais pas combien de mes camarades. Putain de nazi.

Lebon claqua la porte.

32

Juliette s'inquiétait. Wilhelm était parti depuis deux jours. Elle n'avait aucune nouvelle, elle imaginait le pire. Pourquoi son frère prenait-il tant de temps à la recontacter ?

La jeune femme aidait ses parents à *La Halte Arago*. Elle nettoyait les chambres, plongée dans ses pensées, cultivant l'espoir de recevoir un signe de vie tout à coup. Wilhelm lui manquait terriblement. Elle pleurait beaucoup depuis leur dernière conversation, incapable d'accepter leur séparation. Juliette se souciait aussi de ses parents. Ils seraient dévastés par son départ, mais Étienne pourrait enfin leur écrire. Juliette avait hâte de le retrouver. Elle espérait que son épaule ne le faisait pas trop souffrir et n'était pas infectée.

Elle sortit de la chambre sa tâche achevée et capta un écho sonore en provenance du hall de l'hôtel. Des ordres en allemand, des claquements de bottes, comme si un groupe défilait à l'intérieur. Elle voulut regagner l'appartement et attendre sagement la fin du désordre, mais elle s'arrêta en chemin. La présence de ces Allemands était-elle liée à la libération de son frère ?

Elle dévala l'escalier et retrouva ses parents. Ils semblaient inquiets et avec raison. Juliette resta interdite face à une dizaine de soldats, vêtus de noir. La Gestapo. Devant eux, un homme à la carrure imposante fixait la famille Hamel. Il portait un uniforme immaculé, surmonté d'un blouson de cuir qui caressait ses genoux. Sur sa casquette, la tête de mort métallique amplifiait la menace de son regard. Ses petits yeux brun foncé semblaient vous sonder au plus profond de vous-même. Les rides du front de ce quadragénaire lui donnaient l'air sévère.

— Juliette Hamel ? tonna-t-il d'une voix grave et puissante.

En entendant son nom, Juliette voulut devenir invisible. Son père s'avança vers l'Allemand.

— C'est ma fille, que lui voulez-vous ? rétorqua-t-il.

— Eh bien, j'enquête sur une disparition et j'ai de bonnes raisons de croire que votre fille possède des informations à ce sujet, expliqua l'officier en détournant le regard vers Juliette.

La jeune femme fit appel à toute sa volonté pour ne pas baisser la tête.

— Elle va donc nous accompagner pour répondre à nos questions, continua l'homme en noir en s'approchant de Juliette, sans la quitter une seconde des yeux.

Les parents Hamel semblaient perplexes. Charles s'emporta, il ne supportait pas l'idée d'une arrestation de sa fille par la Gestapo.

— Voyons, vous devez faire erreur ! dit-il en revenant près d'elle.

— Nous ne faisons jamais d'erreur ! tonna l'officier en se retournant vivement vers M. Hamel.

— Embarquez-la, ordonna-t-il en allemand.

Deux soldats convergèrent vers Juliette et la saisirent sans ménagement.

— Charles, fais quelque chose, implora Mme Hamel, les larmes aux yeux.

— Je vous en prie, laissez-la tranquille ! s'exclama le père de Juliette en saisissant le bras d'un des soldats qui l'emmenaient.

Le militaire lui envoya la crosse de son fusil dans les côtes et M. Hamel tomba à terre, le souffle coupé.

— Ne lui faites pas de mal, supplia Juliette.

Elle soutint le regard de l'officier. Il fit signe à ses soldats de l'emmener.

— Ne vous inquiétez pas, je vais répondre à leurs questions et revenir très vite, cria-t-elle par-dessus son épaule, réprimant ses larmes.

Marie Hamel, agenouillée auprès de son mari, regarda sa fille disparaître dans cette vague noire, désespérée. Elle ne comprenait pas. Une peur terrible s'empara d'elle. Allait-elle perdre le seul enfant qu'il lui restait ? Elle pria de tout son cœur.

Juliette fut transportée en voiture jusqu'au 11 rue des Saussaies, siège de la Gestapo à Paris. Ils saisirent son sac avec toutes ses affaires. On la conduisit dans le bureau de l'officier qui l'avait arrêtée. La pièce se trouvait au deuxième étage du bâtiment et donnait sur les jardins. Juliette voyait les feuilles des arbres aux chaudes couleurs automnales. Un grand portrait d'Hitler, l'air grave, la menaçait depuis le mur du fond. Le bureau en bois de chêne, impeccablement ordonné, était orné de quatre drapeaux nazis. L'Allemand quitta son blouson de cuir et déposa sa casquette avant de s'asseoir derrière son bureau. Il appuya ses coudes sur les accoudoirs et fixa Juliette, toujours debout près de la porte.

— Prenez place, indiqua-t-il en montrant les chaises présentes devant lui.

Juliette avança timidement et s'assit.

— Bien, je me présente, je suis l'*oberst* Hartmann. Avez-vous une idée de la raison de votre présence ici ?

Juliette ne comprenait rien, l'*oberst* avait évoqué une disparition, mais de qui ? Elle se contenta de secouer la tête de gauche à droite, l'air confuse.

— Connaissez-vous le major von Stein ? Sachez que je vous conseille vivement de répondre avec la plus grande exactitude à mes questions et tout cela sera vite réglé.

Il se pencha vers Juliette et demanda d'une voix moins haute :

— Suis-je clair ?

Juliette acquiesça.

— Alors, connaissez-vous le major von Stein ? répéta-t-il.

Juliette trouvait la question étrange. L'*oberst* savait sans doute que Wilhelm avait logé à *La Halte Arago*. Mais jusqu'à quel point connaissait-il la relation de Juliette et Wilhelm, elle l'ignorait. Elle se contenta de répondre par l'affirmative.

— Savez-vous où il se trouve ? questionna-t-il ensuite.

— Non, je l'ignore.

— Quand l'avez-vous vu pour la dernière fois ?

— Il y a deux jours.

— Quelle était votre relation avec le major von Stein exactement ?

Question piège évidemment, se dit Juliette. Soit il savait et il voulait voir si elle allait lui mentir, soit il ignorait tout et se contentait de poser la question. Elle hésita. Comment aurait-il pu savoir ?

— C'est un ami, nous sommes tous deux musiciens. Nous répétons ensemble au *Lutetia*, une fois par semaine. Moins ces derniers temps, cela dit. Il a beaucoup de travail d'après ce que j'ai compris.

L'*oberst* la regarda un instant et alluma une cigarette. Il prit une première bouffée en s'adossant à son fauteuil.

— Mademoiselle Hamel, voici le premier mensonge que vous me servez aujourd'hui et je vous conseille de ne pas en prononcer d'autres, car s'il vous reprend l'envie de me cacher la vérité, vous irez visiter notre sous-sol, et croyez-moi, il est préférable de ne pas en arriver là.

Le colosse reprit une bouffée, et continua d'une voix calme.

— Quelle était votre relation avec le major von Stein ?

Juliette prit peur, elle avait grandement sous-estimé son interlocuteur.

— Nous sommes amants, avoua-t-elle, aussi sereine que possible. Je sais que c'est interdit pour un officier allemand de fréquenter une Française, c'est pourquoi j'ai menti. Nous cachons notre relation aussi bien à mon entourage qu'à l'armée allemande.

— Voyez-vous, dit-il en tirant sur sa cigarette, cela m'amène à me poser deux questions. Quel genre de Française fréquenterait secrètement un officier allemand : une Française stupide ? Amoureuse ? Ou bien une espionne qui essaie d'extorquer des informations pour le compte de la Résistance ? Et de même, pourquoi un officier aussi brillant que le major von Stein prendrait-il ce risque ? Est-il stupide ? Inconscient ? Ou traître à son pays ?

Juliette savait la question rhétorique, elle resta muette. Hartmann la fixait de ses yeux cruels. Il jubilait, habitué à mener des interrogatoires. La jeune femme se sentait mal, vulnérable. Elle détourna le regard et se ressaisit. Elle voulait montrer sa force et ne pas se laisser déstabiliser.

— Il n'y a rien de tout cela, *Herr Oberst*. Vous faut-il une raison plus évidente qu'une attirance physique primaire ? On est ensemble parce qu'on en a envie, un point c'est tout, expliqua-t-elle, l'air détachée. Je pense que sa disparition a un lien avec le dossier sur lequel il travaillait ces derniers temps, mais je n'ai aucun détail. Nous ne parlions jamais de son travail. Je ne lui pose pas de questions, il n'y répondrait pas. Je ne côtoie pas l'officier, mais M. Wilhelm von Stein, tout simplement.

Hartmann écrasa sa cigarette dans le cendrier et inspira longuement. Il se redressa sur sa chaise.

— Eh bien, sachez que quand nous le retrouverons, cette liaison lui coûtera cher, déclara-t-il.

— Soit. Puis-je rentrer chez moi maintenant ? s'enquit la jeune femme.

Elle trouva sa question plus téméraire qu'elle ne le souhaitait. Hartmann prit un instant pour répondre.

— Oui, vous allez pouvoir rentrer. Mais sachez que si vous m'avez caché quoi que ce soit, vous le regretterez amèrement. Je sais où vous trouver.

Il prit un air menaçant, mais Juliette soutint son regard avec assurance. Deux coups secs résonnèrent à la porte.

— Entrez ! déclara l'*oberst* d'une voix puissante.

Un jeune officier entra et s'approcha du bureau du puissant *oberst*. Ils échangèrent en allemand. Le jeune homme présenta un cliché à son supérieur. Hartmann sembla ravi par cette découverte. Juliette, quant à elle, faillit défaillir. Il prononça le nom « Étienne Hamel ». L'*oberst* se fendit d'un large sourire, ses yeux cruels fixèrent Juliette.

— Je crois que vous allez finalement visiter notre sous-sol, Mademoiselle Hamel.

Il lui tendit le document qu'il tenait entre les mains : une photo de Juliette et de son frère, prise peu de temps avant son départ pour la guerre. Elle la gardait précieusement dans son portefeuille. Juliette voulut hurler, s'enfuir. À quoi bon ? Ils avaient reconnu Étienne.

— Voyez-vous, nous avions attrapé un résistant il y a quelques jours, connu sous le nom de Max. Le chef des CPL lui-même ! Nous n'avons, hélas, pas eu le temps de le faire parler, car il s'est échappé pendant son transfert. D'après nos hommes rescapés, un groupe de résistants a piégé le camion, sauvé leur chef et enlevé le major von Stein par la même occasion. Jusque-là, nous avions du mal à comprendre ces évènements, mais maintenant que nous savons que Max est en fait votre frère, je pense que vous en savez bien plus que ce que vous m'avez dit. Et donc, comme je tiens mes promesses, vous allez avoir le privilège de visiter notre sous-sol, Mademoiselle.

Sans plus attendre, le subalterne la releva sans ménagement et la fit sortir du bureau. Ils gagnèrent les marches et rejoignirent le hall d'entrée. Un autre soldat prit en charge la jeune femme et la mena vers le fond du bâtiment. Derrière une étroite porte en bois, un escalier plongeait dans les profondeurs. Sa base était prolongée par un couloir sombre d'environ dix mètres. L'odeur, un mélange de renfermé humide, de sang et d'urine, écœura Juliette. Des portes métalliques, rouillées et suintantes, peuplaient le corridor. Deux sentinelles discutaient dans une alcôve. L'une d'elles se leva à leur arrivée et ouvrit une cellule. Il jeta la jeune femme à l'intérieur et referma la porte derrière elle. Le bruit fort résonna dans l'espace exigu.

La jeune femme mit un instant à s'acclimater à la faible luminosité. L'ampoule, usée et clignotante, était faiblarde. Juliette, affligée par sa négligence, suffoquait déjà. La peur tordait son estomac. Elle s'assit le long du mur et eut un mouvement de recul. Un homme la fixait du fond de la cellule.

— Juliette ?

33

Michel installa Étienne sur une chaise instable, près du feu, dans la briqueterie de Bagnolet. Son épaule s'était remise à saigner, maltraitée durant le trajet. Le résistant sentait le liquide chaud couler le long de son bras et humidifier sa chemise. Ses mains toujours attachées dans le dos tiraient sur la plaie. Pierre, Roger, Michel et Antoine se placèrent devant lui. Il les défia du regard un par un.

— Les gars, vous pourriez m'enlever les menottes ?

Antoine accéda à sa requête, soulageant Étienne immédiatement. Il massa ses poignets douloureux.

— Qu'avez-vous fait de von Stein ? demanda Étienne.

— Tu t'intéresses drôlement à cette enflure, rétorqua Roger sèchement.

— Sans cette enflure, comme tu dis, on serait tous en train de se faire torturer par la Gestapo à l'heure qu'il est.

— Sans cette enflure, on serait encore un réseau. Sans cette enflure, Anselme et Jean seraient encore parmi nous ! tonna Roger. On doit le buter.

— Pas si vite, Roger, le raisonna Michel. On ne sait toujours pas comment on est tombés, ni pourquoi Max lui fait confiance.

— Si vous me croyez assez faible pour changer de camp, c'est que vous me connaissez très mal, répondit Étienne. Vous croyez vraiment que je vous aurais compromis ? Vendus aux Boches ? J'aurais préféré crever et vous le savez.

— Et pour ta sœur, Max ? demanda Michel.

Étienne le regarda droit dans les yeux, il touchait la corde sensible.

— Ma sœur a fait ses choix et ses erreurs. Elle couchait avec von Stein, c'est vrai, et ça m'a dégoûté autant que vous. Mais ce qui est vrai aussi, c'est qu'elle nous a sauvé la mise plus d'une fois et qu'elle ne nous a jamais trahis, jamais. Vous voulez savoir comment le réseau est tombé ? C'est Jean qui nous a vendus. Il en pinçait pour Claire et l'a grillée auprès de von Stein. Au lieu de nous en parler, Jean a lâché à von Stein que ma sœur se foutait de sa gueule, et qu'elle était Claire. Évidemment, von Stein a serré Jean, l'a retourné et infiltré chez nous. Il s'est engagé dans la faille et a pu démanteler le réseau brique par brique. Il s'est arrangé pour que Juliette trouve l'info du dépôt d'armes pour nous tendre un piège. Vous connaissez la suite.

— Et pourquoi von Stein aurait changé d'avis ? interrogea Pierre. Pourquoi il n'a pas arrêté ta sœur et nous tous, finalement ?

— Sa pute de sœur a dû écarter les cuisses une fois de plus pour le convaincre, rétorqua Roger, mauvais.

Étienne lui sauta dessus, ignorant la douleur fulgurante qui déchira son épaule. Il déséquilibra le résistant trapu, l'amena au sol et commença à le frapper. Antoine et Michel attrapèrent Étienne et l'éloignèrent de leur camarade. Lebon se redressa, furieux, le nez ensanglanté. Étienne se débattait, enragé.

— Je t'interdis de parler de ma sœur comme ça, salopard !

— Il a raison Roger, tu vas trop loin, ça suffit maintenant ! ordonna Michel. On doit se serrer les coudes. On a notre explication, on n'a rien à reprocher à Maxence.

Il relâcha Étienne. Le résistant toisa Roger, le barbu ne décolérait pas.

— Maintenant, on doit décider de ce qu'on va faire de von Stein, affirma Michel en rajustant sa casquette.

— Si on le tue, ils vont abattre des otages. S'il avait

voulu nous prendre il l'aurait fait depuis longtemps, répondit Étienne. Je ne veux pas avoir ce sang sur les mains. Il faut qu'on fasse profil bas et qu'on parte vers l'Angleterre pour continuer la lutte.

— Il a raison, opina Antoine.

— Quoi ? s'indigna Roger.

— On va tous prendre la nuit pour y réfléchir et demain matin nous voterons, décréta Michel en regardant Étienne et Roger tour à tour.

Sa proposition apaisa les tensions. Antoine aida Étienne à bander son épaule, Pierre prit son tour de garde. Les autres hommes s'installèrent autour du feu. Étienne, épuisé, finit par s'assoupir.

Des bruits de pas feutrés le réveillèrent. Il entrouvrit les yeux. Le reste de ses camarades dormait. Aucune trace de Roger. Étienne leva la tête, le barbu s'éloignait vers le fond de l'usine. Étienne le suivit en silence, empruntant au passage le pistolet de Pierre.

* * *

Wilhelm se déplaça une nouvelle fois. Sa position inconfortable lui donnait des crampes. Au moins, ses souffrances physiques seraient de courte durée. Au petit matin, son heure allait sonner, les résistants n'avaient aucune raison de l'épargner. Pourquoi le feraient-ils ? Wilhelm était responsable de leur sort et de la mort de leurs camarades.

L'officier pensait à Juliette. Il ne craignait pas la mort, mais il regrettait de mourir sans avoir eu la chance de l'étreindre une dernière fois. S'il pouvait juste sentir son odeur, plonger son regard dans le sien et emporter son image dans l'autre monde.

Juliette… Elle l'aimait. Quand elle le lui avait dit sur le toit après sa chute, ces trois mots avaient chassé d'un souffle toute sa haine et sa colère. « Je t'aime. » La douceur de sa voix l'habitait comme un songe dont il ne voulait pas sortir. Il rêvait de l'entendre lui susurrer ces mots une dernière fois.

Mais Wilhelm se demandait ce que Juliette voyait en lui. Pourquoi l'aimait-elle, *lui* ? Malgré ce qu'il était, malgré la menace qu'il avait représentée pour elle, son frère et tout le réseau, en dépit de ses actes tout au long de cette triste guerre et des vies qu'il avait détruites, Jean, le jeune Paul, le fermier, Juliette l'aimait. Elle méritait tellement mieux que lui.

Du bruit dans le couloir tira Wilhelm de ses pensées. Roger Lebon entra dans le bureau et se plaça devant lui, arme à la main. Les yeux du résistant brûlaient de haine. Il pointa son pistolet sur la tempe de Wilhelm.

— Rendez-vous en enfer, chuchota Lebon.

Wilhelm ferma les yeux. Le coup de feu résonna dans le bureau, effrayant les pigeons endormis dans la charpente.

La mort ressemblait étonnamment à la vie. Son dos meurtri le faisait toujours autant souffrir, le sol restait si inconfortable et la fonte glacée. Wilhelm ouvrit les yeux. Le pistolet de Lebon menaçait toujours son crâne. Étienne Hamel avait tiré en l'air, une poussière fine retombait sur ses épaules.

— Baisse ton arme, Roger, ordonna Étienne. La prochaine est pour toi si tu n'obtempères pas.

Les résistants se toisaient.

— Ce salaud mérite de mourir ! pesta Lebon.

— Peut-être, admit Étienne. Mais crois-moi sur parole Roger, tu n'as pas envie d'abattre un homme sans défense. Tu n'as pas envie que son visage te hante jusqu'à la fin de tes jours. Le condamner à mort, c'est reproduire les actions des nazis que nous combattons.

Roger bouillait de rage, sa main tremblait. Wilhelm voyait le canon du pistolet vibrer devant lui. Étienne s'approcha de son camarade. Sans un mot, il défit les liens de Wilhelm. L'Allemand massa ses poignets endoloris.

— Tu vas le laisser partir, juste comme ça ? s'emporta Roger en baissant son arme. Tu comptes le laisser reprendre ses activités, pour qu'il arrête d'autres résistants qui mourront par sa faute ?

Étienne fixa Wilhelm droit dans les yeux.

— Je ne sais pas, Roger. J'ai envie de croire qu'il verra les choses différemment, rétorqua Étienne, pensif. Von Stein, je te devais la vie, maintenant on est quittes. Dis à Juliette de me rejoindre ici, et nous partirons.

Wilhelm baissa la tête en signe de remerciement. Il ne méritait pas la clémence d'Étienne Hamel et de ses *Compagnons parisiens de la liberté*.

34

Juliette plissa les yeux, elle voulait deviner qui se trouvait dans la cellule avec elle. Sa vision s'adaptait à la pénombre et elle commençait à distinguer ses traits. Elle fut surprise par son uniforme allemand. Il se déplaça dans la lumière. Son état choqua Juliette, ecchymoses et sang séché couvraient son visage. Son œil gauche, gonflé, était à peine ouvert. Elle le reconnut : Reiner, le chauffeur de Wilhelm.

— Pas beau à voir, n'est-ce pas ?

— Mon Dieu, mais que vous est-il arrivé, Reiner ? demanda la jeune femme, empathique.

— Pardonnez-moi Juliette, je ne voulais pas, se contenta-t-il de répondre.

— Quoi, mais de quoi parlez-vous ?

— C'est de ma faute, c'est moi qui leur ai dit à propos de vous et de Wilhelm, c'est de ma faute si vous êtes ici, avoua-t-il, les larmes aux yeux.

Juliette comprenait enfin. C'était donc Reiner qui avait parlé, la seule autre personne au courant de leur relation, elle aurait dû y penser.

— Ils ont tapé si fort. Je n'ai pas réussi à me taire. Je leur ai tout dit, les mots sortaient de ma bouche sans s'arrêter, pour que les coups s'arrêtent.

— Vous n'y êtes pour rien Reiner, j'assume les conséquences de mes actes, je savais qu'il y avait des risques. Mais rassurez-vous, ça n'est pas la seule raison pour laquelle je suis là. S'il n'y avait eu que cette liaison, je serais chez moi à l'heure qu'il est, expliqua-t-elle avec l'intention de soulager le soldat.

Il lui inspirait de la pitié, elle se sentait coupable. Il avait subi ces traitements par sa faute. Il n'aurait jamais dû être mêlé à cela, sa loyauté envers Wilhelm le trahissait. Juliette s'approcha de lui et s'assit à ses côtés. Elle effleura sa joue du bout des doigts et essuya la sueur sur son front avec un mouchoir. Ils restèrent assis en silence, sans aucune notion du temps. Le jour et la nuit se confondaient. Les secondes s'écoulaient avec une lenteur épuisante. Juliette s'assoupit à plusieurs reprises. Quelquefois, les cris des pauvres bougres torturés par la Gestapo la réveillaient en sursaut, un frisson glacial lui traversait le dos. Elle pensait à Wilhelm et Étienne, étaient-ils seulement en vie ?

À l'aube, le bruit de la serrure éveilla les deux détenus. La lourde porte s'ouvrit sur le jeune officier de la veille. Il s'exprima en allemand, Reiner se leva.

— Que se passe-t-il ? demanda-t-elle au chauffeur.

— Je m'en vais Juliette, ils m'envoient sur le front de l'Est dans la matinée.

La jeune femme eut envie de pleurer, elle attrapa la main de Reiner et se leva avec lui. Elle plongea ses yeux dans les siens.

— Merci pour tout Reiner, j'espère que nous nous reverrons un jour, dit-elle sincèrement.

— Je l'espère.

— *Schnell !* pressa l'officier.

— Adieu Juliette.

— Au revoir, chuchota-t-elle, une fois seule.

Les larmes coulaient sur ses joues.

Plusieurs heures passèrent. Juliette luttait contre le désespoir. Son dos, ses épaules, tout son corps souffrait. Ses inquiétudes la hantaient. La peur de la torture devenait de plus en plus oppressante. Juliette savait qu'elle n'aurait pas la force de se taire, elle parlerait, mais sa pire inquiétude concernait les êtres qui lui étaient chers. Où pouvaient-ils bien être ?

Après un laps de temps impossible à évaluer, la serrure s'agita. Juliette fut prise d'un tremblement incontrôlable. Ils venaient pour elle. La porte s'ouvrit doucement, faisant grincer ses gonds d'une manière cruelle. Un Allemand costaud, chauve, vêtu d'une chemise blanche sous une paire de bretelles, attrapa Juliette et la mena dans une salle beaucoup plus grande que sa minuscule cellule. Elle retrouvait la lumière du jour, ses yeux agressés par ce brusque changement peinèrent à s'entrouvrir.

Une fois acclimatée, elle regarda autour d'elle. Le sol était bétonné, une chaise en bois avec de larges accoudoirs se trouvait sur sa droite, juste à côté d'une table fournie d'instruments de torture métalliques divers et variés. Devant la fenêtre, une chaîne accrochée au plafond et terminée par une paire de menottes pendait au-dessus du sol. Sur sa gauche, une ouverture semblait mener à un deuxième espace.

Juliette tremblait, de froid et de peur. L'effroi la plongeait dans un état second, catatonique. L'Allemand la poussa au centre de cette pièce sordide, où tant de pauvres résistants avaient déjà été durement torturés. Le bourreau se plaça devant Juliette et arracha les boutons de son tricot. Des larmes épaisses sillonnèrent les joues de la jeune femme. Il la déshabilla entièrement, elle n'essaya même pas de résister. À quoi bon ? Privée de sa dignité et paralysée par un étau de terreur, elle sentit la solitude imprégner chacun de ses pores. Le costaud la laissa là, nue et frigorifiée. Il récupéra un scalpel sur la table et se mit à le lustrer à l'aide d'un mouchoir en tissu.

Une éternité plus tard, l'*oberst* Hartmann les rejoignit.

— Alors, comment trouvez-vous notre sous-sol, Mademoiselle Hamel ? demanda-t-il, fier de son entrée.

Juliette ne daigna pas répondre, mais elle soutint son regard.

— Vous savez, je me demandais comment un officier aussi talentueux que le major von Stein avait pu tomber dans un piège aussi ridicule que celui que vous et votre frère lui avez tendu. Mais maintenant que je vous observe, dit-il en laissant traîner son regard sur toute la silhouette de Juliette, je ne peux que comprendre.

Il s'approcha d'elle et saisit son menton dans sa large main. Son contact dégoûta la jeune femme, elle tressaillit. Il approcha son visage de sa gorge et renifla son odeur avec délectation, les yeux fermés, malsain.

— Vous allez nous dire deux choses, reprit-il. La première : qu'est-il arrivé à von Stein et où se trouve-t-il ? La deuxième : où se trouve votre frère ? Vous allez me détailler chaque planque, chaque boîte aux lettres, chaque nom en votre possession et votre rôle dans le réseau dénommé les *Compagnons parisiens de la liberté*, de manière à ce que j'aie toutes les clefs pour le réduire à néant.

L'*oberst* caressa le téton de Juliette avec son pouce et sourit.

— Pour vous éviter des souffrances aussi terribles que vaines, je vous conseille de tout me révéler sur-le-champ, sinon mon confrère et moi-même allons très bien nous occuper de vous. Sachez que dans tous les cas, à la fin de l'histoire, vous parlerez, seules les pages intermédiaires vous appartiennent.

Juliette fixa l'immonde *oberst* droit dans les yeux et lui cracha au visage. Après s'être essuyé de sa main libre, il la projeta au sol avec une grande violence. Il l'attrapa par les cheveux et la tira vers la deuxième pièce. La jeune femme hurla de douleur et tenta de soulager la tension sur sa chevelure en accompagnant le mouvement. Son genou, meurtri par la chute, l'élançait à chaque battement de cœur.

L'espace annexe, plus petit, ne possédait qu'une simple

baignoire remplie d'eau. L'*oberst* positionna Juliette, toujours au sol, devant la bassine. Sans attendre, il lui plongea la tête dans l'eau. Glacée, pénétrante. Les poumons de Juliette, déjà à bout de souffle avant qu'elle soit immergée, ne tardèrent pas à réclamer de l'air avidement. L'*oberst* la maintenait toujours. Paniquée, la jeune résistante cambra son dos pour se redresser. Impossible, son agresseur, bien plus fort, était en position de supériorité. Ses poumons brûlaient et elle commença à avoir des spasmes pour chercher à inspirer. Juliette luttait contre son instinct primaire. Il finit par reprendre le dessus, et incapable de résister, elle inspira. L'eau glacée entra dans ses poumons, sillonnés d'une douleur déchirante.

Hartmann sortit enfin la tête de Juliette de la baignoire et lâcha ses cheveux. La jeune femme toussa et recracha de l'eau. Elle reprit péniblement quelques bouffées d'oxygène. Un air renfermé et malodorant, mais salutaire. Sans lui octroyer plus de répit, l'*oberst* revint à la charge et positionna Juliette sur le dos. Il se mit à califourchon sur elle, puis il appela son collègue. Une peur plus atroce encore saisit la jeune femme. Mortifiée, elle comprenait ses intentions. Le deuxième tortionnaire se plaça derrière sa tête et lui immobilisa les bras. Hartmann, déjà en érection, déboutonna son pantalon.

— Pitié, arrêtez ! hurla Juliette en remuant les jambes, désespérée. Je vais parler, arrêtez par pitié ! Arrêtez !

Sa voix se brisa.

— *Herr Oberst !*

Hartmann, interpellé, tourna la tête et cessa ses mouvements. Un jeune officier de la Gestapo se présenta dans l'ouverture. Un second soldat derrière lui l'écarta de son chemin et se fraya un passage. Il se rua sur l'*oberst.* Sans comprendre les évènements, Juliette se sentit libérée du poids de l'officier. Le second bourreau lâcha ses mains. Par réflexe, elle se redressa et s'écarta à quatre pattes dans la direction opposée à ses agresseurs, puis se blottit contre le mur.

Juliette passa par une succession d'émotions indescriptibles. Wilhelm toisait Hartmann sévèrement. Devenait-elle folle ? Elle ferma les yeux une seconde avant de les rouvrir. Il était bien là, à trois mètres, une certitude. L'*oberst* semblait fou de rage. Pour la première fois, Juliette le voyait perdre son sang-froid. Wilhelm se tourna vers elle. Son œil droit était noir et gonflé, sa lèvre fendue, son uniforme sale et ses bottes couvertes de poussière. Il avança vers Juliette tout en enlevant sa veste et la lui tendit. La jeune femme tremblait encore de tout son corps, en état de choc. Elle accepta l'habit avec gratitude. Avant de se retourner vers l'*oberst*, Wilhelm lui adressa un clin d'œil.

— Vos méthodes me dégoûtent *Herr Oberst*, c'est absolument indigne d'un officier de l'armée allemande ! *Leutnant*[1], apportez-moi les vêtements de cette femme que je puisse l'emmener et réparer le fiasco de la Gestapo ! ordonna Wilhelm.

— C'est hors de question ! tonna Hartmann.

— Mais, sauf votre respect *Herr Oberst*, le major von Stein m'a remis cette lettre de la part du général Menge, qui affirme que Mlle Hamel doit lui être remise et que c'est l'Abwehr qui a pleine autorité sur l'enquête pour le démantèlement du réseau CPL, expliqua le lieutenant à son supérieur.

— Balivernes ! hurla l'*oberst*, hors de lui.

Il arracha le document des mains de son subalterne qui ne savait plus où se mettre. Il consulta la lettre et la roula en boule avant de la jeter au sol.

— Je t'ai à l'œil, von Stein ! Comment diable as-tu échappé aux résistants ?

— Je ne me suis pas échappé, ils m'ont interrogé et laissé

1. Grade de lieutenant allemand.

pourrir dans une cave. Un vieil homme m'a trouvé le lendemain, ils étaient partis, j'ignore pourquoi.

— Ne crois surtout pas que je vais laisser tomber, je ferai la lumière sur cette affaire, je te l'assure ! Tu te caches derrière Menge, mais j'ai moi aussi des généraux qui m'écouteront. J'obtiendrai le droit d'interroger ta petite protégée et je te démasquerai, traître !

Wilhelm arbora un air serein qui décontenança l'*oberst*.

— Tout ce que vous avez réussi à faire pour le moment, c'est me mettre des bâtons dans les roues et permettre l'évasion du prisonnier Étienne Hamel, que j'ai mis plusieurs mois à débusquer. Croyez-moi Hartmann, votre bavure n'est pas passée inaperçue auprès de notre hiérarchie ! J'ai compris depuis quelque temps déjà que Mlle Hamel est une résistante qui aide son frère, le chef du réseau CPL, et que c'est pour cette raison qu'elle s'est rapprochée de moi. J'ai utilisé son stratagème contre elle. Comment croyez-vous que j'ai fait pour confondre le frère ? Jusque-là, Mlle Hamel croyait encore avoir l'avantage, mais grâce à vous, *Herr Oberst*, tous mes efforts sont réduits à néant, mentit Wilhelm. Nous avons cette femme, alors que c'est son frère et tout le réseau qui nous intéressent ! Menge est hors de lui, et vos entraves dans l'enquête de l'Abwehr sont terminées. Faites donc ce que vous faites le mieux : arrêter des femmes et des enfants juifs. Les CPL et Maxence, j'en fais mon affaire.

Sur ces mots, Wilhelm s'approcha de Juliette et lui saisit le bras pour la relever. Le jeune lieutenant arrivait au même moment avec les vêtements de la jeune femme. Elle les enfila en vitesse. Elle se réchauffa un peu, soulagée, même si elle n'avait rien compris à la conversation en allemand.

L'*oberst* toisa Wilhelm de ses yeux mauvais, il se sentait humilié par le jeune major et n'avait pas l'intention d'en rester là.

— On en reparlera von Stein, crois-moi, j'aurai le dernier mot.

Il quitta la pièce.

Deux hommes de l'Abwehr, en uniforme gris régulier, passèrent les menottes à Juliette. Wilhelm, les poings serrés jusqu'à blanchir, la mâchoire contractée, guida le groupe vers la sortie. Son cœur saignait de culpabilité. Juliette avait vécu un cauchemar, elle tremblait encore à côté de lui. Wilhelm bouillonnait, enragé de ne pas avoir pu la protéger. La peur lui avait tordu les entrailles quand il avait découvert qu'Hartmann la retenait ; l'amour de sa vie aux mains de la Gestapo, cette unité infâme dont il avait honte, qui salissait tout ce que représentait la grande Allemagne à ses yeux. C'en était trop, Juliette avait trop souffert par sa faute. Pourtant, elle lui avait tout pardonné, tout. Par amour. Il était grand temps d'en être digne.

Son stratagème pour la sauver avait fonctionné, pour l'instant, mais l'humiliation de l'*oberst* ne resterait pas sans conséquence. Il découvrirait la vérité, ce n'était qu'une question de temps. Et chaque seconde de ce temps serait précieuse.

35

L'Abwehr emmena Juliette au Mont-Valérien. Cet endroit sinistre lui donna la chair de poule. Tant de camarades avaient vécu leurs dernières heures en ces murs, avant d'être exécutés dans la cour. Jacques parmi eux.

Wilhelm n'adressa pas la parole à Juliette pendant son transfert, elle évita son regard. Arrivés devant le bâtiment en pierre, il la prit en charge et la conduisit dans une cellule. Il demanda à un soldat de fermer la porte derrière eux. Le mobilier élémentaire se composait d'un lit métallique, couvert d'un matelas fin et sale, et d'une petite étagère en bois. Un simple seau faisait office de toilettes. Une moisissure verte couvrait les murs par endroits. L'air humide et froid sentait le renfermé.

— J'ai demandé qu'on t'apporte une couverture et un repas chaud, expliqua Wilhelm. Mais ne t'inquiète pas, tu ne resteras pas longtemps ici. Je vais faire croire que je te réintroduis dans le réseau, pour m'aider à le faire tomber. Tu sortiras demain soir, je pense.

La jeune femme réagit à peine, elle s'assit sur le lit. Les ressorts grincèrent sous son poids. Des images de l'*oberst* sur le point de la violer lui revinrent en mémoire, elle tressaillit. Wilhelm sentit son trouble.

— Je suis désolé, Juliette. Ça n'aurait jamais dû se passer comme ça.

— Que s'est-il passé ? Étienne est-il sauvé ? Et toi, pourquoi es-tu dans cet état ?

Wilhelm lui raconta les évènements de la veille. Juliette resta bouche bée. Son frère avait sauvé la vie de Wilhelm, qui aurait pu mourir à cause d'elle. Elle aurait dû se douter que les résistants tenteraient de s'en prendre à lui, mais elle n'aurait jamais imaginé qu'Étienne le protégerait.

— Merci de m'avoir sauvé la mise tout à l'heure, dit Juliette.

L'Allemand baissa la tête et soupira. Il resta ainsi un instant.

Il releva les yeux et plongea son regard bleu dans le sien.

— Je ne t'abandonnerai plus jamais, Juliette, déclara-t-il en s'approchant de la jeune femme.

Elle resta silencieuse quelques secondes, elle sondait son expression.

— Qu'est-ce que tu veux dire ?

Wilhelm s'agenouilla devant elle et lui prit la main.

— Je ne veux plus te quitter. Plus jamais. Si tu veux encore de moi, j'aimerais t'accompagner en Angleterre.

Il serra sa main plus fort.

— Mais avant ça, je veux vous aider à frapper un grand coup. Je veux participer à ton combat, devenir l'homme que tu mérites.

Juliette resta bouche bée, incapable de bouger un cil. Une joie immense l'envahit, imprégna tous ses sens. L'espoir à l'état brut raviva la rage dans son ventre.

— Tu veux dire que tu veux te battre aux côtés des CPL ? Te battre contre ton propre pays, pourquoi ? Est-ce parce que tu fais partie de la *Schwarze Kapelle* ?

Wilhelm haussa les sourcils.

— Je me demande qui t'a parlé de nous ? s'étonna-t-il. Effectivement, j'ai intégré la *Schwarze Kapelle*, mais je ne veux pas faire cela pour eux. Je veux le faire pour toi Juliette, parce que je te choisis. Quand je pense que j'ai servi un Reich qui veut torturer et tuer la femme de ma vie… Je suis désolé, Juliette. Tu sais, à la *Schwarze Kapelle*, nous savons tous qu'Hitler nous fait courir à notre perte. Je croyais me battre pour mon pays, mais rester dans le rang n'est pas aimer l'Allemagne, c'est la trahir au contraire. Trahir ses valeurs, sa grandeur et son identité. Mais la domination de l'Europe voulue par la *Schwarze Kapelle*, elle, ne peut pas être une bonne chose. Quand ton frère m'a sauvé la vie, j'ai compris sa noblesse, j'ai compris qu'il ne pourrait jamais se soumettre. Et je ne le veux pas. Je ne le veux plus. L'Allemagne doit perdre, c'est mon devoir d'accélérer cette défaite. Mais surtout, par-dessus tout, je veux être digne de toi, accomplir quelque chose dont tu pourras être fière.

Juliette, bouleversée, s'agenouilla au sol avec Wilhelm. Il voulait qu'elle soit fière de lui ? Elle n'avait jamais été aussi fière de quelqu'un de toute sa vie.

— Wilhelm, je suis tombée amoureuse d'un homme caché derrière un uniforme, mais maintenant… maintenant, je ne vois plus l'uniforme, il ne reste que toi.

Les deux amants se fixèrent, une nouvelle lueur dans les yeux. Juliette retira la casquette de Wilhelm et l'envoya au sol. Elle approcha son visage du sien, elle sentait son souffle chaud sur sa peau. Il plaça ses mains dans son dos et la serra contre lui. Elle goûta ses lèvres. Plus rien n'existait. Seules la passion de leur baiser et l'étreinte de leurs corps. Ils se découvraient enfin entiers. Sans mensonge, sans artifice, incapables de se résister.

Ils restèrent front contre front un moment. Tous deux le savaient, ils signaient un contrat implicite, ils devenaient inséparables, quoi qu'il en coûte…

— J'ai besoin que tu me rendes un service, Wil.

Juliette utilisait ce surnom pour la première fois, il sembla apprécier cette marque d'affection.

— Il faut que tu ailles dire à mes parents que je vais bien. Ils doivent être morts d'inquiétude. Dis-leur aussi qu'Étienne est en vie, maman sera si heureuse.

— J'irai. J'en profiterai pour leur fournir des documents pour qu'ils puissent quitter Paris. Hartmann serait bien capable de les arrêter pour vous trouver, toi et ton frère. On ne peut pas risquer leur vie.

— Tu as raison, je n'y avais même pas pensé, culpabilisa Juliette.

— Ne t'inquiète pas, je m'en occupe. Après je reviendrai te chercher ici, et on ira voir Étienne pour lui parler de ce que j'ai en tête.

— Wil, une dernière chose, Reiner a été envoyé sur le front de l'Est, expliqua Juliette, l'air triste.

— Je sais. Je vais tout faire pour le sortir de là, affirma Wilhelm.

À contrecœur, l'officier se releva. Il embrassa Juliette une dernière fois et frappa deux fois à la porte. Le garde à l'extérieur lui ouvrit et il quitta la cellule.

Wilhelm tint parole et vint rechercher Juliette le lendemain. Il portait des vêtements civils, un costume brun foncé et une longue vareuse noire qui retombait sur ses tibias. Un chapeau de la même teinte que son costume, légèrement de travers, couvrait ses cheveux.

Ils rejoignirent tous les deux la briqueterie de Bagnolet. Lorsque Juliette aperçut son frère, elle souffla de soulagement. Il n'était pas beau à voir : du sang séché tachait sa chemise près de sa blessure à l'épaule, sa barbe de plusieurs jours et ses cheveux en bataille le vieillissaient, mais il était sain et sauf. Un sourire illumina son visage. Juliette courut le serrer dans ses bras.

— Contente de te retrouver, grand frère.

— Je commençais à m'inquiéter pour toi, dit Étienne en relâchant son étreinte.

Wilhelm s'approcha, le résistant le toisa.

— Je croyais que tu nous laissais tranquilles maintenant ?

— J'ai changé d'avis, rétorqua Wilhelm. J'ai décidé de vous aider à aller plus loin dans votre combat.

Étienne le considéra, dubitatif. Wilhelm reprit :

— Ce que j'ai en tête pourrait faire basculer la bataille de Stalingrad en faveur des Russes.

Un sourire fendit le visage d'Étienne.

— Rien que ça ? Et ce serait quoi, ce plan fabuleux ?

— En résumé : voler des explosifs, détruire une batterie antiaérienne et organiser le bombardement d'un aérodrome stratégique, déclama Wilhelm.

— À trois ?

— Il va falloir convaincre Londres de nous aider.

— Je vois. Et tu me demandes de te faire confiance, c'est ça ?

— Non, c'est moi qui te demande de lui faire confiance, intervint Juliette.

Elle fixa son frère un instant. Malgré son apparence affaiblie, la jeune femme apercevait l'excitation renaissante dans son regard. Le résistant voyait l'opportunité d'un dernier baroud d'honneur pour les CPL, la chance de frapper une dernière fois, avant de quitter son pays tant aimé.

— Pour convaincre Londres, je connais quelqu'un qui pourra nous aider, lâcha Étienne.

* * *

— Depuis le temps qu'on me parle de toi, je fais enfin ta connaissance, major von Stein, déclara Peter.

— Je constate que le sarcasme britannique est bien plus qu'une légende, rétorqua Wilhelm.

Peter esquissa un sourire. Il plaça une cigarette entre ses lèvres et tendit le paquet à Wilhelm.

— Non, merci.

— Tu as mis un sacré bordel chez les CPL. Je m'absente un mois et voilà le résultat, le réseau est en miettes.

— C'était devenu personnel.

— Je le sais bien ! assura Peter. Pourtant, tu avais réussi à parvenir à tes fins, à exprimer ta colère et obtenir ta vengeance. Alors dis-moi, Prussien, qu'est-ce que tu fais ici ?

— Je veux te proposer un partenariat qui a le potentiel d'apporter une victoire militaire de grande ampleur à ton camp, expliqua Wilhelm, l'air serein.

— Rien que ça ? s'étonna Peter en soufflant de la fumée. Mais je ne vois pas bien pourquoi je devrais te faire confiance ? Pourquoi un major de l'Abwehr déciderait tout à coup de trahir son pays ?

— J'ai tourné le dos au IIIe Reich quand j'ai décidé d'épargner Étienne Hamel. Quant à la définition de trahir mon pays, je dirais que ça dépend du point de vue. J'ai mes raisons, mes convictions, et je ne te demande pas de les comprendre. J'ai juste besoin que tu me fasses confiance, et que tu m'aides. Je suis sûr que tu ne le regretteras pas. Tu seras même sans doute décoré par ton roi.

Peter hocha la tête.

— Très bien, je suis prêt à te croire, dit-il, et à convaincre mon pays d'apporter tout le support et les moyens nécessaires à l'opération que tu as en tête. Mais, pour gagner ma confiance, il faut que tu me donnes quelque chose dont mes services ont besoin et qui leur assurera que tu es bien décidé à changer de camp.

Wilhelm fronça les sourcils, il s'attendait à une telle demande.

— De quoi auras-tu besoin ? Je suis tout ouïe.

— J'ai besoin de tout savoir sur la *Schwarze Kapelle* et son véritable objectif.

L'Allemand resta impassible.

— Je te dirai tout ce que je sais. Mais que l'on soit clairs, l'Anglais, je ne change pas de camp. Je fais un choix, celui de combattre la folie du IIIe Reich. Je fais ce choix pour mon pays et pour la femme que j'aime, c'est tout.

Sur ces mots, Wilhelm se leva et commença à s'éloigner.

— Pour la femme que tu aimes… Tu as raison major, je ne comprends pas tes motivations. J'ignore ce que c'est que d'aimer quelqu'un à ce point-là.

— Si ça t'arrive un jour, alors tu comprendras.

Peter acquiesça, pensif.

— Oh, et une dernière chose, Prussien ! s'exclama-t-il.

Wilhelm le fixa.

— Si au cours de l'opération j'ai le moindre doute quant à ta véritable allégeance, je te tue. Ne m'oblige pas à faire subir ça à Juliette…

* * *

Wilhelm fournit à l'équipe une nouvelle planque, un bel appartement dans le 11e arrondissement, l'ancienne demeure d'une famille juive ayant fui Paris avant l'arrivée des Allemands. Le logement servait de camp de base pour préparer l'opération. Wilhelm allait et venait. Il continuait à donner le change à ses supérieurs, feignant de toujours suivre la piste d'Étienne et ses camarades. Pendant ce temps, l'*oberst* Hartmann faisait pression auprès de ses généraux pour s'approprier la traque. Wilhelm ne savait pas combien de temps son manège tiendrait, une course contre la montre était engagée.

Juliette avait repris ses liaisons radio régulières avec Londres. Elle avait pour mission d'organiser un bombardement par la RAF. Les quatre complices leur fournissaient une cible de choix : une escadre aérienne de combat allemande, stationnée en ravitaillement au sol. Après avoir combattu pour le Blitz de Londres, ces avions de chasse, basés en France, devaient partir vers le front de l'Est et prêter leurs ailes aux forces de l'Axe à Stalingrad. La bataille faisait rage en URSS depuis plusieurs mois. L'Allemagne ne parvenait pas à prendre l'avantage et Hitler comptait sur ces avions pour faire la différence. Détruire les appareils tant attendus représentait une priorité stratégique, si l'Angleterre souhaitait soutenir Staline.

L'aérodrome de transfert top secret se trouvait à Beauvais. Une batterie antiaérienne composée de quatre Flak 18, canons lourds de 88 millimètres, en constituait la principale défense. Neutraliser ces canons était un prérequis indispensable pour protéger les bombardiers alliés lors de l'attaque. Afin de détruire ces armes robustes, le groupe devait voler de puissants explosifs à la Wehrmacht.

Wilhelm avait dévoilé toute sa connaissance de la *Schwarze Kapelle* à Peter, s'assurant ainsi la confiance, toute relative, de l'espion et de Londres. Du moins, Peter avait convaincu le SOE d'envoyer des bombardiers le moment venu et prenait la responsabilité de Wilhelm. Londres considérait le risque acceptable compte tenu des bénéfices potentiels de la mission imaginée par l'Allemand.

Juliette avait avoué à Wilhelm son ancienne liaison avec Peter. La jeune femme répugnait à lui mentir depuis leurs retrouvailles. Pour ne pas simplifier les choses, Étienne peinait à accepter la relation des amants, il restait mal à l'aise en présence de l'Allemand.

— Je crois que nous sommes fin prêts, dit Wilhelm au commando à la fin de leur revue.

— Les choses sérieuses commencent demain, confirma Peter. Faites l'amour à vos femmes et prenez une bonne nuit de sommeil, plaisanta-t-il en toisant Wilhelm et Juliette.

Les joues de la jeune femme rougirent de gêne. Peter, fidèle à lui-même.

— Bonne nuit à tous, lança-t-il en s'éloignant de la table, jonchée de plans et de schémas.

Juliette embrassa son frère et rejoignit sa chambre, Wilhelm sur ses talons.

— Quelle arrogance ! Ce n'est pas un Anglais pour rien, jura Wilhelm en entrant. Je n'en reviens pas qu'il puisse fermer les yeux et t'imaginer nue à sa guise.

— Arrête ta jalousie mal placée. Je ne t'ai jamais réprimandé sur les filles que tu as fréquentées à Amsterdam. C'est avec toi que je suis maintenant, le reste c'est du passé.

Wilhelm baissa les yeux.

— Pardon. Tu as raison.

Il embrassa Juliette dans le cou. Les frissons se propagèrent comme une vague jusqu'à ses chevilles.

— D'autant que je n'ai pas à fermer les yeux pour te voir nue. Je peux les garder grands ouverts, et te sentir, te toucher.

Il fit glisser sa robe, le vêtement tomba sur le parquet. Les mains tièdes et sensuelles de Wilhelm caressaient ses bras nus. La jeune femme reprit l'initiative et le poussa vers le lit. Il bascula et elle le chevaucha. Elle déboutonna sa chemise et caressa son torse, elle le couvrit de baisers. Wilhelm prit son visage dans ses mains et plongea son regard bleu, embrasé de désir, dans le sien.

— Je t'aime, chuchota-t-il. Je t'aime tellement.

— Fais-moi l'amour, susurra-t-elle à son oreille.

Dans leur étreinte exquise, Juliette cambra le dos, se mordit les lèvres et serra les coussins jusqu'à ce que ses phalanges blanchissent. Sous les caresses, les baisers et les vagues de plaisir, elle partagea son amour, sans concession.

Elle lui appartenait, si fort. Libérée des mensonges, leur passion avait changé de forme. Les limites avaient disparu, la peur et la culpabilité, envolées. Chaque minute avait pour eux la saveur d'une victoire. Déjà, ils avaient gagné leur guerre.

36

La célèbre maison close *Le Sphinx,* au 31 boulevard Edgar-Quinet, était l'un des cinq établissements haut de gamme réquisitionnés et administrés par l'occupant, destinés à satisfaire les officiers les plus hauts gradés. Juliette observait la façade bétonnée, sale et endommagée, ornée d'un sphinx sculpté de profil. Les volets clos donnaient l'impression d'un lieu fermé depuis longtemps. Pourtant, cette maison s'avérait bel et bien être l'un des plus luxueux bordels de la capitale.

Juliette pénétra dans la bâtisse. L'épais nuage de fumée de cigarettes piqua ses yeux et ses narines. L'intérieur, richement meublé, détonnait avec la vétusté de la façade. Juliette contempla les statues de femmes drapées, semblables aux peintures égyptiennes. Des hiéroglyphes et cartouches couvraient les murs, accompagnés de représentations de femmes nues à peine dissimulées sous un châle transparent. L'épaisse moquette brune s'enfonçait légèrement sous les pas de la jeune femme. Les lustres, représentant des pousses de papyrus, tamisaient la pièce. En plus de l'odeur âcre du tabac, Juliette distinguait des volutes d'encens. Un grand bar de marbre blanc courait le long du mur, le champagne coulait à flots. Des éclats de rire aigus, des bribes de conversations en allemand animaient la salle sans interruption. L'ambiance accomplissait à merveille la volonté des propriétaires : faire voyager les clients entre exotisme et érotisme, savamment mêlés.

Plusieurs officiers se détendaient, assis sur des divans en velours bleu foncé, accompagnés de prostituées. Les filles à moitié nues, collées aux Allemands, les massaient et riaient avec eux. Juliette repéra Peter, vêtu d'un uniforme d'*oberstleutnant*[1] immaculé, le col entrouvert. En bonne compagnie, il semblait aux anges. Il s'était évidemment porté volontaire pour cette partie de la mission, il mettait ainsi à l'œuvre ses aptitudes d'espion et son allemand impeccable, tout en profitant des plaisirs disponibles. Il adressa un regard entendu à Juliette. Peter fréquentait le bordel depuis quelque temps afin d'espionner le général von Leek, un haut gradé de la Luftwaffe, habitué du *Sphinx*. L'Anglais avait relevé ses habitudes, ses préférences, l'officier venait tous les jeudis à 20 heures précises. Selon Wilhelm, il possédait des renseignements capitaux sur l'aérodrome de Beauvais, notamment les plans et le nombre d'aéronefs en transit, indispensables pour préparer le bombardement.

La tenancière du *Sphinx*, une grosse dame pulpeuse parfumée à la cannelle, s'avança vers Juliette. Elle tenait un fume-cigarette entre ses doigts. La quarantaine passée, elle affichait un air mondain et distingué. Proprement maquillée, un baume à lèvres rouge vif mettait son visage en valeur.

— Qui es-tu ? demanda-t-elle à Juliette.

— Je m'appelle Françoise, je suis la nouvelle.

— Suis-moi, dit-elle.

Juliette l'accompagna dans son bureau. Des photos de danseuses de cabaret ou de mannequins à moitié nues, mises en scène dans des positions suggestives, couvraient les murs.

— Montre-moi tes papiers, ordonna la grosse dame.

Juliette s'exécuta. Wilhelm lui avait fourni une fausse identité, ainsi qu'un certificat médical indiquant qu'elle n'avait aucune maladie transmissible aux précieux officiers allemands.

1. Haut gradé, équivalent du lieutenant-colonel.

— Tout est en règle.

Elle contourna Juliette lentement, leva son bras droit, palpa ses hanches et ses fesses. Juliette ne broncha pas, elle garda un air indifférent.

— Tu vas devoir grossir un peu, et sourire, c'est capital. Sinon je pense que tu plairas.

Juliette afficha un sourire forcé.

— C'est mieux. Allez, enfile une tenue aux vestiaires et au travail, rejoins les autres, ordonna-t-elle en agitant la main. Rappelle-toi, trois passes par jour et par fille, deux le dimanche.

Juliette revêtit un châle qui la couvrait à peine et un serre-tête orné d'une plume verte. Elle entra dans la salle principale, Peter s'approcha d'elle.

— Tu es parfaite, chuchota-t-il à son oreille.

— Tais-toi, je suis déjà suffisamment mal à l'aise, rétorqua Juliette atterrée.

— Il ne résistera pas, il aime les nouvelles, sourit Peter. Ne t'inquiète pas, il n'aura pas le temps de te toucher, reprit-il, plus sérieux. Viens t'asseoir avec moi en attendant.

Juliette ne se sentait pas bien. Elle regrettait presque d'avoir tant insisté pour convaincre Wilhelm et son frère. D'abord totalement opposés à l'idée d'envoyer Juliette, les deux hommes avaient fini par admettre qu'il s'agissait de la solution la moins risquée pour piéger von Leek. Le groupe ne pouvait pas tenter d'acheter une prostituée du *Sphinx* en si peu de temps et la maison close s'avérait l'endroit idéal pour approcher le général.

Von Leek ne tarda pas à apparaître. Grand et fin, il était totalement chauve. Il portait de petites lunettes rondes et une moustache poivre et sel proprement taillée. Ses yeux de prédateur, enfoncés dans leurs orbites, sondèrent la pièce. Il afficha un rictus de contentement. Son physique et son regard malsain dégoûtaient Juliette.

— Bonsoir *Herr General*, dit une fille en s'approchant de lui sensuellement.

Il la regarda à peine.

— Viens, chuchota Peter à Juliette. On va faire en sorte qu'il te repère rapidement.

L'espion se leva et entraîna Juliette à sa suite. Elle inspira profondément et plongea dans son personnage. Elle gloussa naïvement et jeta un regard intrigué à von Leek. Le général la détailla, alléché. Peter fit mine de vouloir emmener Juliette à l'étage. L'Allemand saisit l'avant-bras de la jeune femme.

— Pas si vite, dit-il avec un fort accent.

Peter se retourna et fit face au général. Galvanisé par sa supériorité hiérarchique, l'officier s'adressa à l'espion en allemand.

— La jeune femme va rester avec moi *oberstleutnant*, vous pouvez disposer.

— *Ja, Herr General*, répondit Peter en claquant les talons.

— Tu es nouvelle, toi, reprit le général en français.

Juliette acquiesça.

— Comment tu t'appelles ?

— Vous pouvez m'appeler comme vous voulez, *Herr General*, rétorqua Juliette en soutenant son regard.

Von Leek sembla apprécier cette audace, il attira Juliette contre lui.

— Toi par contre, tu as bien compris que tu devais m'appeler *Herr General*, sourit-il en gonflant la poitrine.

— Oui… *Herr General*, répéta Juliette.

— Tu me plais, toi, montons, ordonna von Leek.

Juliette suivit le général dans l'escalier ; elle croisa le regard de Peter en chemin, il lui adressa un sourire complice.

* * *

Wilhelm demanda à Étienne de stationner le Kübelwagen[1] en face de l'immeuble occupant le numéro 12 du boulevard Poissonnière. Le jeune résistant portait un uniforme de *leutnant* récupéré par Wilhelm. Il incarnait un officier de l'Abwehr plus vrai que nature. Proprement rasé et coiffé, il arborait un air sérieux et impassible. L'uniforme lui seyait comme un gant, à l'exception des manches, un peu longues, qui retombaient sur ses mains.

Devant la bâtisse, deux soldats de la Wehrmacht montaient la garde dans des guérites peintes en blanc et noir. Ils se mirent au garde-à-vous au passage des deux officiers. Wilhelm et Étienne avancèrent vers le comptoir d'accueil. Un sous-officier quadragénaire tapait sur une machine à écrire, les cliquetis résonnaient en cadence dans le hall.

— *Heil Hitler*, salua le soldat.

Wilhelm leva l'avant-bras en guise de réponse et présenta un document à l'*unterfeldwebel*[2]. Il s'agissait d'un ordre de réquisition de trois MP40 pour le compte de l'Abwehr. Le sous-officier consulta le document et vérifia l'identité de von Stein. Il demanda aux deux officiers de le suivre dans un couloir parqueté, récemment ciré. Il s'arrêta devant une porte blindée. La sentinelle postée à côté ouvrit sur ordre du sous-officier. Ils descendirent un escalier bétonné et débouchèrent sur un grand couloir éclairé, bordé de portes d'acier de chaque côté. Deux soldats montaient la garde ; l'*unterfeldwebel* demanda à l'un d'eux de déverrouiller une case.

La pièce de quelques mètres carrés regorgeait d'armes en tout genre : MP40, Mauser G41, grenades à manche et même un lance-roquettes Panzerfaust. Aucune de ces armes n'intéressait Étienne et Wilhelm. Les deux hommes venaient chercher des barres de TNT, détenues dans une autre salle de ce dépôt d'armes.

---

1. Véhicule militaire allemand de type Jeep.
2. Grade de sous-officier allemand.

— Merci *Unterfeldwebel*, nous retrouverons le chemin de la sortie, déclara Wilhelm.

— *Ja, Herr Major*, acquiesça le sous-officier en claquant des talons. N'oubliez pas de faire signer votre bon de sortie au major Müller en partant.

Wilhelm opina et l'Allemand les abandonna dans le dépôt. Sans perdre de temps, Wilhelm et Étienne montèrent un silencieux sur leurs pistolets Walther PPK.

— Prêt ? demanda Wilhelm.

— Prêt.

* * *

Von Leek conduisit Juliette dans une chambre vide. La jeune femme entendait les râles d'un couple en train de s'ébattre de l'autre côté du mur, les couinements des ressorts du lit accompagnaient les gémissements de la fille de joie. Le général verrouilla derrière eux, faisant paniquer Juliette : si la porte restait fermée, comment Peter parviendrait-il à la rejoindre ? L'officier retira sa veste et ses bottes.

— Mets-toi nue et allonge-toi sur le dos.

Le cerveau de Juliette bouillonnait. Plutôt que d'obéir à l'officier, elle prit l'initiative et se rapprocha de lui. Il la regardait, curieux. Juliette le poussa contre la porte et déboutonna son pantalon, il palpa ses seins. La jeune femme déverrouilla discrètement le loquet. Juste à temps : von Leek la poussa sur le lit et s'allongea sur elle. Où se trouvait Peter ?

Deux coups secs résonnèrent à la porte ; von Leek releva la tête, surpris.

— Occupé ! cria-t-il en allemand.

— *Generalmajor* von Leek, une affaire urgente pour vous !

Le général maugréa, mécontent, et se dirigea vers l'entrée de la chambre. À peine sa main posée sur la poignée, la porte s'ouvrit à la volée, percutant son visage de plein fouet. Il tituba et grogna de douleur. Avant qu'il n'ait eu le temps de reprendre son équilibre, Peter entra dans la chambre et plaqua un mouchoir imbibé de chloroforme sur son visage choqué. En quelques secondes, ses forces l'abandonnèrent et ses yeux roulèrent dans leurs orbites. Peter bascula le corps inerte sur le lit, libéré par Juliette. La jeune femme rajusta sa tenue.

— Tu en as mis du temps, lança-t-elle.

— J'ai eu du mal à me décoller de ces dames, se justifia l'Anglais, amusé. Tiens, mets ça, ajouta-t-il en lui tendant une robe, dissimulée dans sa veste.

Juliette, exaspérée, toisa son allié. Elle enfila le vêtement sans commentaire. L'espion mit von Leek sur le dos et fouilla ses poches.

— Bingo ! s'égaya-t-il en secouant des clefs qui tintèrent les unes contre les autres.

L'espion empocha le trousseau.

— C'est parti, direction son bureau, reprit-il.

Juliette s'apprêtait à sortir lorsque la porte de la chambre s'ouvrit devant elle. Un officier, hilare, entra, il tenait une fille du *Sphinx* par la main. Il stoppa net en constatant que l'espace était occupé. Les trois individus se toisèrent, immobiles. Le regard de l'Allemand se posa sur le corps inerte de von Leek, son nez ensanglanté, puis fixa Peter, une fraction de seconde.

L'Anglais dégaina son Walther PPK. Il n'eut pas le temps de tirer, l'officier se jeta sur lui. Le Walther tomba sur la moquette dans un bruit sourd. La prostituée, restée en retrait, émit un cri aigu et se rua dans le couloir. Les deux hommes luttèrent au sol, l'Allemand frappa la pommette de Peter avec violence et parvint à le chevaucher. Il serra la gorge de l'Anglais, tout en le maintenant fermement. L'officier, bien plus grand que Peter, avait le dessus. Juliette, pétrifiée, n'avait pas bougé. Sans réfléchir, elle récupéra le revolver. Elle le saisit par le canon et abattit la crosse sur le crâne du militaire de toutes ses forces. Le choc lui fit lâcher prise. Peter en profita pour se dégager. Il parvint à se positionner derrière l'Allemand, plaça ses mains de part et d'autre de son visage et lui brisa la nuque dans un craquement sinistre. L'espion laissa le corps sans vie basculer sur le côté. Il respirait bruyamment, reprenant son souffle. Juliette tremblait comme une feuille, les yeux rivés sur la victime, les mains toujours cramponnées au PPK. Peter s'approcha d'elle et récupéra son arme avec prudence.

— Merci Claire. Tu as bien fait. Viens.

Juliette cessa de fixer le cadavre, et l'angle impossible de sa nuque. Peter l'entraîna dans le couloir. La prostituée témoin de l'agression allait revenir avec des renforts. L'espion verrouilla la chambre de l'intérieur et claqua la porte en sortant. Il semblait réfléchir à toute vitesse. Juliette avait pleine confiance en lui, mais comment comptait-il les sortir de là ? Elle le vit relever les yeux, il aperçut l'alarme incendie. Sans hésiter, il déclencha le mécanisme. Un cri strident résonna dans le bâtiment. Les portes du couloir s'ouvrirent une à une. Des prostituées et officiers allemands sortirent, à moitié nus pour la plupart, essayant de se rhabiller à la hâte. Tout le monde se dirigea vers l'escalier, Juliette et Peter les suivirent de près.

À contre-courant, au bout du corridor, la prostituée alertée devançait un officier au regard sévère et à l'uniforme noir. La Gestapo. Peter attrapa la main de Juliette et la tira dans une chambre restée béante. L'odeur âcre de sueur fit grimacer Juliette. Peter ferma derrière elle, ne laissant qu'une fine ouverture. Juliette vit la fille et le SS passer. Quelques secondes plus tard, Peter l'entraîna dans le couloir de nouveau puis la guida dans l'escalier. Ils parvinrent à l'extérieur sans encombre. Les officiers se plaignaient auprès de la tenancière du *Sphinx*, la dame perdait la face.

Les filles à demi nues se tenaient les épaules dans le froid. Peter et Juliette s'éclipsèrent dans la cohue.

* * *

Wilhelm prit une profonde inspiration avant de sortir du local pour appeler un des gardes. Il prétendit avoir besoin d'aide. Sitôt le soldat entré, Étienne se jeta sur lui et l'assomma à l'aide de son pistolet. L'homme s'effondra dans ses bras, le résistant l'accompagna sans bruit au sol. Wilhelm fouilla ses poches et récupéra le trousseau de clefs des différents dépôts d'armes du couloir. Avant d'y accéder, ils devaient s'occuper du second vigile. Comme prévu, Étienne s'empara de trois MP40 et les rangea dans une valise.

Les deux complices sortirent du local. D'un pas décidé, Wilhelm avança vers le deuxième Allemand, posté au pied de l'escalier. D'un geste vif, il pointa son PPK sur sa tempe et lui demanda de déposer son fusil au sol. Le soldat s'exécuta sans discuter, les yeux emplis de stupeur. Sans perdre de temps, Étienne le conduisit dans le dépôt où le premier garde gisait inconscient et le fit rejoindre Morphée à son tour. Wilhelm essaya les clefs une à une pour ouvrir le local contenant les barres de TNT.

— On a un problème, déplora-t-il après le dernier essai. Je pense que le major Müller est le seul à posséder cette clef.

— On devait pas aller le voir de toute façon ? demanda Étienne en haussant les épaules.

Wilhelm apprécia la nonchalance du résistant, mais les choses se compliquaient sérieusement. Les deux hommes remontèrent au niveau supérieur avec la valise. L'*unterfeldwebel* les accompagna jusqu'au bureau du major Müller, chargé de l'administration du dépôt. Après les saluts de rigueur, l'officier, un quadragénaire athlétique aux cheveux coupés ras et à la mâchoire carrée, congédia son subalterne. Il referma la porte derrière lui.

— Major von Stein, je vous laisse remplir le registre et me laisser votre ordre écrit, dit-il en désignant un carnet épais, aux colonnes détaillées et soigneusement renseignées.

Wilhelm s'approcha du bureau. Il dégaina son PPK et braqua son homologue. L'expression de Müller oscilla entre incrédulité et dégoût.

— Levez les mains, lentement, ordonna Wilhelm.

Le major le toisait, sévère. Il hésitait à tenter quelque chose. Le cœur de Wilhelm s'accéléra. Il devait neutraliser l'officier en silence s'il espérait récupérer le TNT. Par chance, Étienne fut perspicace et sortit son arme à son tour. Il contourna le bureau et récupéra le revolver de service de Müller, qui ne résista pas.

— Où se trouvent les clefs du local à TNT, *Herr Major* ? demanda Wilhelm.

— Je ne sais pas ce que vous projetez de faire avec ce TNT, espèce de traître, mais vous n'avez aucune chance. Vous aurez toute l'armée allemande à vos trousses.

Wilhelm l'agrippa par le col et écrasa le bout de son silencieux sur sa joue. Il fixa l'officier, menaçant et déterminé.

— Ne me faites pas poser deux fois la question, siffla-t-il.

Le major pointa du doigt un tiroir de son bureau. Wilhelm fit un signe de tête à Étienne. Le résistant trouva enfin le trousseau tant convoité. Von Stein ne laissa pas son soulagement transparaître. Il frappa la tempe de Müller, l'officier perdit connaissance sur le coup et s'affaissa dans son fauteuil en cuir.

— Et maintenant ? s'enquit Étienne.

— J'ai un plan. Je vais faire diversion. Quand je m'adresserai à toi en allemand, ne réponds rien. Contente-toi de quitter le bureau. Tu pourras profiter de la cohue pour redescendre et récupérer les explosifs. On se retrouve à la voiture dans dix minutes.

Étienne acquiesça, l'air assuré. Le sang-froid du résistant épatait Wilhelm. Il aurait aimé rester aussi calme. Il inspira une grande bouffée d'air et ouvrit la porte du bureau avec fracas.

— À l'aide ! cria-t-il, paniqué. Le major Müller a perdu connaissance !

L'*unterfeldwebel*, interloqué, suivit Wilhelm dans le bureau.

— Que s'est-il passé ?

— J'étais en train de signer le registre lorsqu'il s'est mis à se tenir la poitrine, il avait l'air d'avoir le souffle coupé et il a perdu connaissance. Sans doute une attaque cardiaque. *Leutnant*, allez voir dans le Kübelwagen si nous avons du matériel médical, indiqua von Stein à Étienne. Vous, dites à vos hommes de prévenir le service médical immédiatement, et aidez-moi à allonger le major au sol, ordonna-t-il à l'*unterfeldwebel*.

Étienne quitta le bureau sans demander son reste et se dirigea vers la porte du dépôt. Un soldat le dépassa à la hâte. L'homme ne lui prêta aucune attention, trop occupé à aller chercher un brancard dans la réserve.

Au grand désarroi du résistant, le garde chargé de contrôler l'accès au sous-sol se trouvait toujours en place. Étienne avança vers lui d'un pas résolu et pointa son arme sur son ventre.

— Ouvre, *schnell*, ordonna-t-il.

Le soldat cessa d'hésiter lorsque Étienne pressa le bout de son pistolet contre ses côtes. Une fois la porte déverrouillée, il attrapa l'Allemand et le força à avancer dans l'escalier, le Walther entre les omoplates. Étienne prit soin de refermer derrière eux.

À mi-chemin, le soldat fit volte-face. D'un geste brusque, son coude percuta le visage d'Étienne. Le jeune homme, surpris, sentit son nez craquer sous l'impact, du sang tiède commença à s'en échapper. Il grogna de douleur et tituba, relâchant sa prise. L'Allemand en profita pour se dégager. Ne lui laissant pas de répit, il attrapa l'avant-bras d'Étienne, il voulait récupérer le PPK. Le résistant tenta d'étrangler son adversaire avec sa main libre, mais l'homme résistait avec vigueur. L'assaillant, sur le point de prendre l'avantage, tenta de déséquilibrer Étienne en déplaçant ses jambes. Le jeune homme saisit sa chance et remonta son genou d'un coup sec dans les parties de son adversaire. Le souffle coupé, le soldat libéra son bras. Étienne le poussa dans le vide des deux mains, l'homme bascula et dévala l'escalier. Sa tête heurta une marche et il perdit connaissance.

Étienne reprit son souffle. Le temps pressait. Il rengaina son arme. Le sang avait coulé à flots de son nez meurtri, sa veste était imbibée de liquide pourpre. La douleur lancinante remontait dans son front. Pour éviter de paraître suspect, il échangea son uniforme contre celui de son agresseur et essuya son visage à la hâte.

L'*unterfeldwebel* avait aidé Wilhelm à placer le major inconscient sur le dos. Comme prévu, une ambiance de panique régnait dans le bâtiment. Wilhelm se demandait si Étienne était passé sans encombre. Le service médical avait été alerté et arriverait d'une minute à l'autre. Trois soldats en plus de lui-même veillaient le major dans l'attente du médecin. L'officier émit soudain un son guttural. Wilhelm déglutit : si Müller revenait à lui en sa présence, il était perdu.

— Major Müller ? s'enquit l'*unterfeldwebel* en se penchant vers son supérieur.

Müller ouvrait les yeux. Wilhelm décida de sortir du bureau. Il espérait de tout son cœur trouver Étienne à l'extérieur.

Étienne récupéra les explosifs sans traîner. Il subtilisa une grenade à manche qu'il coinça dans sa ceinture. Il remonta les marches trois par trois et parcourut le couloir d'un pas vif. À hauteur du bureau du major, il tomba nez à nez avec l'*unterfeldwebel*.

— Arrêtez cet homme, hurla le soldat tout à coup.

Étienne cessa de réfléchir. Dans un mouvement circulaire, il envoya le sac rempli de TNT au visage du sous-officier. L'homme reçut le coup de plein fouet et poussa un cri de douleur. Le résistant courut vers le hall, les balles sifflèrent autour de lui. Il dégoupilla la grenade avec ses dents et la jeta par-dessus son épaule.

L'explosion souffla les vitres de la porte du bâtiment au moment où Étienne atteignait l'extérieur. Il baissa la tête par réflexe. Les deux gardes postés là l'imitèrent, apeurés. Il abattit le premier Allemand sur sa gauche avant qu'il n'ait le temps de le mettre en joue. Le deuxième fut trop rapide. Le résistant leva les mains, sans lâcher son précieux sac. Le garde s'effondra devant lui, Wilhelm l'avait assommé.

— Dépêchons-nous, pressa-t-il.

Ils quittèrent la rue en alerte sans perdre une seconde.

37

Juliette, Wilhelm, Peter et Étienne atteignirent la périphérie de Beauvais au milieu de la nuit. Ils avaient emprunté des routes secondaires, pour éviter les barrages allemands. Wilhelm, traître et déserteur, restait activement recherché ; utiliser sa véritable identité lui vaudrait une arrestation immédiate et l'assurance d'être fusillé, sans aucune forme de procès. Le groupe possédait toujours une longueur d'avance, mais pour combien de temps ? L'*oberst* Hartmann devait sans nul doute s'arracher les cheveux à comprendre les évènements récents, il ne tarderait pas à faire des liens. Qu'importe, ils poursuivaient leur mission, coûte que coûte.

Afin de ne pas s'aventurer en pleine nuit dans le centre-ville occupé, ils avaient choisi comme QG un orphelinat abandonné. Bombardée en 1939, une moitié du bâtiment avait brûlé. Par chance, les enfants avaient eu le temps d'évacuer avant l'impact. Le directeur, faute de moyens pour la reconstruction, avait été contraint de répartir ses pensionnaires dans d'autres établissements de la région.

Les quatre complices déchargèrent la Traction. Wilhelm récupéra les six kilogrammes de TNT, astucieusement dissimulés dans la carrosserie de la voiture. Ils récupérèrent aussi les trois pistolets-mitrailleurs MP40 et les quatre Walther PPK.

— Bon, je vais retirer cette chose, dit Peter en désignant l'uniforme d'*oberstleutnant* qu'il portait toujours, et on ira chercher le colis avec Max. Le largage devrait avoir lieu d'ici une heure, on est dans les temps.

— Tout à fait, vous allez être pile à l'heure, ne traînez pas ! confirma Juliette.

Ce rendez-vous, organisé par la jeune femme, devait pourvoir le groupe du matériel indispensable à l'opération : des armes, des munitions, des instructions radio. Hélas, le risque de déclenchement trop élevé ne permettait pas d'acheminer une grande quantité de TNT par ce biais.

Peter et Étienne quittèrent l'orphelinat à l'aide de deux vélos, dissimulés près des murs une semaine plus tôt. Pendant ce temps, Juliette et Wilhelm installèrent un campement au premier étage de la bâtisse.

L'orphelinat comptait trois niveaux. De la moitié est, avalée par les flammes, ne subsistaient que les épais murs de pierre. L'aile ouest, soumise aux intempéries et aux pilleurs pendant trois ans, n'avait guère été épargnée. Des débris en tout genre jonchaient le sol, ici une chaussure d'enfant, là un petit cheval de bois abandonné par son propriétaire. Quelle horrible attaque pour ces enfants, arrachés à leur maison et dépossédés de leurs maigres biens ; victimes innocentes de la guerre, parmi tant d'autres. Juliette remarqua un ours en peluche poussiéreux ; il ne lui restait qu'un œil, le deuxième bouton, décousu, n'avait pas résisté.

— Juliette, tu vas bien ? demanda Wilhelm.

— J'ai peur, avoua-t-elle. J'ai peur d'être à demain, après tout ce que nous avons traversé, on pourrait échouer si près du but. Ce qui est étrange, c'est que ça me donne envie d'avancer, d'en finir.

— Moi aussi j'ai peur, concéda Wilhelm. J'ai peur pour toi, j'ai peur qu'il t'arrive quelque chose.

Juliette s'approcha de son amant et saisit sa tête entre ses mains.

— Ne pense pas à ça, Wil. Je ne veux pas que tu sois distrait demain, tu dois rester concentré. J'ai toujours su me protéger et je suis prête à en découdre, à faire la différence. Tu dois être dans le même état d'esprit.

Elle l'embrassa avec tendresse. Wilhelm l'enlaça, puis plongea son regard dans le sien.

— Je ne rêve que d'une chose, confia-t-il, notre nouvelle vie tous les deux, elle est si proche, à portée de main. Je veux une maison au bord de la mer, je veux assister à tes concerts dans le monde entier. Je veux être le père de tes enfants, vieillir à tes côtés, et je veux t'aimer Juliette, chaque jour du reste de ma vie.

Une larme coula sur la joue de Juliette, elle ignorait si c'était de joie ou de tristesse. Elle aussi en rêvait.

— Serre-moi plus fort contre toi.

Wilhelm resserra son étreinte. Juliette sentait la chaleur de son corps réchauffer le sien. Elle aurait pu rester ainsi pour l'éternité.

— Je t'aime, Wil. Pour toujours.

Étienne et Peter rentrèrent dans la nuit avec le matériel parachuté. Tout était fin prêt. Le groupe put enfin se reposer, avant le grand jour.

Sans surprise, Juliette fut la dernière levée. Après son tour de garde, elle avait eu beaucoup de mal à trouver le sommeil. Elle avait fini par sombrer au petit matin. Elle s'étira et se frotta les yeux. Peter et Wilhelm discutaient à voix basse, regroupés autour de la carte. Juliette s'approcha d'eux.

— Enfin debout ? sourit Wilhelm.

Juliette passa une main affectueuse dans son dos.

— Que faites-vous ?

— On révise le plan, pour vérifier que l'on n'oublie rien, expliqua Peter.

— Et Étienne ?

— Il est en bas pour son tour de garde, indiqua Wilhelm.

— Bien, je vais aller le voir, à tout à l'heure.

Elle descendit l'escalier en pierre et rejoignit son frère.

— Bonjour Ju, lança-t-il en la voyant arriver.

— Alors, tu as pu trouver le sommeil cette nuit ?

Étienne acquiesça.

— Un peu.

Ils restèrent silencieux un moment à observer la campagne ensoleillée. La journée promettait d'être belle.

— À quoi tu penses ? questionna Étienne.

— Je pense à Jean, répondit Juliette sans détour. Il me manque. Je regrette ce qui s'est passé.

— C'est vrai, moi aussi. Il était comme un frère pour moi.

Étienne soupira. Juliette savait que la mort de Jean l'avait beaucoup affecté.

— Mais il a scellé son destin lui-même, reprit-il, et il a failli tous nous emporter avec lui. Tu aurais pu mourir par sa faute, et ça, je ne peux pas le lui pardonner. Je lui faisais confiance, et il a trahi cette confiance.

— Je sais… Mais, je me sens responsable. Si j'avais renoncé à Wilhelm, rien de tout ça ne serait arrivé. Tu m'en veux, Étienne ? D'être tombée amoureuse de lui ? De t'avoir menti ?

Étienne prit son temps avant de répondre.

— Pour être honnête, j'étais très en colère au début. T'imaginer amoureuse d'un Allemand, ça me répugnait. C'était tellement inimaginable ! Et puis après, je me suis rendu compte que cette colère, je la ressentais contre moi-même. C'est *moi* qui suis venu te chercher. *Je* t'ai demandé d'espionner von Stein, deux fois ! Je n'avais pas le droit de t'en vouloir. Tu n'as pas pu lutter contre tes sentiments, mais ça fait partie de toi petite sœur, tu es ainsi faite. Et je sais que tout ce que tu as fait pour la Résistance, tu l'as fait d'abord pour me protéger et m'aider, moi. Alors comment t'en vouloir ? T'en vouloir parce que tes actions sont guidées par l'amour ?

Les yeux caramel d'Étienne luisaient de repentir. Juliette comprit qu'il ne s'était jamais pardonné de l'avoir entraînée dans son combat, privilégiant l'intérêt de son réseau sur la sécurité de sa petite sœur. Il n'avait pas anticipé à quel point elle s'engagerait, à quel point la mission qu'il lui avait confiée lui tiendrait à cœur, à quel point elle l'aimait, tout simplement.

— Tu pourras accepter Wilhelm un jour, Étienne ?

— Non, Juliette, ne me demande pas ça, répondit-il sans hésitation. J'ai toutes les difficultés du monde à accepter votre relation, mais je ne pourrai jamais pardonner ce que von Stein a fait aux CPL, ce qu'il a fait à Jean. Je le respecte pour une partie de ses choix, je veux bien travailler avec lui pour aider mon pays, mais il reste un Allemand pour moi, Juliette.

— Je comprends… Étienne, il faut que je te dise quelque chose.

Son frère fronça les sourcils.

— Je suis enceinte.

Étienne se décomposa. Son regard passa de l'œil droit à l'œil gauche de Juliette, comme pour sonder la véracité de ses propos.

— Je ne l'ai pas dit à Wilhelm, reprit Juliette. Je ne veux pas qu'il y pense pendant la mission. Je veux qu'il reste concentré et qu'il ne s'inquiète pas davantage pour moi. Mais ce n'est pas une passade, Étienne. Je ne rêve que de pouvoir finir mes jours avec lui. Je veux l'épouser, élever cet enfant avec lui, c'est ce qui m'anime, et je prie pour que tout se passe bien ce soir…

Étienne saisit la main de sa sœur et la regarda droit dans les yeux.

— Juliette, tout ira bien. On a un plan solide. Bientôt, toi… et ce petit bonhomme dans ton ventre serez en Angleterre, dit-il en pointant l'abdomen de Juliette.

Il la serra fort dans ses bras. C'était sa manière à lui de

la rassurer, sa manière de lui dire qu'il aimerait cet enfant. Ils restèrent longtemps enlacés.

Au bout d'un moment, Peter les rejoignit en bas des marches.

— Je viens prendre mon tour de garde, expliqua-t-il. Étienne, von Stein t'attend là-haut pour te montrer comment manipuler le TNT.

Le résistant acquiesça, il déposa un baiser sur le front de Juliette et s'en fut.

— Tu tombes bien Peter, il faut que je te parle, lâcha Juliette.

Peter prit place à ses côtés, tout ouïe.

— Sois honnête avec moi, tu n'as aucune intention de laisser Wilhelm embarquer dans l'avion pour l'Angleterre, n'est-ce pas ?

Peter esquissa un sourire. Juliette commençait à le connaître, il avait toujours eu une longueur d'avance sur eux, mais pas cette fois. Pourtant, il ne parut pas surpris, il caressa sa moustache avec le pouce et l'index.

— Tu es enceinte, c'est ça ? Et tu le caches à ton Prussien ?

Juliette leva les yeux au ciel. Inutile de nier.

— Je ne serais jamais parvenue à te cacher quoi que ce soit, Peter.

— Détrompe-toi Juliette, tu es un mystère pour moi. Je ne comprendrai jamais tes émotions, ni ton empathie. Tu comprends les gens, tu parviens à voir chez eux ce qu'eux-mêmes ignorent. Tu me fascines, Juliette.

— Peter, je suis sérieuse, j'ai besoin que Wilhelm embarque dans cet avion.

Peter garda le silence un moment.

— À vrai dire, c'était effectivement mon intention d'empêcher ton Prussien de nous suivre.

— C'était ?

— Je ne peux pas te faire ça Juliette, même si tu n'étais

pas enceinte, ça n'y changerait rien. Tu mérites d'être heureuse, l'infirmière, vraiment. Pour des raisons qui me dépassent, von Stein a l'air de te rendre heureuse, alors je le laisserai t'accompagner dans mon pays.

Juliette soupira de soulagement. Elle savait que ce n'était pas l'espion qui avait changé d'avis, mais l'homme, celui dont elle ne connaissait même pas le nom. Le vrai Peter avait laissé quelques émotions filtrer à travers l'épaisse cuirasse forgée par sa fonction. Juliette le connaissait assez pour savoir que cela n'arrivait jamais ; alors, d'un regard empli de respect, elle le remercia en pensée.

* * *

— La Gestapo est en ville, l'*oberst* Hartmann à sa tête, révéla Peter au retour de sa reconnaissance.

Juliette ne parvint pas à dissimuler son effroi. Elle revoyait le regard glaçant de l'*oberst* sur son corps nu, elle se rappelait son odeur, le poids de son corps sur le sien. Elle tressaillit. Wilhelm sentit son trouble et posa une main réconfortante sur ses épaules. La présence d'Hartmann n'avait rien d'étonnant, ils s'y attendaient. Juliette se reprit rapidement, elle n'avait jamais été aussi déterminée.

Les quatre complices étaient prêts, vêtus de vestes en cuir sombre, de pantalons noirs et de bottes. Une tenue confortable et adaptée pour se fondre dans la nuit. Peter distribua les armes et les munitions. Il tendit une mitraillette MP40 à Juliette. Wilhelm avait passé deux heures à lui montrer comment s'en servir. Charger, décharger, se positionner, viser, Juliette avait manipulé l'arme, encore et encore.

L'Anglais ouvrit une boîte de suie, il s'en tartina les joues. Sa peau disparut sous la graisse. Dans tout ce noir, l'éclat de ses yeux brillait comme du métal. Peter entrait dans son élément, il n'y avait pas la moindre once de peur dans son regard.

— Vous savez ce que vous avez à faire, dit-il en passant la suie à Étienne.

Le résistant imita Peter et recouvrit son visage.

— Rendez-vous dans quelques heures, confirma Wilhelm.

Étienne se plaça devant Juliette. Sans un mot, il la prit dans ses bras.

— Tant que l'on sera là l'un pour l'autre, rien ne pourra nous arriver, chuchota-t-il à son oreille, tu te rappelles ?

Juliette le serra davantage contre elle. C'était la promesse qu'elle lui avait faite quand elle l'avait rejoint dans son combat. Étienne lui faisait à son tour cette promesse. Elle espérait que Dieu l'ait entendu, leur vie à tous allait se jouer dans les heures à venir.

— Allons-y, déclara Juliette d'une voix résolue.

38

Peter prit une profonde inspiration et bloqua sa respiration. Il sentait son cœur pulser dans sa poitrine, régulier, à la manière d'un métronome. Il aligna la croix noire de sa lunette avec l'arrière du crâne de sa cible. Inconscient de la menace, l'Allemand fumait une cigarette, adossé à un poteau de son mirador. Peter pressa la détente, puis expira. Le silencieux étouffa le bruit du fusil. Dans la nuit, Peter ne vit ni le sang, ni la cervelle du pauvre homme éclabousser le rondin de bois. L'Anglais se releva, son Lee Enfield Mark III sur l'épaule. Il contempla l'aérodrome plongé dans la pénombre. Intense, la pleine lune éclairait le tarmac. Une centaine d'appareils en transit pour Stalingrad stationnaient le long de la piste, sur un kilomètre. Peter se déplaça, furtif, à l'instar d'un prédateur. Cinq autres miradors restaient à neutraliser.

* * *

Juliette se trouvait dans l'orphelinat abandonné, seule, son casque sur les oreilles. Ses doigts rapides et précis envoyaient les informations confirmant le bombardement à la centrale anglaise. Une lampe à pétrole scintillait près d'elle et diffusait une lueur orangée. Bientôt trente minutes de communication, le temps jouait contre la jeune femme. Chaque lettre envoyée aux Alliés constituait un indice supplémentaire pour les voitures radiogoniométriques. Qu'importe. Juliette continuait, sans faillir.

Quarante minutes. Juliette vit des phares éclairer la route. Elle retira son casque et souffla la lampe, plongeant dans la nuit. La résistante s'approcha de la fenêtre. Une gonio allemande approchait, suivie de près par une deuxième voiture. Les véhicules se rangèrent dans la cour, devant l'entrée. Six soldats de la Gestapo, reconnaissables à leurs uniformes noirs, lourdement armés, sortirent des voitures. Ils s'apprêtaient à pénétrer dans le bâtiment. Les gravillons du chemin crissaient sous leurs bottes.

* * *

Étienne ajusta le chargeur de son Walther PPK. Accroupi dans un bosquet, il observait l'entrée de la tranchée allemande. Il voyait dépasser les fûts des quatre canons Flak 18, pointés vers le ciel.

Étienne fit un signe de tête à Peter. L'espion revenait de l'aérodrome, situé deux kilomètres au sud. Les deux hommes quittèrent la protection du bosquet et avancèrent vers la tranchée. Ils s'accroupirent au-dessus des planches de bois qui assuraient la solidité des parois du boyau de terre, mesurant environ deux mètres de profondeur pour un mètre cinquante de largeur. Des lampes régulièrement espacées assuraient l'éclairage. Un artilleur allemand, assis sur un tabouret, rédigeait une lettre. Peter sauta dans la tranchée. L'Allemand bascula sous l'effet de surprise. L'Anglais se rua sur lui et lui tira une balle en plein cœur. Étienne descendit à son tour. Il vérifia qu'aucun soldat ne venait dans leur direction.

Les deux hommes avancèrent vers le premier canon, situé à une dizaine de mètres. Ils passèrent devant une case, creusée dans la paroi de l'artère principale. Elle contenait deux lits de camp et divers effets personnels. Personne. Les deux hommes apercevaient les pieds du premier Flak 18, positionné dans un renfoncement. Des échos de voix leur parvinrent. Peter s'approcha, accroupi, suivi de près par Étienne. Deux artilleurs fumaient une cigarette, assis sur un des pieds du canon. Ils regardaient des images dans un magazine et riaient de bon cœur.

— Tu prends celui de droite ? chuchota Peter.

Étienne acquiesça. Il avança tapi vers les soldats. Il se plaça derrière sa victime et lui tira une balle en pleine tête. L'Allemand bascula vers l'avant, s'affaissant sur le corps de son collègue, abattu par Peter.

L'Anglais déplaça les corps pour les dissimuler derrière le canon. Étienne sortit de son sac à dos les quatre premières barres de TNT, préalablement liées entre elles. Il les disposa à la place de l'obus, fidèle aux conseils de Wilhelm, pour une optimisation des dégâts. Le Français récupéra la bobine de fil et la déroula derrière lui. Il rejoignit Peter.

Les deux complices atteignirent la deuxième batterie antiaérienne sans croiser personne. Étienne plaça le TNT selon le même mode opératoire et ils purent continuer vers le troisième Flak 18. Ils découvrirent une deuxième case, dans laquelle dormait un soldat.

— Je m'en occupe, affirma Peter.

— Pas la peine, il dort, passons sans faire de bruit, proposa Étienne.

— Ce n'est pas le moment de prendre des risques. Mort, il ne nous causera aucun souci.

Sur ces mots, l'espion sortit son couteau et l'enfonça jusqu'à la garde dans la nuque du soldat, l'achevant sur le coup. Un torrent de sang trempa l'oreiller. Peter roula le corps sur le côté et quitta l'espace exigu. Il reprit son avancée, impassible, formé à donner la mort depuis sa jeunesse. Son sang-froid et son indifférence effrayaient Étienne. Il suivit son allié sans commentaire, pressé d'en finir.

Peter inspecta une autre case. La bobine entre les mains,

Étienne continuait à dérouler le fil. Soudain, un artilleur sortit des latrines devant lui, il tomba nez à nez avec le résistant. L'Allemand eut un mouvement de recul, stupéfait par la présence étrangère. Étienne lâcha sa bobine pour atteindre son arme, mais l'Allemand fut plus rapide et ouvrit le feu. Par chance, il ne prit pas le temps de viser et la balle vint se loger dans le bois, à vingt centimètres de la tête du résistant. D'instinct, Étienne se plaqua contre la paroi et tira à son tour. Il atteignit l'Allemand à la cuisse. L'homme hurla, lâcha son arme, et se laissa tomber au sol.

Peter, alerté par le bruit, se précipita vers Étienne. Il jaugea le soldat qui grognait de douleur. Il s'approcha de lui.

— Je me rends, dit le blessé dans un français approximatif.

En guise de réponse, Peter lui tira une balle dans la tête.

— Maintenant, tout le reste de la brigade est alerté, alors dépêchons-nous de terminer le boulot.

Sur ces mots, il rangea son pistolet et dégaina sa mitraillette MP40.

* * *

Les soldats de la Gestapo progressaient vers l'entrée de l'orphelinat. Aucune trace de l'*oberst* Hartmann. Qu'importe. Allongé sur le ventre, Wilhelm cala contre son épaule la crosse de son fusil-mitrailleur BREN. Il attendit qu'ils s'éloignent suffisamment de leurs véhicules, puis ouvrit le feu. Les balles fusèrent dans un déferlement mortel. Deux Allemands tombèrent en quelques secondes. Les quatre autres firent volte-face pour se réfugier à l'abri des voitures.

Wilhelm vit Juliette ouvrir le feu à son tour, depuis une fenêtre du bâtiment abandonné. Elle jeta une grenade, forçant les soldats à s'écarter. Ils entrèrent de nouveau dans la ligne de mire de Wilhelm qui abattit un troisième homme. Quelques secondes plus tard, l'explosion de la grenade propulsa la voiture radiogoniométrique sur le côté. Wilhelm entendit un soldat hurler de douleur, touché par le souffle meurtrier. Juliette tira deux rafales successives. Un des soldats, pris de peur, tenta de s'enfuir en passant derrière la deuxième voiture. Wilhelm le toucha aux jambes. Il cessa le feu.

Il décida de s'avancer pour débusquer le dernier Allemand et rejoindre Juliette, mais il sentit un objet métallique et froid sur sa tempe. Surpris, il tourna la tête. L'*oberst* Hartmann le tenait en joue, l'air victorieux.

— Debout, espèce de misérable traître, et pas de geste brusque, ordonna-t-il.

Wilhelm se releva doucement et leva les bras.

— Tu croyais vraiment que j'allais tomber dans ton pitoyable piège ? railla le nazi. Me laisser berner si facilement ?

L'*oberst* envoya la crosse de son fusil dans le visage de Wilhelm. Celui-ci tituba en arrière. Il sentit le goût métallique du sang envahir sa bouche.

— Je n'aurais jamais dû vous laisser quitter mes geôles, toi et ta petite pute de Française. C'est elle qui tue mes hommes perchée là-haut, n'est-ce pas ? Je vais d'abord m'occuper de toi, sale petite merde, et ensuite j'irai terminer ce que j'avais commencé avec elle, avant de lui trancher la gorge d'une oreille à l'autre.

* * *

La mitrailleuse de Peter crépitait et fauchait des vies avec une efficacité redoutable. Les deux alliés parvinrent au troisième canon sans encombre, laissant des cadavres chauds derrière eux. En supériorité numérique, mais bien moins expérimentés, les artilleurs n'avaient aucune chance face à l'espion britannique. Étienne ne pouvait rêver d'un meilleur allié.

— Nous n'avons pas mis la main sur la radio, ce qui signifie que les Allemands ont sûrement appelé du renfort. On ne doit pas perdre de temps, pressa Peter.

Les deux hommes s'engouffrèrent dans le boyau vers le dernier Flak 18. Ils essuyèrent des tirs. Peter fit reculer Étienne pour s'éloigner du danger.

— Fais-moi passer par-dessus la tranchée, je vais accéder au canon par en haut. Pendant ce temps, occupe-les, proposa Étienne.

— Excellente idée, vas-y.

Peter se mit en position et propulsa Étienne par-dessus la paroi. Le résistant se hissa et emporta le fil avec lui. Il entendit l'espion ouvrir le feu.

Le résistant avança, à découvert, le long de la tranchée. Il voyait le dernier canon à quelques mètres, son fût de métal dépassait devant lui. Étienne parvint jusqu'à la batterie sans se faire repérer. Le combat faisait rage entre Peter et les derniers artilleurs survivants.

Le jeune résistant sauta dans la tranchée. À peine eut-il posé le pied au sol qu'il entendit le clic distinctif d'une arme utilisée avec un chargeur vide. Étienne fit volte-face. Son ennemi se rua sur lui en levant la crosse de son MP40 pour le frapper à la tête. Le résistant n'eut pas le temps de sortir son revolver, il tendit les bras pour parer l'attaque et se dégagea par un pas chassé. Il déséquilibra son assaillant, surpris par ce mouvement. Étienne, en position de force, en profita pour saisir son adversaire et enroula son bras autour de sa gorge. Il se pencha en arrière et serra de toutes ses forces. L'artilleur agitait les bras, paniqué. Il tenta de se dégager, en vain. Étienne maintint sa prise sans faiblir. Les yeux du pauvre homme se révulsèrent. Le souffle court, le Français lâcha son adversaire, inerte.

Il s'occupa de placer la dernière charge de TNT, puis surprit du mouvement à la limite de son champ de vision. Il braqua son arme d'un geste rapide. Peter. Les deux hommes avancèrent ensemble vers la sortie. Ils s'apprêtaient à quitter la tranchée mais restèrent figés. À cinquante mètres, une trentaine d'Allemands avançaient à pas vifs dans leur direction.

* * *

Wilhelm fixait Hartmann droit dans les yeux. L'*oberst*, triomphant, enclencha son fusil. Une explosion intense résonna alors dans le lointain. Le grondement déconcentra Hartmann, il détourna la tête un instant. Suffisant. Wilhelm saisit l'arme de son ennemi et la lui arracha des mains avec force. Il profita de l'effet de surprise pour lui asséner deux coups à la tête, le sonnant. Il prit un mètre de recul et tira. Il toucha l'officier à la cuisse. La douleur força Hartmann à poser le genou au sol.

Wilhelm voulut l'abattre, mais le fusil s'enraya. Il abandonna l'arme et prit la fuite en direction de l'orphelinat. Il remercia en pensée Peter et Étienne d'avoir réussi à détruire les canons, lui sauvant la vie sans le savoir. Wilhelm atteignit le bâtiment sans tarder. Hartmann ouvrit le feu depuis le sous-bois, mais la distance réduisait ses chances de réussite.

À l'angle de la bâtisse, Wilhelm tomba nez à nez avec Juliette. La jeune femme parut soulagée.

— Je me demandais où tu étais passé, plus rien ne bougeait, avoua-t-elle en lui sautant au cou.

— Hartmann m'a piégé dans le bois, il a failli me tuer. L'explosion est tombée à point nommé. Il semblerait que ton frère m'ait encore sauvé la vie, plaisanta Wilhelm.

Juliette ouvrit grand les yeux, sidérée. Wilhelm la lâcha.

— Dépêchons-nous, les renforts sont sûrement tout près, dit-il en attrapant sa main.

Il guida Juliette vers l'ancienne cabane de jardin de l'orphelinat, où les attendait une moto, dissimulée par Étienne une semaine plus tôt. Les amants enjambèrent le bolide, Wilhelm aux commandes. Il actionna le starter et démarra sans attendre. Il roula sur les dalles pavant l'arrière de l'orphelinat, les irrégularités du sol chahutaient la moto. Wilhelm prit de la vitesse avant de rejoindre l'allée gravillonnée.

Leur course fut stoppée net par une voiture. La roue avant de la moto frappa la carrosserie, propulsant Wilhelm par-dessus le guidon. Il retomba avec violence sur le pare-brise qui se fissura dans un bruit cristallin. Allongé sur la vitre menaçant de rompre, il sentait son épaule irradier de douleur. L'*oberst* quitta le véhicule et boita jusqu'à lui.

— Où crois-tu aller comme ça ? cria-t-il en l'agrippant.

Brutal, il propulsa Wilhelm au sol. Ce dernier voulut se redresser, mais l'*oberst* lui envoya sa botte en pleine poitrine. Le souffle coupé, il tomba à plat dos. Le nazi se jeta sur lui et le frappa au visage ; Wilhelm leva le coude pour se protéger. Il trouva la blessure de l'*oberst* à la cuisse et enfonça son doigt dans la plaie. Il sentit le sang chaud. L'officier hurla de douleur en dégageant sa jambe, puis serra le cou de son adversaire. Wilhelm lutta pour inspirer de l'air, en vain. Son champ de vision s'obscurcit.

D'un coup, l'*oberst* s'arc-bouta dans une grimace stupéfaite. Il lâcha prise et se releva. Wilhelm vit la garde d'un couteau dépasser de son dos. Juliette se tenait juste à côté, elle fit deux pas en arrière, visiblement effrayée. L'*oberst* tituba. Il hurla, bestial. Le visage déformé par la douleur, il tomba à genoux et s'assit sur ses mollets, le regard dans le vague. D'un geste sûr et rapide, il sortit son Walther PPK et tira. Un coup. Puis il s'affaissa sur le côté, dans un dernier souffle.

Wilhelm fixait Juliette, émerveillé par sa beauté. Il ressentit une sensation de froid, lointaine, son corps comme ralenti. Il baissa les yeux, du sang s'échappait de son ventre. Il se laissa partir en arrière, incapable de lutter.

— Non, non ! hurla Juliette paniquée. Wilhelm, mon amour, Wilhelm regarde-moi !

Le sang coulait en quantité. Sans réfléchir, la jeune femme arracha un pan de son pantalon, le roula en boule et ordonna à Wilhelm d'appuyer sur sa blessure. Elle l'attrapa sous l'aisselle et le redressa.

— Je t'interdis d'abandonner, tu m'entends ?

Elle saisit le menton de Wilhelm et approcha son visage du sien.

— Wilhelm, tu vas être père, je suis enceinte.

Elle posa la main de Wilhelm sur son ventre. Il sembla retrouver sa lucidité, son regard se focalisa, plongeant dans le sien.

— J'ai besoin de toi, Wil. On va atteindre cet avion tous les deux, et on commencera notre nouvelle vie à trois en Angleterre, d'accord ?

Wilhelm acquiesça. Il devait se battre pour elle. Il mit toute sa force dans la lutte pour se relever, appuyé sur les épaules de Juliette. Elle l'installa dans la voiture abandonnée par l'*oberst* et prit le volant. Les pneus propulsèrent des graviers dans les airs au démarrage.

Arrivés sur la route, Juliette croisa deux véhicules dans la direction opposée. Les renforts. Elle les vit freiner d'urgence et faire demi-tour pour les prendre en chasse.

— Wilhelm, reste avec moi, ne t'endors pas mon amour, ne ferme pas les yeux.

— Je suis avec toi, je suis là, répondit-il dans une grimace.

Juliette, rassurée, appuya à fond sur la pédale. Le moteur rugit.

* * *

Caché dans les bois avec Peter, Étienne entendit enfin le bourdonnement lointain d'un moteur. Le bruit gagna en intensité. Les quatre bombardiers de la Royal Air Force approchaient pour le grand final. Les appareils atteignirent l'aérodrome en quelques minutes, connaissant sa localisation exacte. Ils ne subirent aucune résistance, n'essuyèrent aucun tir. Ils larguèrent leurs tonnes de bombes sur le tarmac et les aéronefs au sol. Étienne vit les colonnes de feu s'élever dans les airs. La nuit s'illumina dans un vrombissement sonore. Le résistant sentit un souffle chaud le pousser quelques instants plus tard. Un épais nuage de fumée emplit le ciel. Des feuilles volaient autour de lui.

Le cœur imprégné de fierté et de réussite, Étienne sortit du bois. Il activa sa lampe torche. Quelques minutes plus tard, un Armstrong Whitworth, au fuselage sombre, se posa derrière lui. Leur passeport pour l'Angleterre avait des airs de vaisseau fantôme.

Étienne accompagna Peter à la rencontre du pilote.

— *Get on board!* cria-t-il à leur intention, essayant de couvrir le bruit des hélices qui tournaient encore.

— Nous attendons deux autres personnes, répondit Peter en anglais.

— Je n'ai pas de temps à perdre ici, ça va bientôt chauffer, je vous laisse dix minutes et après je décolle, avec ou sans vous !

* * *

Après dix kilomètres à vive allure, Juliette avait semé les Allemands, mais ils rôdaient sûrement dans les parages. Soulagée, elle aperçut enfin la silhouette de l'appareil britannique chargé de leur évasion. Elle engagea la berline dans l'herbage, les multiples mottes et trous secouèrent la voiture. Wilhelm grogna de douleur.

Soudain, une rafale perça la tôle du véhicule. La salve venait de l'avion. Juliette pesta de colère. Étienne et Peter attendaient une moto et non pas une gonio de la Gestapo. Le pare-brise vola en éclats sous de nouveaux tirs. Les innombrables morceaux de verre inondèrent les genoux de Juliette. Elle se baissa derrière le volant et tira Wilhelm avec elle.

— Reste penché, ne bouge pas.

Juliette ouvrit sa portière.

— C'est moi ! hurla-t-elle à pleins poumons.

Le bruit des moteurs couvrait sa voix. Elle déglutit et sortit d'un coup. Des balles trouèrent sa portière, elle les évita de justesse. La jeune femme leva les bras en l'air et sauta sur place.

— C'est moi, à l'aide ! Wilhelm est blessé !

Elle vit des hommes approcher. Étienne et Peter.

— Juliette ? Je suis désolé, on pensait qu'on avait été repérés, plaida son frère, interdit.

— Pitié, aidez-moi, Wilhelm est touché, nous devons le porter jusqu'à l'avion.

Sa voix se brisa, elle peinait à retenir ses émotions.

Étienne ouvrit la portière côté passager et trouva Wilhelm, pâle, le front couvert de sueur et la main plaquée sur un chiffon ensanglanté.

— Allez, viens, on trouvera un médecin dès qu'on atteindra l'Angleterre, le rassura Étienne.

— Étienne, dépêche-toi, on a de la compagnie, pressa Peter.

Le résistant releva la tête. Deux camions allemands approchaient sur la route. Il sortit Wilhelm de la voiture et le cala sur ses épaules. Juliette et Peter le suivaient de près. L'espion commença à ouvrir le feu sur les camions pour les couvrir.

— *Hurry up, we have to go!* cria le pilote, inquiet.

Tous montèrent à bord de l'appareil sous les balles ennemies, *in extremis*. Le pilote anglais mit pleins gaz et parvint à décoller. Victoire ! Ils avaient réussi ! Juliette n'en revenait pas. L'Angleterre, la terre promise, ne se trouvait qu'à une heure de vol.

Wilhelm, la tête sur les genoux de Juliette, contemplait sa beauté. Elle et leur enfant à naître se trouvaient enfin en sécurité. Il pouvait lâcher prise.

Il savait depuis l'instant où l'*oberst* l'avait touché qu'il n'y survivrait pas. Il voulait juste tenir assez longtemps pour donner à Juliette l'envie de se battre. Elle était si forte, plus qu'elle ne l'imaginait. Wilhelm ne regrettait rien. Il se sentait reconnaissant d'avoir eu la chance de la rencontrer et de l'aimer. L'aimer si fort. Juliette lui avait ouvert les yeux et l'avait sorti de son sinistre piège. Son courage, son amour l'avaient arraché au nazisme. Inespéré. Grâce à elle, il était devenu le meilleur de lui-même. Il avait fait ses choix.

Sa vue se brouillait. Wilhelm profita du visage de Juliette une dernière seconde.

Il ferma les yeux.

Épilogue

Le bombardement de l'aérodrome de Beauvais fut une grande réussite pour la Résistance française et les Alliés. Les aéronefs détruits firent défaut aux forces du IIIe Reich à Stalingrad et précipitèrent leur défaite. Les Allemands capitulèrent le 2 février 1943. Cette victoire russe, la première grande victoire des troupes alliées, marqua un tournant dans la guerre. Juliette et Étienne reçurent la médaille de la Résistance française pour cette opération.

Juliette Hamel donna naissance en Angleterre à une petite fille prénommée Lina. Étienne demanda à devenir son parrain et aima sa nièce dès ses premières heures. Juliette retourna vivre à Paris avec Lina après l'armistice. Elle y retrouva Biscotte qu'elle adopta et garda jusqu'à la mort de l'animal. En 1947, elle épousa un ancien camarade de promotion du Conservatoire. Ils eurent deux garçons ensemble. Juliette s'épanouit à travers une carrière de pianiste de renommée mondiale. *Clair de lune* devint son morceau signature, elle l'interpréta à chacun de ses concerts. Elle enseigna au Conservatoire de Paris pendant quarante ans. Toute sa vie, elle retourna une fois par an sur la tombe de Wilhelm, sans jamais y déroger. Elle mourut en 2009 à l'âge de 92 ans.

Wilhelm von Stein fut reconnu à titre posthume comme héros de la Résistance allemande, grâce aux efforts de sa fille. Lina demanda la nationalité allemande et participa à l'inauguration du nouveau mémorial de la Résistance allemande à Berlin en 2014, où l'histoire de son père est racontée.

Étienne Hamel rejoignit le commando Kieffer après son arrivée en Angleterre. Il participa au débarquement en Normandie le matin du 6 juin 1944, et plus tard, à la libération de Paris. Après la guerre, il reprit la gestion de *La Halte Arago*. Il se maria et eut quatre enfants. Il resta proche de sa sœur et de sa famille jusqu'à sa mort en 1985.

Peter Murray fut à nouveau parachuté en France dès juin 1943. Il participa activement au renseignement pour la préparation du débarquement en Normandie. Après la guerre, il resta au service de Sa Majesté au sein du MI6. Il fut retrouvé mort, dans des conditions inexpliquées, dans une chambre d'hôtel à Moscou en 1961.

Marie et Charles Hamel passèrent le reste de la guerre sous de faux noms près de Lyon. Ils serrèrent de nouveau dans leurs bras leur fils Étienne le 12 juin 1945, à son retour d'Allemagne.

Reiner Schäffer participa à la bataille de Stalingrad sur le front de l'Est. Les efforts de Wilhelm avant sa mort aboutirent et Reiner fut rapatrié en Allemagne avant la défaite. Le jeune homme participa à la défense de Berlin en 1945 et fut touché par une bombe alliée. Il guérit de ses blessures et devint un auteur célèbre.

Remerciements

Voir *Clair de lune* publié me procure une immense joie. Je suis ravie de pouvoir partager cette histoire, aboutissement d'un passionnant travail d'écriture et de recherches.

Je tiens tout d'abord à remercier les lecteurs de Nouvelles Plumes qui ont évalué mon manuscrit, sans qui cette publication n'aurait pas été possible.

Ensuite, je souhaite remercier Karine Obringer et toute l'équipe pour leur confiance et leur engagement. Grâce à eux, de nouveaux auteurs accèdent à l'édition et réalisent leur rêve.

Un grand merci à mes proches : ma famille, mes amis, pour leur enthousiasme et leurs encouragements. Merci à Camille, Roch, Benjamin, Charles, Manon et Tiphaine pour leurs relectures et leurs conseils avisés. Sans vous, cette histoire ne serait pas ce qu'elle est.

Enfin, merci à tous ceux qui liront ce roman. Puissiez-vous prendre plaisir à accompagner mes personnages à travers cette période trouble de notre Histoire. Que vos émotions s'accordent avec les leurs au fil des pages, car c'est le but de toute histoire : résonner dans le cœur de ses lecteurs.

À bientôt,

Mélanie

Cet ouvrage a été imprimé par
CPI Bussière à Saint-Amand-Montrond
en octobre 2021

MIXTE
Papier issu de
sources responsables
FSC® C108412
FSC
www.fsc.org

Le papier entrant dans la composition de ce produit provient de forêts certifiées FSC®
FSC® se consacre à la promotion d'une gestion forestière responsable.

Numéro d'éditeur : 153
Numéro d'imprimeur : 2060952
Dépôt légal : novembre 2021

Imprimé en France

Composition et mise en pages
Nord Compo à Villeneuve-d'Ascq